Charlotte Haptie

Der Zauber der geheimen Stadt

Charlotte Haptie
wuchs in Buckinghamshire und Merseyside auf,
studierte an der London School of Economics
und jobbte nebenbei in verschiedenen Berufen.
Heute lebt die Autorin in Schottland, arbeitet als Psychologin
und hat sich mit dieser Geschichte endlich ihren großen Traum,
Bücher zu schreiben, erfüllt.

Charlotte Haptie

Der Zauber der geheimen Stadt

Aus dem Englischen
von Anne Braun

Arena

Dieses Buch wurde mit der treuen Unterstützung meiner Familie und Freunde geschrieben. Es ist ihnen in Dankbarkeit gewidmet.

Die Originalausgabe erschien 2002 unter dem Titel
»Otto and the Flying Twins«
bei HODDER & STOUGHTON LIMITED, London.

In neuer Rechtschreibung

1. Auflage 2003

Aus dem Englischen von Anne Braun
Umschlaggestaltung: Silvia Christoph
Gesamtherstellung: Westermann Druck Zwickau GmbH
ISBN 3-401-05393-0

Inhalt

Die Anfänge der Stadt	7
Störfall im Waschsalon	9
Präsident Krumm	16
Die Floßfahrt	20
Dante	34
Zeborah und Hepzibah	38
In der Bibliothek	40
Der verbrannte Toast	44
Der Karmidenturm	46
Bei Familie Hush	57
Otto und Mab	59
Im Flüsterpark	68
Granny Culpepper	74
Die Frau auf der Bank	78
Das Komitee zur Abschaffung unmöglicher Dinge	85
Endlich wieder zu Hause	100
Otto in der Bibliothek	108
Granny Culpepper und Shinnabac	118
Das Einhorn	124
Unerwarteter Besuch	127

Der Drache unter dem Asphalt 134
Nathaniel Crane 138
Aufwachen bei Morgan 149
Ein Ausflug mit dem Fliegenden Teppich 152
Red Moon 165
Die Arena 170
Der Berg 173
Der Kristall-Kommunikator 185
Albert und Nathaniel 190
Nathaniel und Elfina 194
Skull 200
Der König der Karmiden 210
Gespräch mit dem Waschsalon 222
Guidos Strand 227
Besuch bei Madame Honeybun 238
Im Polizeiarchiv 241
Elfina 248
Aufregung im Theater 250
Otto und Elfina 252
Dolores und Wishtacka 260
Die Katze aus Stein 265
Mr Sleight 267
Im Gefängnis 272
Das Konzert 278
Schnee 294

DIE ANFÄNGE DER STADT

Vor langer, langer Zeit war die Welt noch voller Magie. In den Meeren schwammen Meerjungfrauen umher, am Rande der Vulkane träumten Drachen vor sich hin, es gab das kleine Volk, die Riesen, die Zauberer . . . Doch die Menschen kannten keine Gnade. Sie drangen bis in die letzten Winkel vor und alle Erdbewohner, die irgendwie anders oder magisch waren, waren gezwungen sich zu verstecken. Wer will schon in ein Aquarium oder in einen Zoo gesteckt werden – oder schlimmer noch, in einem Labor enden? Wer will angeglotzt oder gepiesackt werden, nur weil er anders ist und man ihm deshalb misstraut, ihn fürchtet oder schlimmer Dinge beschuldigt?
So kam es, dass die Karmiden, das magische Volk vieler Rassen, ihre geheime *Stadt der Bäume* gründeten. Weit entfernt von aller Zivilisation, umgeben von schroffen Bergen, fühlte es sich hier über Jahrhunderte hinweg in Sicherheit. Bis zu dem Tag, an dem ein Erdbeben einen der hohen Berge bis ins Herz aufspaltete und die Menschen plötzlich einen Durchgang hatten.
Forscher, Entdecker, Außenseiter, normale Menschen. Rücksichtslose Menschen.

Sie fanden etwas Neues, Wunderschönes, Außergewöhnliches vor, das sie unbedingt in Besitz nehmen wollten.
Die Karmiden waren gezwungen sich in die morastigen Niederungen am Fluss zurückzuziehen, wo sie endlich in Ruhe gelassen wurden.
Doch dann geschah etwas Geheimnisvolles und die Stadt schloss sich wieder einmal in sich selbst. Die Eindringlinge, die sich hier niedergelassen hatten, gelangten im Laufe der folgenden Jahrhunderte zu der Überzeugung, dass dieses Land schon immer ihnen gehört hatte. Sie konnten sich nicht mehr an den Rest der Welt erinnern und hielten viele Dinge für ehrbar und normal, die in Wirklichkeit unmöglich und magisch waren.
In der Zwischenzeit harrten die Katzauberer, Künstler, Lampenaugen, die Teppichflieger, die wenigen Multiplen, die seltenen und undurchschaubaren Zwielinge und alle anderen Karmiden des Zeitpunkts, an dem das nächste Kapitel ihrer Geschichte beginnen sollte.

STÖRFALL IM WASCHSALON

Es wurde Abend in der großen und geheimnisvollen *Stadt der Bäume*. Der Sommerhimmel hatte sich violett verfärbt, durch die Straßen ratterten Trambahnen, die die Bewohner nach Hause brachten.
Otto Hush und sein Vater Albert waren auf dem Weg zum Waschsalon »Die Feuerbox«. Albert trug den Beutel mit der Wäsche, Otto den Karton mit dem Seifenpulver.
Der Waschsalon war ein reich verzierter, großer Raum, hell erleuchtet von Kerzenleuchtern, auf denen zahlreiche Lichter brannten. An den aufziehbaren Getränkeautomaten waren Tee, Kaffee und Himbeersaft erhältlich. Die Waschmaschinen glänzten. Sie wurden mit Dampf betrieben und erfüllten den ganzen Raum mit einem ohrenbetäubenden Tuckern, was jede Unterhaltung unmöglich machte.
Otto setzte sich auf einen der Tische und schaute zufrieden zum Fenster hinaus. »Waschsalon Feuerbox« stand in schwungvollen Buchstaben auf dem Schaufenster geschrieben, in Spiegelschrift von Ottos Platz aus gesehen. »Wäscht all Ihre Sorgen weg. Heute und immer.«
Albert faltete die mitgebrachte Zeitung auseinander. Das gehörte zur festen Routine ihres Freitagsbesuchs im Waschsalon.
Otto freute sich schon auf den Trocknerraum – ein abgetrennter Raum, dessen Wände mit schön beschnitzten Holzpaneelen verziert waren. Die großen Trockner drehten sich langsam und ruhig, und schon wenn man die Tür

öffnete, konnte man das rhythmische Blasen von heißer Luft spüren. Und anschließend duftete die Wäsche angenehm nach Lakritze.
An diesem Abend jedoch lief im Trocknerraum nicht alles nach Plan. Die Leute murrten, als sie ihre noch feuchte Wäsche wieder einpackten. Die Trockner wurden nicht richtig heiß.
»Das ist aber komisch, Dad, nicht wahr?«, sagte Otto. »Hier gab es noch nie Probleme.«
Mit einem Mal hielten alle Maschinen gleichzeitig inne und aus dem Lautsprecher an der Wand ertönte knisternd eine besorgt klingende Stimme.
»Wir bedauern. Probleme mit den Trockneranlagen. Arbeiten aus Krankheitsgründen nicht. Gleich wird kostenlos Feenkuchen verteilt. Bitte holen Sie bereits bezahlte Gebühren am Schalter ab. Der Waschsalon ist ab sofort geschlossen.«
»Wieso krank?«, sagte Otto zu seinem Vater. »Maschinen können doch nicht krank werden, oder?«
Albert, ein ruhiger Mann, hob die Augenbrauen. Er hatte gerade damit begonnen, einen der Trockner mit feuchten Wäschestücken zu füllen. Nach der überraschenden Durchsage nahm er sie wortlos wieder heraus.
In diesem Augenblick öffnete sich in der holzgetäfelten Wand eine Tür und eine große, besorgt dreinblickende Frau mit einer Blechbüchse in der Hand trat ein. Darin war vermutlich der Feenkuchen.
»Wir bedauern sehr«, wiederholte sie mit ernster Stimme bei jedem der Anwesenden, während sie ihnen die Büchse unter die Nase hielt. »Wir bedauern. Höchst ungewöhnlich.«

Um ein Haar wäre sie über Otto gestolpert, der auf dem Fußboden kniete und nach einer heruntergefallenen Socke tastete. Dann drehte sie sich um und stand vor Albert.
Otto sah, dass sie sich mit einem kurzen Kopfnicken begrüßten. Sie kannten sich offenbar.
»Mr Albert Hush«, sagte die Frau leise.
»Madame Morgan le Grey«, sagte Albert. »Mein Sohn Otto«, fügte er dann hinzu.
Die Frau warf nur einen kurzen Blick auf Otto.
Die letzten Besucher drängten sich an ihnen vorbei zur Tür.
Aus mehreren der offen stehenden Türen der Trockner kamen kleine Rauchwolken und ein unerwartetes Husten.
»Mr Hush«, sagte Morgan le Grey, »wie schön, dass Sie ausgerechnet heute hier sind.« Wieder warf sie einen kurzen Blick auf Otto. »Wir haben ein Problem mit unseren ... unseren Maschinen und können den ... den Mechaniker nicht erreichen, am Telefon, meine ich, und ...«
»Ich verstehe«, fiel Albert ihr ins Wort. »Nun, bei meiner Arbeit in der Bibliothek habe ich kaum Gelegenheit, all meine Fähigkeiten unter Beweis zu stellen, und deshalb könnte mir ein bisschen Übung nicht schaden ...«
»Ich fürchte, es könnte eine Angelegenheit sein, bei der es um Leben oder Tod geht. Doch er vertraut Ihnen. Sie haben ihm schon früher geholfen, und das hat er sicher nicht vergessen, Mr ... Hush.«
Otto fiel auf, dass sie einen winzigen, beängstigenden Moment lang stockte, ehe sie den Nachnamen aussprach.

Albert bat Otto hier zu warten, ehe er mit Morgan le Grey durch die Tür in der Wand ging.

Otto war allein im Trocknerraum. Wie merkwürdig! Wer war diese Frau, die so großes Vertrauen in seinen Vater hatte? Und was hatte Albert mit kaputten Wäschetrocknern zu tun?
Aus den Mäulern der Trockner kamen weitere Stottergeräusche.
Otto sah, dass der Strumpf, nach dem er gesucht hatte, sich ganz hinten in dem Gerät festgeklemmt hatte, das sie benutzen wollten.
Otto war klein und der Trockner riesig. Wäre in diesem Moment jemand hereingekommen, hätte er nur Ottos Füße aus dem Gerät hervorschauen sehen.
Endlich bekam Otto den Strumpf zu fassen und schlängelte sich gerade wieder rückwärts aus dem Gerät hervor, als er ein sehr lautes Husten und dann ein Ächzen und Keuchen hörte. Diese Geräusche kamen eindeutig aus dem Lüftungsrohr an der Rückseite des Trockners, dort, wo normalerweise wohl die heiße Luft durchkam.
Otto rutschte ein Stück näher an die Öffnung.
Nun vernahm er ganz deutlich die Stimme seines Vaters.
»... dieses Kohlestückchen ... in der linken Flammendrüse festgesteckt ... ein paar Tage Ruhe ... dürfte wieder in Ordnung sein ... Mixtur ... habe ich hier aufgeschrieben.«
Dann plötzlich ein dumpfer Schlag.
»... steht schon wieder auf ... gutes Zeichen«, fuhr Albert fort, wo immer er auch gerade sein mochte.

Als Nächstes sagte Morgan le Grey: ». . . ein munteres Kerlchen, nur etwas jung . . .«
Es folgte ein Scharren und Schlurfen wie das von riesigen Pranken auf dem Fußboden und Otto hörte, wie sein Vater einen Schmerzensschrei ausstieß.
»Lass sofort los, du dummes Vieh!«, rief Morgan le Grey.
»Immer mit der Ruhe, ruhig Blut!«, kam Alberts Stimme.
». . . Versuchen Sie seinen Kiefer aufzubiegen.«
Otto kroch aus dem Trockner hervor und rannte zu der vertäfelten Tür. Er stieß sie auf und fand sich in einem dunklen Gang wieder, der zu einer zweiten Tür führte.
»Feuerbox, lass ihn los, du dummes Tier!«
Otto riss die zweite Tür auf und blieb erschrocken stehen. Morgan le Grey stand mit dem Rücken zu ihm und fuchtelte aufgeregt mit beiden Armen.
Eine Art Dinosaurier hatte sich drohend vor ihr aufgerichtet und schlug mit dem Kopf gegen die Decke. Die Kreatur war violett, wie Otto auffiel, obwohl das im Moment wirklich keine Rolle spielte. Viel wichtiger war die Tatsache, dass sie Albert an einem Bein gepackt hatte und durch die Luft schwenkte.
»Ruhig, ganz ruhig!«, wiederholte Albert immer wieder, während er unsanft hin und her geworfen wurde.
»Feuerbox! Lass ihn herunter!«, brüllte Morgan le Grey und schwenkte etwas, das wie eine überdimensionale Lakritzestange aussah.
Da erst setzte die Kreatur Albert wieder ab. Aus Angst, das Tier könnte ihn gesehen haben, versteckte Otto sich hastig hinter dem Türrahmen. Er stand so unter Schock, dass er später nicht mehr hätte sagen können, wie er in den Trocknerraum zurückgekehrt war.

Es dauerte nicht lange, bis Albert und Morgan le Grey zurückkamen. Alberts Hose hatte einen Riss, direkt unterhalb des Knies.
»Vielen, vielen Dank«, sagte Morgan le Grey ein ums andere Mal mit ihrer tiefen, ernsten Stimme. »Falls ich jemals die Gelegenheit haben werde, mich bei Ihnen zu revanchieren . . .«
»Es kann der Tag kommen«, antwortete Albert feierlich, »an dem wir uns beide an diese ehrbaren Worte erinnern werden.«

Mit der Trambahn fuhren sie in die Parry Street zurück. Wie üblich stiegen sie an der Haltestelle beim Touristenbüro aus, in dem eine freundlich aussehende Frau saß, die nie allzu viel zu tun zu haben schien.
Sie betraten ihren Wolkenblock und gingen an Mrs Thudbutton, der Portiersfrau, vorbei, die über einer Zeitung saß und ein finsteres Gesicht machte.
Klack, klack machten die Aufzugtüren. Wie alles an diesem Gebäude war auch der Aufzug alt und elegant.
Also fuhren sie zum fünften Stock hinauf. Essensdüfte. Hinter einer der Wohnungstüren lief ein Radio. Abgenutzte rote Läufer und quietschende Dielen.
Albert summte leise vor sich hin, als er den Schlüssel ins Schloss steckte.
Die Zwillinge kamen ihnen auf noch unsicheren Beinchen entgegengewackelt, hinter ihnen tauchte Dolores auf, die sich die Hände an ihrer Schürze abwischte.
Albert küsste sie auf die Wange.
»Was ist mit der Wäsche passiert? Sie ist ja noch ganz feucht«, sagte sie wenig später überrascht.

Gespannt blickte Otto von Mutter zu Vater, doch dieser sagte nur: »Ach, ein Problem mit den Trocknern.«
Dann schnappte er sich die Zwillinge und trug sie ins Badezimmer.

PRÄSIDENT KRUMM

Später an diesem Abend, kurz bevor auch Otto ein Bad nehmen wollte, tauchte Krumm auf dem Fernsehbildschirm auf. Ihm konnte man nur entkommen, wenn man den Fernseher ganz ausschaltete, denn es gab nur einen Fernsehkanal.

Albert war dafür, auszuschalten. Dolores wollte den Fernseher anlassen. Zu guter Letzt gab Albert nach.

»Liebe Mitbürgerinnen und Mitbürger«, begann Präsident Krumm rundgesichtig und steif wie immer. »Meine heutige Ansprache nehme ich zu dem unschönen Anlass, Sie auf die sonderbaren Dinge hinzuweisen, die in unserer Stadt neuerdings passieren. Die Straßen weisen unversehens tiefe Löcher auf, die das Trambahnnetz stark beeinträchtigen. Ich nehme an, viele von Ihnen werden schon davon gehört haben. Anfangs hatte ich gehofft, es seien natürliche Vorkommnisse, verursacht durch leichte Erdstöße oder Ähnliches. Ich wünschte, ich könnte Ihnen sagen, dem wäre so. Doch leider nein. Untersuchungen der Schäden haben gezeigt, dass Magicos daran schuld sind. Ob mit Absicht oder nicht, die Magicos sind unsere Feinde. Unsere und die unserer Stadt. Wir haben Feinde, die direkt in unserer Mitte leben.«

Er machte eine kurze Pause.

»Unsere Stadträtin, Miss Elfina Crink, ist Ihnen vielleicht noch nicht bekannt, denn sie gehört erst seit kurzem der Regierung an und ist noch nicht in die Öffentlichkeit getreten, da sie sich zuerst in ihr schweres Amt einarbeiten wollte und extrem in Anspruch genommen war. Doch heute früh habe ich sie zur Ministerin für Modernisierung ernannt und in dieser Eigenschaft möchte sie sich nun an Sie alle wenden. Bitte, Miss Minsterin Crink.«

Die Kamera schwenkte nach links und zeigte eine blasse Frau, die neben dem Präsidenten saß.

Albert sog überrascht die Luft ein.

»Einen wunderschönen guten Abend, liebe Mitbürgerinnen und Mitbürger«, sagte Elfina Crink. Ihr Gesicht bewegte sich kaum, wenn sie sprach. »Lassen Sie sich von der momentan herrschenden Krise nicht zu stark beeindrucken. Es ist allgemein bekannt, dass es unter uns Personen gibt, die sich auf der Straße herumtreiben, in Parks herumlümmeln, sonderbare Tricks vorführen und dafür Geld erwarten, betteln und Blutbeerensaft trinken und schmuddelig und magisch aussehen. Sie alle wissen, wen ich meine. Wir sind uns sicher, dass einige von ihnen für die schändlichen Löcher in den Straßen verantwortlich sind. Diese Personen sind wesentlich gefährlicher, als es den Anschein hat. Sie verfügen über magische Kräfte, mit denen sie nicht umgehen können. Wie Sie wissen, musste erst vor kurzem ein Teil der Mondsteinminen wegen massiven Steinfalls geschlossen werden. Ganz ohne Zweifel geht auch dies auf das Konto der Magicos.«

»Ich kann es nicht fassen«, flüsterte Albert.

»Pssst«, zischte Dolores.

Auf dem Bildschirm erschien nun wieder der Präsident. »Ab sofort wird bei uns alles so zugehen wie in der Außenwelt«, erklärte er mit sichtlichem Stolz. »Ich habe eine neue Polizeitruppe aufgestellt, die Normie-Polizei.

Und ich appelliere an Sie dieser Truppe jede Form von Unterstützung zu gewähren. Sie wird dafür sorgen, dass alles aus unserer Stadt verschwindet, was nicht normal, ehrbar, möglich und modern ist. Vom heutigen Tag an werden wir dafür sorgen, dass die Magicos für vernünftige Tätigkeiten eingesetzt werden. Erheben wir uns nun, um gemeinsam die neue Stadt-Hymne zu singen.«

Der Präsident erhob sich und sein Kopf verschwand kurz aus der Bildfläche, bevor die Kamera ihn wieder ins Bild holte.

Unvermittelt setzte laute Blechmusik ein und Albert schaltete den Fernseher aus.

Im Wohnzimmer der Familie Hush herrschte betretenes Schweigen.

»Ich kann es nicht glauben«, sagte Albert nach einer Weile. »Das ist ja schrecklich.«

»Nun, es treiben sich wirklich etliche dieser Typen herum, Albert. Und alle Welt weiß, dass sie über Kräfte verfügen, die niemand genau kennt. Vielleicht könnten sie unsere Stadt über Nacht dem Erdboden gleichmachen. Ich weiß nicht . . . Die meisten von ihnen leben zwar unten in den Schlammdörfern in diesen komischen Hütten, auf Hausbooten oder sonst wo. Aber einige von ihnen sehen ganz schön schaurig aus.«

Doch Albert schien gar nicht gehört zu haben, was seine Frau sagte. Er redete wie zu sich selbst.

»Ich glaube es nicht«, flüsterte er nun schon ein zweites Mal. »Es kann nicht wahr sein.«

Otto, der auf dem Fußboden saß und für Hepzibah einen Turm aus Bauklötzen baute, blickte auf.

»Was ist los, Dad?«, fragte er besorgt.

»Und außerdem«, sagte nun wieder Dolores mit ruhiger Stimme. »Warum sollte der Präsident uns belügen?«

Ja, warum eigentlich?
An diesem Abend konnte Albert Hush nicht einschlafen. Er war ein ungewöhnlicher, nachdenklicher Mann und im Gegensatz zu den anderen Bürgern der *Stadt der Bäume* hatte er sich die Mühe gemacht, alles zu lesen, was über die Karmiden und von ihnen selbst vorlag.
Im Archiv für Alte Schriftstücke in der Zentralbibliothek gab es verwirrende, bruchstückhafte Aufzeichnungen und Skizzen. Als Direktor dieser Bibliothek hatte Albert dieses Archiv selbst angelegt. Es enthielt hunderte von Dokumenten, die er allesamt sorgfältig studiert hatte. Er wusste sogar, wo einige von ihnen gefunden worden waren und wann und wie. Bisweilen erhielt er anonyme Sendungen, auch in letzter Zeit noch, die Papiere oder Zeichnungen enthielten und einfach an die Bibliothek adressiert waren.
Karmiden kamen nur selten in die Bibliothek, obwohl diese vor langer Zeit von ihnen erbaut worden war.
Albert gab es irgendwann auf, Schlaf zu finden. Ruhelos schritt er in der Wohnung auf und ab.
Er war wütend und besorgt, wurde von vagen und schrecklichen Vorahnungen gequält. Er zermarterte sich das Gehirn, durchforstete das darin gespeicherte Wissen, versuchte zu begreifen, was auf einmal vor sich ging.
Er versuchte bis zurück zu den Anfängen zu gelangen.

DIE FLOSSFAHRT

Die Anfänge lagen in ferner Vergangenheit.
Jemand war auf der Suche gewesen.
Vielleicht beginnt jede Geschichte auf diese Weise.

Die beiden Kinder hatten das Floß aus Baumstämmen und Fässern selbst gebaut. Nach drei Sommern war es das beste, das sie je gebaut hatten. Schweigend stakten sie darauf durch das grünliche Wasser unterhalb der Pfahlbauten.

Nebelschwaden umgaben sie. Die Boote, Stege, Anlegestellen und Hütten waren kaum zu sehen. Mal nur undeutlich, dann waren sie wieder ganz verschwunden.

»Es ist noch weit«, sagte das Mädchen. »Wir sollten uns beeilen.«

»Wahrscheinlich ist es sowieso nicht mehr da«, sagte der Junge.

»Oh doch, es ist bestimmt von niemandem entdeckt worden. Ich könnte wetten, dass Geld darin ist oder auch Edelsteine oder ... Pass doch auf!«

Etwas, das wie ein graues Seil aussah, wand sich plötzlich direkt vor ihnen aus dem Wasser.

»Eine Schlammschlange«, sagte der Junge unbeeindruckt.

Der Schwanz zuckte kurz und verschwand dann wieder.

»Ich dachte schon, es wäre ein Sumpfdrache«, sagte das Mädchen erleichtert. »Die sind sehr, sehr selten und mindestens fünfmal so groß ... Oh! Schau mal, dort unten!«

»Ich will nicht mehr weiterfahren«, sagte der Junge mit seiner ruhigen Stimme. »Sonst komme ich zu spät nach Hause.«

»Da!«, rief das Mädchen aufgeregt.

Ein ausgefranster Baumstamm stand isoliert am Ufer. Das Wasser des Flusses hatte die Erde zwischen seinen Wurzeln fortgespült, wahrscheinlich bei der letzten Überschwemmung, und das Mädchen hatte ihn entdeckt, als es am Vortag mit seinem Vater auf dem Kahn hier vorbeigekommen war.

Eine Kiste steckte zwischen den Wurzeln fest, noch immer halb in der Erde.

»Dass sie unter einem Baum steckt, hast du nicht gesagt.«

»Na und? Wenn Geld drin ist, bekomme ich drei Viertel, weil ich die Kiste entdeckt habe.« Das Mädchen hatte schon damit begonnen, das Floß an den Wurzeln zu vertäuen.

Der Junge schmunzelte. Das war wieder einmal typisch für sie. Inzwischen zerrte sie mit aller Kraft an der Kiste, als würde sie mit etwas Lebendigem kämpfen.

»Sei vorsichtig!«, sagte er.

Dann plötzlich kam die Kiste frei. Das Mädchen fiel nach hinten und ließ die Kiste auf die Erde fallen. Der Deckel brach aus den verrosteten Scharnieren und etwas fiel heraus.

Es war eine Rolle, in Ölleinwand eingewickelt, die absolut nicht nach Geld aussah.

Der Junge bückte sich, um die Rolle aufzuheben, doch das Mädchen stieß ihn zur Seite und riss an den Lederriemen, mit denen sie zusammengebunden war. Da diese

Riemen alt und deshalb schon spröde waren, gingen sie unter ihren gierigen Fingern sofort entzwei.
Doch es war kein Geld. Es war eine Pergamentrolle.
Das Mädchen hätte vor Enttäuschung fast geheult.
»Mist, nur eine blöde Zeichnung!«
»Hier, lass mich . . .«
Sie zog es weg. »Und da sind so blöde Schriftzeichen. Kann ich nicht mal lesen. Irgend so ein primitives Magico-Zeug.«
Wütend versetzte sie der Kiste einen Fußtritt.
Der Junge machte ein finsteres Gesicht. Normalerweise verkniff sie sich solche Ausdrücke, wenn sie mit ihm zusammen war. Doch in letzter Zeit verwendete sie sie immer häufiger.
»Ich glaube, ich weiß, was es ist. Wir sollten es uns nicht anschauen«, sagte er. »Wir müssen es dem Baum zurückgeben.«
»Dem Baum zurückgeben? So ein Quatsch!«
»Es stammt von den Karmiden.«
»Klar, das weiß ich auch. Schau, da ist eine Frau zu sehen. Sie steht auf einem Berg von Geld. Und in der Hand hält sie etwas, das wie kleine Häuschen aussieht. Ah, das muss die Stadt sein. Und da ist das Rathaus, schau! Sie hält die Stadt in den Händen, nur dass sie winzig klein ist, wie ein Puppenhäuschen. Und auf ihrem Gewand stehen Zahlen. Und da steht noch etwas. Was bedeutet das alles?«
Er seufzte. »Das ist die alte Sprache der Karmiden. Legen wir es wieder zurück. Es ist nicht für unsere Augen bestimmt.«
»Aber vielleicht ist es wertvoll.«

»Karmiden-Zeug ist nichts wert. Zumindest nicht für die Bürger, die Normalos. Und die sind die Einzigen, die Geld besitzen. Wir müssen es zurücklegen.«

Doch das Mädchen war keineswegs dazu bereit. »Komm, lies vor! Ich gebe dir das Blatt erst, wenn du mir vorgelesen hast, was darauf steht. Dann kannst du es meinetwegen zurücklegen.«

Der Junge starrte auf die Schriftzeichen, die sehr alt aussahen.

Sie studierte sein Gesicht. »Komisch, nicht wahr? Ich bin hier die Bürgerliche und du bist derjenige, der alles Mögliche kann, zum Beispiel verschiedene Sprachen lesen, und das, obwohl du nur ...«

»Hier steht etwas, was ich verstehe«, sagte der Junge. »Moment mal, ein Krieger, nein, ähnlich wie ein Krieger, eine Frau, eine Art Anführerin, ist die reichste Frau, die je gelebt hat oder gelebt hatte oder jemals leben wird.«

»Ist es jetzt in der Vergangenheit oder nicht?«, fragte das Mädchen ungeduldig.

»Nicht unbedingt. Die Person, die dies hier geschrieben hat, wollte nur niederschreiben, was in einer unbestimmten Zukunft eintreten könnte. Wahrscheinlich mehr als nur eine mögliche Zukunft. Aus diesem Grund sollten wir es auch nicht lesen.«

»Du meinst, es ist nicht real?«

Er suchte angestrengt nach den richtigen Worten, um es ihr zu erklären. »Die Person hatte so etwas wie einen Traum, eine Vision. Vielleicht ist das Ereignis inzwischen schon eingetreten, vielleicht aber auch nicht. Vielleicht trifft es nie ein.«

»Auf alle Fälle sehe ich eine Frau, die auf einem Haufen

Geld steht. Und dann diese Schriftzeichen. Auf, lies weiter!«
»Na schön, wo war ich gleich? Ah, hier . . .«

»Wer kann sie aufhalten? Wie kann unsere geliebte Stadt gerettet werden? Was geschieht, wenn wir uns selbst verleugnen? Wenn wir unsere Herkunft vergessen? Wenn der Feind, den wir verachten, in Wahrheit in unserem eigenen Herzen wohnt?«

»Klingt total bescheuert«, sagte das Mädchen verächtlich. Doch er überhörte ihre Worte und las weiter. »Dann sind da diese Bilder und hier steht . . .«

»Damit aus den beiden, die getrennt waren, wieder eins werden kann.«

». . . oder so ähnlich«, sagte er stirnrunzelnd. »Mehr kann ich nicht entziffern. Es ist wie ein Puzzle. Die Zahlen auf ihrem Gewand, hier – 6 und 8 und 48 – haben sicher etwas zu bedeuten. Wir hätten es uns nicht anschauen sollen. Solche Sachen sind gefährlich.«
»Kein Wunder, dass dein Volk hier am Fluss lebt und ihr keine richtigen Jobs habt. Ihr wohnt irgendwie in den Wolken, in einem Wolkenkuckucksheim.«
Dunkelheit kroch durch den Nebel und man konnte nicht mehr viel sehen. Plötzlich schien das Wasser lebendig zu werden. Es begann, gegen das Floß zu wogen und es zu überspülen. Die Wellen kamen von nirgendwo her, wurden immer größer, überschlugen sich unweit der Stelle, an der die beiden Kinder standen.

Der Junge machte einen Satz und das Mädchen ließ das Pergament fallen. Er bekam es als Erster zu fassen und steckte es unter sein Hemd.
»Sumpfdrachen!«, rief er.
Sie kletterten höher ans Ufer und schon schien der Fluss aus den Fugen zu geraten, riss den morschen Baum aus der Erde und zerschmetterte ihn. Zusammen mit der letzten der Wurzeln kamen andere, tiefer vergrabene Kisten zum Vorschein und wurden von dem reißenden Wasser mitgerissen. Die Kinder sahen ihr Floß aus dem Wasser springen, um gleich darauf in einer schäumenden Brühe aus Strudeln und Schlamm unterzugehen.
Der Junge konnte einen Blick auf einen großen, schuppigen, mit kleinen Muscheln übersäten Schädel mit zwei listigen Augen und einer Halskrause aus Kiemen erhaschen. Das Monster stieß ein markerschütterndes Gebrüll aus, ehe es wieder unter Wasser tauchte und verschwand. Ein mächtiger Strudel breitete sich ringförmig über die Wasseroberfläche aus.
Dann war alles wieder ruhig.
Die zerbrochenen Teile des Floßes wurden wieder an die Oberfläche gespült und trieben langsam flussabwärts.
Im ersten Moment fanden die beiden Kinder keine Worte.
»Was für ein Glück, dass wir nicht mehr auf dem Floß waren«, sagte das Mädchen nach einer Weile.
Noch immer rührten sie sich nicht vom Fleck. Sie zitterten wie Espenlaub, aber nicht, weil es kalt gewesen wäre.
»Tja, nun kannst du es dem Baum nicht mehr zurückgeben oder was immer du vorhattest. Es gibt keinen Baum mehr . . .«

Ohne viele Worte gingen sie zu Fuß am Fluss entlang nach Hause.
In dieser Gegend lebte niemand. Treibholz lag in langen Furchen oben am Ufer, von der letzten Überschwemmung hier angespült. Ein Wolf schlich in einiger Entfernung durch das Unterholz.
»Morgen früh fahren wir weg«, sagte das Mädchen. »Mein Vater muss weiter. Er schuldet etlichen Leuten Geld. Ganz schön hart, das Geschäftsleben.«
Ihr Vater besaß einen Schleppkahn und handelte mit Schrott und Alteisen. Er verbrachte seine Zeit damit, die Schutthalden oberhalb der Schlammdörfer nach Altmetall abzusuchen. Keine sehr angesehene Tätigkeit für einen ehrbaren Bürger.
»Ich muss es zu etwas bringen im Leben«, sagte das Mädchen auf einmal entschlossen. »Ich glaube nicht, dass ich jemals wieder mit einem Magico befreundet sein werde.«
»Früher hast du nie Magico gesagt, sondern Karmide.«
»Na, ich werde eben erwachsen. Du weißt genau, wie sehr mein Vater dagegen ist, dass ich mit dir befreundet bin. Das mit dem Floß hat er neulich mitgekriegt. Ich hatte schon Angst, er würde mich umbringen. Er sagte, die Stadt wäre wesentlich schöner, wenn es euch nicht gäbe.«
»Wenn es uns nicht gäbe, gäbe es überhaupt keine Stadt«, brummte der Junge und kickte einen Stein aus dem Weg. »Und außerdem war deine Mutter auch eine Karmidin und folglich bist du auch eine von uns.«
Sie wirbelte herum, blitzschnell, packte ihn an den Schultern und zog ihn so dicht zu sich, dass er ihre Haut riechen konnte.

»Vielleicht war sie eine«, fauchte sie, »und kann sein, dass ich auch eine bin. Du bist der Einzige, dem ich jemals von meiner Mutter erzählt habe. Sie hat mich im Stich gelassen. Ich hasse sie! Für mich ist es so, als hätte es sie nie gegeben. Jedenfalls habe ich nicht die Absicht, mich hier abzuplagen, ewig arm und hungrig und benebelt wie mein Vater.«

Sie schwiegen für eine Sekunde. Atmeten den Atem des anderen ein.

»Also heißt es Adieu, mein Freund, und du versuchst am besten auch von hier wegzukommen. Aber dafür bist du zu weich. Falls sie dich eines Tages brauchen, wie du gesagt hast, werden sie ihr blaues Wunder erleben. Du bist nicht gerade der große Kämpfer, oder? Aber im Grunde ist das keiner von deinem Volk.« Und für den Bruchteil einer Sekunde wirkte sie schutzlos und welk wie eine alte Frau.

Gleich darauf hörten die beiden eine laute Männerstimme den Namen des Mädchens rufen. Die Stimme kam vom Fluss herauf, wo ein kleiner Schleppkahn flussabwärts tuckerte, in Richtung der Schlammdörfer.

»Oh nein. Das ist er . . .«

Der Motor begann zu stottern.

»Er wird mich umbringen. Seit heute früh war er in Red Moon und hat sich voll laufen lassen. Dich wird er auch umbringen, also verschwinde lieber.«

Die Stimme bellte: »Was machst du da oben, du unverschämtes Miststück? Hab ich dir nicht gesagt, du sollst im Haus bleiben?«

Der Junge drehte sich um und wollte weglaufen, doch sie packte ihn am Arm.

»Hast du es wirklich nicht entziffern können?«, fragte sie drängend, wieder in ihrem üblichen, überheblichen Tonfall. »Weißt du wirklich nicht, was es bedeutet?«
»Was?«
»Die Sache, wie sie gestoppt werden kann, das mit der anderen, möglichen Zukunft oder was auch immer.«
Flüche drangen vom Wasser herauf. »Wenn du wieder mit diesem verrückten Magico-Kerl zusammensteckst, dann . . .«
»Ich hab's dir doch schon gesagt, es ist wie ein Puzzle. Die Person, die es geschrieben hat, hat vielleicht selbst nicht genau gewusst, was es zu bedeuten hat.«
»Hör mal, dir ist vielleicht etwas entgangen. Es gehört sowieso mir, ich hab's entdeckt. Also gib es her!«
»Bist du verrückt geworden? Lass mich los! Er wird mich umbringen!«
Der Junge versuchte sich loszureißen, aber nicht nur aus Angst vor ihrem bekanntermaßen verrückten Mistkerl von Vater. Bis zum heutigen Abend war sie seine beste Freundin gewesen. Doch das war nun vorbei und all ihre Gedanken waren nur noch auf ihre Zukunft gerichtet, eine Zukunft, in der es ihn nicht mehr gab. Er fühlte sich gekränkt, allein gelassen und sehr, sehr müde. Auf der Pergamentrolle ging es nicht um Geld, es ging um etwas ganz Besonderes, das mit den Karmiden zu tun hatte, und er wollte nicht, dass sie noch einmal einen Blick darauf warf. Ein blasser Regenbogen von Farben flackerte für einen kurzen Moment um die beiden Kinder herum auf und löste sich dann in der Dunkelheit auf.
Ganz kurz nur, aber sie hatte es bemerkt.

»Du meine Güte, ihr Magicos seid schrecklich gefühlsbetont. Sieh dich vor! Und jetzt gib's endlich her!«
»Ich weiß nicht, was das alles bedeuten soll, die Frau mit den Zahlen auf dem Gewand, die Stadt, der Stapel Geld, nichts davon begreife ich. Lass mich endlich los!«
Er drückte das wertvolle Schriftstück unter dem Hemd krampfhaft an seine Brust. Seine Finger versprühten Farben.
Sie wollte gerade nach der Rolle greifen, als ihr Vater, wie üblich betrunken von zu viel Blutbeerensaft, am Ufer heraufkraxelte.
»Du gehst sofort auf den Kahn und *du,* du Monster, *dich* schnapp ich mir!«
Der Junge riss sich los und stürmte davon. Durchbohrt von wüsten Schreien, die auf ihm landeten wie Speere, rannte er taumelnd am Ufer entlang.
»Treib dich gefälligst mit deinesgleichen herum, du dürrer, kleiner Gnom ...«
Das Luftholen tat ihm weh. Er stolperte und fiel, seine Knie begannen zu bluten. Doch er rannte weiter. Irgendwann wurde das Gebrüll hinter ihm leiser.
Er konnte es sich erlauben, etwas langsamer zu rennen, und wenig später konnte er dann endlich normal gehen. Der Nebel hatte sich verzogen. Auf der einen Seite wurde der Fluss zur Schlammgegend hin breiter. Auf der anderen erhob sich ein großes Netz von Lichtern und der Mond hing über der schwarzen Schulter eines Bergs.
In der Ferne hörte er Donnergrollen. Das Gewitter kam näher. Ein Blitz zuckte über den Himmel und einen Moment lang war alles in eine gleißende Helligkeit getaucht.

Der Fluss verlief an einer Seite der Stadt lang, die ein wildes Panorama von Dächern, Kirchturmspitzen, Türmen, Kathedralen und Minaretten bot.
Dann wurde es wieder dunkel und still. Nur die in der Ferne funkelnden Lichter waren zu sehen.
Und endlich sah er vor sich die Lichter der Schlammdörfer, unterhalb derer der Fluss wie Honig schimmerte.

Später, zurück in seiner Pfahlhütte, kletterte er als Erstes die Leiter zu seiner Schlafstelle hinauf und versteckte das Pergament unter seiner Matratze.
»Na, nichts zu erzählen?«, fragte sein Vater, der an einer Schnitzerei saß, sarkastisch. Er war enttäuscht darüber, dass sein Sohn ständig las. Seiner Meinung nach hätte er mehr reden, Witze machen sollen.
Der Junge setzte sich neben ihn auf den Holzfußboden.
»Eine kleine Auseinandersetzung gehabt? Hast du dich mit einem Wolf gestritten? Oder einem Minotaurus? Oder vielleicht gar mit einem Drachen? Ich dachte, du kämst mit allen Kreaturen gut aus. Schließlich lieben sie dich, oder etwa nicht?« Sein Vater schnaubte vor Lachen. »Sieht ganz so aus, als hätte sich das geändert. Oder bist du etwa gefallen, als du vor etwas weggerannt bist?«
Seine Mutter streckte den Kopf durch den ramponierten Perlenvorhang und kam wenig später mit einer Schüssel Wasser und einem Lappen wieder. Der Junge betupfte sich die Knie durch die Löcher, die er in seine Hose gerissen hatte.
»Ihr kennt doch mein Mal«, sagte er plötzlich.
Beide Eltern blickten ihn an.
»Könnte es nicht ein Irrtum sein? Ich meine, glaubt ihr, es

könnte diesmal jemand anders sein, der nur zufällig das Mal nicht hat? Das habe ich und dabei bin ich gar nicht der Richtige.«

Sein Vater hämmerte wütend auf seine Schnitzerei ein. Holzspäne flogen durch die Gegend.

Wie üblich bereute der Junge seine Worte umgehend. Doch dann hob seine Mutter die Arme und der kahle Raum füllte sich mit den Geräuschen des Meers. Wellen schlugen ans steinige Ufer und wurden zurückgeworfen, brausend und zischend, stiegen dann sachte wieder an. Muscheln glänzten auf den Brettern des Fußbodens. Möwen kreischten über ihren Köpfen.

»Da soll mich doch ...«, flüsterte der Vater.

»Habe ich jetzt deine Aufmerksamkeit?«, fragte die Mutter. »Unser Sohn mag vielleicht nicht von Natur aus ein Anführer sein. Er sitzt nicht am Lagerfeuer und redet endlos darüber, wie es wohl jetzt wäre, wenn wir uns nur mehr gewehrt hätten, als sie ankamen. Wir haben seit hunderten von Jahren hier gelebt, geschützt von allen Einflüssen von außen. Doch irgendwann trafen sie ein. Es gibt keinen Ort auf der Erde, an dem sie nicht ihre Fußspuren hinterlassen hätten, die menschlichen Wesen, die Normalos. Du denkst, wir hätten sie bekämpfen sollen. Doch dann hätten sie uns vernichtet.«

»Wäre besser als das hier«, zischte sein Vater. »In diesen Slums zu leben, bettelarm. Unsere Stadt haben wir verloren, unsere Kräfte werden verachtet. Unsere Selbstachtung hat sich aufgelöst wie faulendes Fleisch ...«

»Du bist genau wie all die anderen Narren, Cornelius. Wie Hunde, die eine Schlacht verloren haben und herumkriechen, als wäre jene Schlacht die einzige, die es jemals gab und geben wird. Wer hat das Große Portal erbaut, hinter dem wir seit Jahrhunderten einigermaßen sicher leben? Ohne dieses Portal wären wir alle längst in die Außenwelt geschleppt worden und würden auf Jahrmärkten vorgeführt. Oder in Laboren seziert werden ... *Wer hat dieses Portal erbaut?«*

Niemand sagte ein Wort. Die Wellen stiegen an und zogen sich wieder zurück.

»Und?«

»Araminta ...«, murmelte der Vater erschöpft.

»Das war es, was sie für ihr Volk tun konnte. *Und wenn seine Zeit gekommen ist, wird auch mein Sohn einen Weg finden, um seinem Volk zu helfen.«*

Sie hielt das Bild noch einen Moment lang fest. Das Meer, die Vögel und das blaugraue Licht.

Dann senkte sie ihre Arme wieder, die Szene verblasste und der Raum war wieder ein einfacher Raum.

Das Mädchen ging mit dem Vater zu seinem Schleppkahn in Red Moon zurück. Er war keine große Hilfe, ihr Vater, als er herumtorkelte und vor sich hin fluchte, während sie die ganze Arbeit machte. Er ließ sich wie üblich auf sein Bett fallen, wobei er die Öllampe umstieß. Sie zog den Lukendeckel herunter. Kroch herum, fand schließlich ein paar Essensreste vom Vortag. Heute Abend war ihr Vater noch unerträglicher als sonst. Schlief er denn nun endlich?

Nein. Er starrte sie an. Hellwach. Mit großen Augen. Beängstigend.

Sie blieb reglos stehen.

»Du siehst genauso aus wie *sie«*, flüsterte er. »Hast die-

selben hochnäsigen, dreckigen Augen einer Schlampe.«
Ihr Gesicht blieb unbewegt. Sie verscheuchte jeden Ausdruck daraus, wie sie es vor langem schon gelernt hatte. Um ihm keinen Grund zu geben, sie noch mehr anzubrüllen.
Aus einer ungeheuren inneren Distanz heraus sah sie ihn endlich in den Schlaf hinübergleiten.

Seit damals war viel Zeit vergangen. Der Junge und das Mädchen waren längst erwachsen geworden.

DANTE

Der Morgen brach an in der Parry Street und Albert hatte die ganze Nacht über kein Auge zugetan. Als er die Wohnung verließ, um in die Bibliothek zu gehen, kam Alice, um Otto zu besuchen.

In der *Stadt der Bäume* gab es keine Schulen. Jeder wählte aus, was er lernen wollte, oft erst, wenn er erwachsen war. Ein gewisses Grundwissen jedoch erlernten die Kinder im eigenen Heim, durch Frauen, die eigens hierfür zu ihnen kamen. Diese Frauen waren grundsätzlich fröhlich und nett und hießen entweder Alice oder Fumi.

Sie saßen am Küchentisch. Hochkomplizierte Räderwerk-Mobiles, die Otto erst neulich aufgezogen hatte, schwirrten, surrten, hämmerten und hüpften über ihren Köpfen. Doch Alice ließ sich nicht ablenken.

»In Technik hast du große Fortschritte gemacht«, rief sie mit lauter Stimme, um den Lärm zu übertönen.

»Haben Sie gestern Abend den Präsidenten im Fernsehen gesehen?«, fragte Otto.

»Ja.«

»Glauben Sie, es stimmt, was er gesagt hat?«

»Nun, Otto, warum sollte ich seine Worte in Zweifel stellen? Und außerdem – was hat das bitte schön mit dem Achter zu tun, den du bis heute lernen solltest?«

»Meinen Sie, die Magicos sind böse?«

»Sechs mal acht gibt achtundvierzig«, antwortete Alice.

Danach ging Otto in das Uhrenviertel *Clock Town* an einen Ort, der das Kunsthaus genannt wurde.
Das Kunsthaus war aus massivem Stein und darin gab es verschiedene Werkstätten und Ateliers, in denen sich jeder nach Lust und Laune betätigen konnte.
Hier war Otto mit seinem Freund Dante verabredet, mit dem zusammen er eine Windmühle baute. Das Kunsthaus war einer ihrer Lieblingsorte.
Dante wartete schon auf ihn.
»Mein Vater hat seinen Job verloren«, sagte er statt einer Begrüßung. »Die Mine, in der er gearbeitet hat, ist eingestürzt. Er kann von Glück sagen, dass ihm nichts passiert ist.«
»Was wird er jetzt machen?«
»Was kann er schon machen? Er hat nie woanders gearbeitet als im Bergwerk. Vielleicht müssen wir jetzt umziehen, rüber in die Arbeiterstadt. Dort ist es billiger.«
»Gut, dann komm ich dich dort besuchen.«
»Oh, das ist ein weiter Weg. Alles wegen diesen widerlichen Magicos. Man sollte sie einsperren. Ich hasse sie. Sie hängen nur faul herum, ständig benebelt. Sie sind kein bisschen organisiert, haben keine festen Jobs. Sie sind überhaupt zu nichts nütze.«
Angewidert spuckte Dante auf den Boden. Ein Junge, der an der Werkbank neben ihm saß, blickte herüber.
»Vielleicht sind es ja gar nicht sie«, sagte Otto. »Warum sollten sie plötzlich so gemeine Dinge tun? Bisher taten sie es nie. Mein Vater . . .«
»Klar, für ihn besteht natürlich keine Gefahr, dass er seinen Job verliert«, fiel Dante ihm unsanft ins Wort. »Einen ruhigen, gemütlichen Job hat er, da brauchst du dir keine

Sorgen zu machen. Für uns sieht die Sache leider anders aus. Eins kann ich dir sagen, Toto, wenn's drauf ankommt, kann mein Vater ziemlich fies werden. Viele der anderen Bergarbeiter übrigens auch.«
Dante nannte Otto manchmal Toto, vielleicht fand er das lustig.
»Komm, drehen wir eine kleine Runde, Toto. Mir ist heute nicht nach Arbeiten.«
»Was meinst du mit ›wenn's darauf ankommt‹? Worauf kommt es an?«
»Weiß nicht, wenn es einen Kampf gibt oder so.«
Sie hatten das Kunsthaus verlassen und gingen durch den Park. Früher waren sie oft meilenweit spazieren gegangen, durch ihren Stadtteil und die nähere Umgebung.
»Mein Vater meinte, das Ganze könne vielleicht frei erfunden sein«, sagte Otto nach einer Weile.
»Hast du die Löcher nicht gesehen? Wenn dir schon die Bergwerke egal sind, dann solltest du dir zumindest wegen der Straßen Sorgen machen, oder? Es kann sich nur um Zauberei handeln. Ganz schön mächtige Zauberei zudem. Schau, da ist ein neues ...«
Neben einer Reihe von riesigen Klettergerüsten, die von allein gewachsen waren, hatte sich ein neues Loch in der Erde aufgetan. Hier hatten sie im vergangenen Sommer viele Nachmittage verbracht. Als sie nun an den Gerüsten vorbeigingen, sahen sie ein Schild, auf dem stand: ACHTUNG – GEFAHR! VON MAGICOS VERURSACHTE SCHÄDEN.
»Er glaubt halt nur, dass es nicht unbedingt stimmen muss«, sagte Otto.
»Ich fand schon immer, dass er zu viele Bücher liest. Viel-

leicht gibt es aber auch einen anderen Grund. Vielleicht habt ihr in eurem Stammbaum irgendwo einen Magico. In manchen Familien kommt das vor, weißt du.«
»Oh, nein. Das glaube ich nicht«, sagte Otto schockiert.
»War nur ein Witz. Ihr seid viel zu ehrbar, ihr Leute aus der Parry Street.«
Otto gab keine Antwort. Dantes Familie wohnte im Uhrenviertel, wie die meisten Minenarbeiter.
»Schau, ich hab schon immer gesagt, dass du schlau bist, Toto. Du bist zwar ein bisschen kurz geraten, sagst meistens nicht viel und deine Klamotten sind etwas daneben. Aber das macht mir nichts aus, weil du ein cooler Typ bist und klar denken kannst. Du bist ein schlauer Kopf. Aber im Moment scheint dir was zu entgehen. Hör damit auf, den Leuten zu erzählen, was dein Vater meint. Einige der Mondstein-Schürfer könnten sich darüber aufregen.«
Sie gingen zunächst schweigend weiter, bis Dante auf ein paar Kinder zeigte, die an einem Brunnen saßen.
»Muss gleich zu ihnen. Sie sind alle aus Mondstein-Schürfer-Familien.«
»Ich kenne sie nicht«, sagte Otto betrübt.
»Klar, wie auch, Toto? Seit diese Sache angefangen hat, ist es bei uns allen zu Hause etwas kompliziert geworden. Tagsüber stecken wir meist zusammen. Falls wir umziehen, geb ich dir Bescheid, okay? Sag dir meine neue Adresse.«
Leichtfüßig ging Dante von dannen, und obwohl Otto verlegen noch ein Weilchen stehen blieb und seinem Freund nachblickte, drehte dieser sich nicht mehr um.

ZEBORAH UND HEPZIBAH

Langsam ging Otto nach Hause.
Hepzibah stand im Laufstall und hielt sich am Geländer fest. Er setzte sich zu ihr, sie grinste ihn an und hob dann zuerst das eine, dann das andere Beinchen hinter sich in die Luft – wie ein Schwimmer, der sich am Beckenrand festhält –, als sei es die natürlichste Sache der Welt.
Kichernd kickte sie mit ihren stämmigen Beinchen.
»Mum?«, rief Otto verwundert.
Aus der Küche kamen Waschgeräusche.
»Was ist?«, rief Dolores zurück.
Hepzibah nahm eine Hand vom Geländer.
Otto hielt sie rasch an ihrer zweiten Hand fest. Sie fühlte sich an wie ein Drachen oder wie einer dieser Luftballons, die an die Decke schweben, sobald man sie sicher nach Hause gebracht hat.
»Hepzie schwebt«, sagte er.
Dolores tauchte unter der Tür des Wohnzimmers auf.
In diesem Moment befreite Hepzie sich aus Ottos Griff und schwebte über seinen Kopf hinweg zur Decke, in Richtung der vielen zerbrechlichen und verlockenden Mobiles, die Mr Hush für seine Frau gebastelt hatte. Anmutig und schwerelos streckte sie ihre kurzen Ärmchen aus. Es sah wunderschön aus.
»Halt sie fest!«, schrie Dolores, stürzte nach vorne und stolperte über Otto. Doch Hepzie war schon außer Reichweite. Sie war längst an der Decke, wo sie auf und ab hüpfte, während ihre Mutter und ihr großer Bruder zu-

sammenstießen, mit den Armen ruderten und verzweifelt nach ihr riefen.

»Sie wird fallen! Sie wird fallen!«, rief Dolores, die inzwischen auf das Sofa gesprungen war, um näher an der Decke zu sein, voller Panik.

Von dem Lärm angelockt, kam Zeborah aus der Küche getorkelt, einen Keks in jeder Hand. Als sie Hepzie an der Decke entdeckte, lachte sie auf.

Otto, der seine kleinen Schwestern gut kannte, schnappte sich einen von Zebbies Keksen, stellte sich genau unter Hepzie und winkte ihr damit zu.

»Keks«, rief er.

»Komm herunter, komm herunter. Komm herunter!«, rief Dolores ein ums andere Mal.

Hepzie sah den Keks und schwamm prompt durch die Luft auf Otto zu. Endlich konnte ihre Mutter sie an den Füßen packen.

Otto starrte ratlos an die Decke. Er versuchte stets alles zu verstehen, doch im Moment war sein Kopf voller Drähte und Magneten und anderen verzweifelten Erklärungsversuchen. Hinter ihm war Zeborah, anfangs ungesehen, auf die Lehne von Vaters Sessel geklettert, machte einen Schritt ins Leere und schwebte langsam bis zur Mitte des Zimmers, während sie in aller Seelenruhe weiter an ihrem Keks knabberte.

Über ihren Köpfen gerieten Mr Hushs geliebte Mobiles auf einmal wegen eines Luftzugs in Bewegung. Die winzigen Glöckchen bimmelten. Grüne, rosafarbene und weiße Zuckermandeln begannen, um eine Sonne aus Papier zu kreisen. Da fiel Dolores' Blick auf Zeborah. »Das Fenster!«, brüllte sie.

IN DER BIBLIOTHEK

Zu diesem Zeitpunkt arbeitete Albert Hush in einer abgelegenen Ecke im ruhigsten Teil des Kellergeschosses der Städtischen Zentralbibliothek. Er liebte Bücher und er liebte seinen Beruf: Etwas anderes als Bibliothekar hatte er nie werden wollen. Für das dezente goldene Abzeichen an seiner Brust hatte er hart gearbeitet.

BIBLIOTHEKSLEITER
ARCHIV FÜR ALTE SCHRIFTSTÜCKE

Und natürlich wusste er mehr über die Sammlung alter Schriftstücke dieser Stadt als sonst jemand.
Im Moment hatte er eines davon vor sich liegen.
Es handelte sich um eine weitere Hinterlassenschaft der Magicos, vermutlich ohne großen Wert, doch aus persönlichen Gründen versuchte er es so akkurat wie möglich abzuschreiben. Er war nicht gut im Zeichnen und es war eine recht schwierige Aufgabe, besonders weil er in aller Eile und heimlich arbeiten musste. Es gab zwar einen mit Pedalen betriebenen Fotokopierer, doch die damit angefertigten Kopien waren allesamt schmierig und fleckig.
Irgendwo über seinem Kopf ratterte eine Trambahn.
Und auf einmal läutete das alte, verstaubte Telefon an der Wand.
Wer konnte wissen, dass er hier unten war?
»Mr Hush?«
Natürlich, es war seine Assistentin, Miss Fringe, die irgendwie immer zu ahnen schien, wo er war.

»Hm, ja, am Apparat. Ich bin gerade dabei, zu überprüfen, hm . . . ob . . .«
»Ihr Sohn ist in der Leitung, Mr Hush. Soll ich ihn durchstellen?«
»Ja, bitte.«
Er hörte ein leises Surren und Klicken und dann Ottos Stimme. Sein Sohn klang sonderbar und war schwer zu verstehen, da im Hintergrund alarmierendes Geheule und Poltern ertönte.
»Bist du es, Otto?«
»Dad, Dad, kannst du bitte sofort nach Hause kommen?«
»Was ist passiert? Wo ist Mum?«
»Im . . . im Wohnzimmer.«
Dolores rief etwas, das Albert jedoch nicht verstehen konnte.
»Kann ich sie mal sprechen, Otto? Geh und hol sie an den Apparat.«
Eine Pause. Weitere mysteriöse Geräusche. Ob sie die Zwillinge gerade badete? Aber nein, doch nicht im Wohnzimmer.
»Sie kann gerade nicht.«
»Wieso?«
»Bitte, kannst du heute früher nach Hause kommen?«
»Ist alles in Ordnung? Wieso kann Mum nicht ans Telefon kommen?«
»Sie ist bei Hepzie und Zeb unter dem Tisch. Wir versuchen, sie unter dem Tisch zu halten, aber sie wollen nicht mehr. Sie wollen wieder fliegen.«
Albert hörte weitere Schreie im Hintergrund. Er hörte Dolores mit lauter und bestimmter Stimme sagen, er solle umgehend nach Hause kommen, sofort. Albert hielt den

Hörer an sein Ohr gepresst, während sich die Regale im Keller der Bibliothek um ihn zu drehen begannen.
»Dad? Dad?«
»Schon gut«, flüsterte er. »Ich komme . . .«

»Ist Ihnen heute nicht gut, Mr Hush?«, fragte Miss Fringe, als sie ihm seinen Regenmantel brachte. Ihr Chef war normalerweise nie krank oder machte vorzeitig Feierabend.
»Nein, mir ist nicht wohl«, sagte Albert mit einer etwas verlorenen Stimme. »Zudem gibt es zu Hause ein kleines Problem.«
Er verließ das große Bibliotheksgebäude durch eine der Seitentüren und eilte schnellen Schrittes die Straße entlang, wobei er seinen Hut mit einer Hand festhielt.
Ohne sich auch nur einmal umzublicken, ging er auf dem breiten Trottoir unter den Linden entlang. Noch um diese Ecke, dann um die nächste. In der Parry Street angekommen, wäre er beinahe von einer Trambahn angefahren worden. Leute riefen ihm etwas zu, Hupen ertönten. Dann endlich stand er vor seinem Wohnblock.
»Alles in Ordnung, Mr Hush?«, erkundigte sich Mrs Thudbutton. Sie war nicht besorgt um ihn, sie war nur neugierig.
»Nein«, flüsterte Albert fast lautlos, als er das Gitter des alten Aufzugs zuzog. Klirrend brachte dieser ihn langsam nach oben.
Dann endlich die Wohnungstür.
Alles war dunkel. Die Vorhänge mussten zugezogen sein. Er rief Hallo, hörte als Antwort jedoch nur gedämpfte Stimmen. Im Schein einer auf dem Fußboden stehenden

Fackel sah er Dolores und Otto unter dem Tisch im Wohnzimmer kauern, jeder mit einem der Zwillinge im Arm. Der stundenlange Protest hatte Hepzibah und Zeborah schließlich müde gemacht.
Otto sah, wie sein Vater sich herunterbeugte, um Mutter auf die Wange zu küssen, wie so oft, wenn er nach Hause kam. Da Dolores jedoch im Moment unter dem Tisch saß, musste sich Albert diesmal niederkauern.

DER VERBRANNTE TOAST

Als Otto am nächsten Morgen erwachte, kam ihm als Erstes in den Sinn, dass seine Schwestern fliegen konnten. Aufgeregt sprang er aus dem Bett und rannte in die Küche. Hier herrschte Chaos. Seine Mutter hielt Hepzie am Knöchel fest, während sie mit der freien Hand Brotscheiben in den Toaster steckte. Hepzie kicherte und trat um sich.

Zebbie war gerade damit beschäftigt, kleine Handabdrücke an der Decke anzubringen, und etliche der aufziehbaren Mobiles lagen kaputt auf dem Boden. In dem ganzen Durcheinander bemerkten Dolores und Albert ihren Sohn zuerst gar nicht.

»Ich kann es nicht glauben, dass du so etwas sagst«, sagte seine Mutter aufgebracht. »Rufen wir doch einfach Dr. Smuggit an. Warum auch nicht? Warum kann es kein Virus sein? Was ist mit dem Hüpfvirus? Wie du weißt, habe ich modernen Tanz unterrichtet und einmal sind zwei Leute aus der letzten Reihe einfach aus dem Fenster gesprungen. Zum Glück lag der Tanzsaal im Erdgeschoss. Weißt du noch? Und dieser Mann, der unter uns wohnte, blieb in einem Baum hängen und du musstest die Feuerwehr anrufen. Weißt du noch?«

»Ich glaube nicht, dass es ein Virus ist«, sagte Albert mit ruhiger Stimme.

»Okay, okay, und was ist mit diesen Wanzen, die bewirkt haben, dass alle, die gestochen wurden, rückwärts gingen? Meine Mutter hatte es besonders schlimm er-

wischt. Daran musst du dich doch noch erinnern. Es waren definitiv diese Wanzen. Dauernd stieß Mutter gegen Wände, Laternenpfähle, Pferde, Kamele und . . .«
»Ich glaube nicht, dass es Wanzen sind«, sagte Albert.
»Na schön, dann liegt es vielleicht an etwas, das sie gegessen haben. Der Doktor wird es schon herausfinden. Vielleicht bekamen sie in letzter Zeit zu viele Vitamine. Oder es ist eine Allergie. Er kann sie auf Allergien testen.«
Der Toaster qualmte. Die Toastscheiben mussten stecken geblieben sein. Doch das fiel nur Otto auf.
»Ich möchte keinen Arzt oder sonst jemanden hinzuziehen«, erklärte Albert mit Bestimmtheit.
»Willst du damit etwa sagen, dass wir *nichts* unternehmen sollen?«, brüllte Dolores empört und drehte sich abrupt um. Dabei ließ sie Hepzie versehentlich los und bemerkte, dass Otto unter der Tür stand.
»Da schau, was du angerichtet hast, Albert. Du hast den armen Ottie ganz durcheinander gebracht«, fügte sie mit ruhigerer Stimme hinzu.
»Die Toasts verbrennen«, sagte Otto.

Albert und Dolores stritten sich den ganzen Tag. Albert, der nur selten unnachgiebig war, beharrte eisern darauf, dass sie mit den Zwillingen weder zum Arzt noch zur Kinder- oder Familienmission, der freundlichen Apothekerin oder sonst jemandem gehen sollte. Er behauptete, der Arzt würde nichts feststellen können und eine Untersuchung würde die Zwillinge nur durcheinander bringen. Es sei durchaus möglich, dass sich diese neue Gewohnheit in ein paar Tagen wieder von selbst legte.

DER KARMIDENTURM

Am darauf folgenden Tag machte Dolores mit Otto und den Kleinen einen Spaziergang. Die Mädchen wurden in ihrem Zwillings-Buggy festgeschnallt, mit den Riemen, die sie sonst vor dem Herausfallen bewahren sollten.
Dolores setzte verdrossen einen Schritt vor den anderen. Sie sah wunderschön aus in ihrem himbeerroten Kleid. Otto hatte vorgeschlagen, sie solle die Zwillinge an ihren Halteriemen wie Luftballons fliegen lassen, doch seine Mutter schien von der Idee nicht begeistert zu sein.
»Es ist besser, wenn niemand davon weiß«, sagte sie. »Dein Vater ist auch der Meinung, dass es ein Geheimnis bleiben sollte.«
Sie gingen auf direktem Weg zum Boulevard, der größten und schönsten Einkaufsstraße in der großen *Stadt der Bäume*. Otto fragte, ob sie vielleicht zum Karmidenturm gehen und sich dort auf eine Bank setzen könnten. Der Turm war einer seiner Lieblingsplätze und er war häufig mit Dante hier gewesen.
Dolores kaufte für jeden ein Eis, und als sie sich setzten, um es aufzuessen, kam einer der Boulevard-Fremdenführer im traditionellen Kratervogel-Aufzug daher, eine kleine, höfliche Schar von Leuten im Schlepptau. (Kratervögel waren auf dem Stadtwappen abgebildet und sahen in etwa wie riesige Störche aus.)
»Hier sehen Sie den legendären Karmidenturm«, sagte der Führer, dessen Stimme trotz des gewaltigen Schnabels gut zu verstehen war. »Wie Sie sehen, besteht er

aus massiven Steinen, in die übereinander stehende Tiere und Vögel gehauen sind. Der Turm ist sehr, sehr hoch, höher als jedes andere Bauwerk hier am Boulevard. Es handelt sich um einen Spitzturm, der sich nach oben hin immer mehr verjüngt.«

Der Führer hatte Otto, Dolores und den Zwillingen den Rücken zugewandt. Die Zwillingen starrten fasziniert auf die Verschlüsse an seinen pelzigen orangefarbenen Beinen.

»Hier im unteren Bereich sehen Sie drei Elefanten, jeder so groß wie ein Doppeldeckerbus.«

Alle betrachteten die Elefanten. Man konnte unter dem Turm hindurchgehen und auf der anderen Seite wieder hervorkommen.

»Auf dem Rücken der majestätischen Elefanten stehen Nashörner, Flusspferde und darauf Tiger, dann Löwen, die Könige der Tierwelt, dann Panther . . .« Es folgte eine lange Aufzählung, während der die höfliche Menschenschar sich immer weiter nach hinten beugte, um erkennen zu können, was weiter oben am Turm zu sehen war.

». . . Gorillas, Strauße, Flamingos . . . Wölfe, Dingos, Enten . . . Hauskatzen, Meerschweine, Hamster . . .«, fuhr der Führer fort. Und dann verstummte er.

»Und was ist ganz oben?«, fragte einer seiner Zuhörer.

Mit einer theatralischen Geste hob der Führer seine beiden großen grünen Flügel.

»Das weiß niemand, meine sehr verehrten Damen und Herren, kein Mensch. Der Turm ist so hoch, dass niemand seine Spitze sehen kann. Aus Sicherheitsgründen darf man ihn nur bis zu einem Dreiviertel seiner Höhe ersteigen, denn danach wird er dünn wie ein Besenstiel.

Selbst mit Ferngläsern gelingt es uns nicht, noch etwas zu erkennen. Bäume versperren die Sicht. Doch man nimmt an, dass sich im oberen Teil zahlreiche kleine Nagetiere und darüber vielleicht noch ein paar Insekten befinden.«

»Großer Vogel!«, zwitscherte Zeborah und warf vor Begeisterung ihre Eistüte in seine Richtung. Ein paar Kleckser ihres Eises platschten auf die Schwanzfedern des Fremdenführers.

»Wir sollten besser gehen!«, zischte Dolores ihrem Sohn zu.

»Großer Vogel! Großer Vogel!«, krähten die Zwillinge nunmehr im Chor. Der Führer drehte den Kopf.

»Wer hat den Turm gebaut?«, fragte ein weiterer seiner Zuhörer mit lauter Stimme, um sich Gehör zu verschaffen.

»Man nimmt an, dass dieser Turm das erste Bauwerk aus Stein unserer Stadt war«, setzte der Führer seinen Vortrag fort. »Doch es ist nicht bekannt, wer ihn gebaut hat und aus welchem Grund. Auch der Ursprung seines Namens ist ein Rätsel. Es ist vermutlich nur ein Zufall, dass auch die Bewohner von Red Moon und Tigerhaus Karmiden heißen. Es ist nicht anzunehmen, dass die Magicos etwas mit einem so interessanten Kunstwerk zu tun haben könnten.«

Aus den Reihen seiner Zuhörer erklang amüsiertes Gelächter.

Hinter dem Rücken des Führers versuchte Dolores mit ihrer Familie unauffällig das Weite zu suchen.

»Großer Vogel! Großer Vogel!«, krähten die Zwillinge unbeirrt und lautstark.

Dolores errötete unter ihrer bernsteinfarbenen Haut. Die Zwillinge hatten auf beängstigende Weise damit begonnen, auf und ab zu hüpfen. Ihr Buggy war ziemlich leicht. Ob sie damit wohl davonfliegen konnten?
»Wir nehmen einen anderen Weg, unter dem Turm hindurch«, sagte sie hastig zu Otto.
»Ja, das war ein sehr großer Vogel«, flüsterte Otto Zeborah zu. »Ein sehr, sehr großer Vogel.« Aus dem Buggy kam ein lautes Kichern.
Dann, als sie gerade unter dem Turm mit den Elefanten auf der Außenseite waren und die Luft unangenehm feucht-kalt und muffig wurde und wo leere Chipstüten herumlagen, trat eine Person aus dem Schatten und baute sich vor ihnen auf. Es war ein Mann in einem alten, abgetragenen, schäbigen Mantel.
Der Buggy kam abrupt zum Halten und das Kichern der Zwillinge erstarb.
Otto spürte, wie seine Mutter ihn hinten am Kragen packte. Er starrte in das Gesicht des Mannes. Es war runzelig und mit Narben bedeckt, kam ihm jedoch vage vertraut vor.
»Dolores«, sagte der Fremde mit heiserer Stimme. »Ich bin Cornelius, Alberts Vater.« Er sprach mit dem Akzent der Schlammdörfer und war zweifellos ein Magico.
Otto spürte, dass seine Mutter Angst bekam. Sie fuhr in weitem Bogen um den Mann herum, verließ fluchtartig das Dunkel unter dem Turm und stürmte in das Sonnenlicht auf der anderen Seite.
Der Boulevard-Führer und seine Zuhörerschaft stapften gerade am letzten Elefanten vorbei und dann weiter zum Rathaus. Hin und wieder tropfte ein Kleckser Eiskrem aus

dem Schwanz des Führers. Seine großen Füße flatterten wie Flossen. Dolores schloss sich rasch der Touristengruppe an, denn unter so vielen Menschen fühlte sie sich sicherer.
»Bitte, hör mir zu, Dolores«, sagte der Mann, der ihr nicht von den Fersen wich.
»Ich bin wirklich Alberts Vater. In der linken Armbeuge hat er ein kleines Mal, das wie ein Schmetterling aussieht. Und manchmal summt er im Schlaf leise vor sich hin.«
»Albert hat mir vor langer Zeit einmal erklärt, dass er nicht über seine Familie reden möchte«, entgegnete Dolores kühl. »Und das habe ich stets respektiert.«
»Aber du musst dich doch gewundert haben. Wegen des Familiennamens und allem.«
»Der Namen Hush hat für mich nichts Ungewöhnliches«, sagte Dolores leise.
Otto sah, dass das blässliche Gesicht des Alten noch bleicher wurde. Die kleinen Augen waren wie Steinsplitter.
Der Führer und seine Gruppe waren inzwischen vor dem Eiscafé Fozzard angelangt. »Hier erhalten Sie jede Geschmacksrichtung, die Sie sich nur vorstellen können ... Pfirsich, Pflaume, Sardine ...«, brüllte er, um den Lärm einer vorbeiratternden Trambahn zu übertönen.
Auch Dolores blieb stehen.
»Der Name Hush klingt für mich nicht ungewöhnlich«, wiederholte sie.
Leute strömten an ihnen vorbei. Sonnenstrahlen fielen durch die blühenden Zweige der Kirsch- und Kastanienbäume.

»Wenn er beschlossen hat dir nichts von seiner Familie zu erzählen, dann ist das seine Sache. Wahrscheinlich schämt er sich«, sagte der Alte zornig. »Aber ich muss dich bitten ihm eine Nachricht zu überbringen. Ich will, dass er sich daran erinnert, wer er ist. Wenn ihm nicht alles gleichgültig geworden ist, dann muss er wissen, dass jetzt alle auf ihn schauen. *Jetzt. Seine Zeit ist gekommen.* Er ist der Einzige, dem alle vertrauen werden. Unglücklicherweise.«

Dolores starrte ihn wortlos an.

Dann lüftete der Mann seinen Hut und seine Haare sprangen hoch – dicke, weiße Haare – und einen Moment lang sah er wie Otto aus. Er machte eine kleine Verbeugung, wandte sich ab und verschwand in der Menge.

Dolores riss den Buggy herum, stieß eine Frau ans Schienbein und stürmte dann auf die farbenprächtigen Schaufenster zu.

Sie ging sehr schnell. Otto hatte Mühe, mit ihr Schritt zu halten. Sie glitten durch die Menge wie ein Haifisch durch einen Schwarm kleiner Fische.

»War dieser Mann wirklich mein Großvater?«, keuchte Otto.

»Weiß ich nicht«, fauchte Dolores.

Unvermittelt bog sie in eine Nebenstraße ab und ließ sich auf ein Mäuerchen fallen.

»Gehen wir jetzt nach Hause, Mum?«

»Gleich«, sagte sie mit ratloser Stimme. »Ich muss mich nur kurz ausruhen.«

An diesem Abend, als sie dachten, Otto sei längst eingeschlafen, hatten Albert und Dolores einen heftigen Streit.

Otto konnte nicht alles verstehen, was sie sagten, denn beide schritten aufgeregt auf und ab.
Seine Mutter schien verletzt und voller Wut.
Sein Vater versuchte ihr etwas zu erklären.
»Warum hast du mir nicht die Wahrheit gesagt?«, fauchte Dolores. »Was hast du gedacht, was ich tun würde?«
»Ich wusste einfach nie, wann ich es dir sagen sollte. Als ich dich so gut kannte, um dir vertrauen zu können, schien es mir plötzlich zu spät zu sein. Und was hätten deine Eltern wohl gesagt?«
Dolores' Antwort war unverständlich.
»Oh ja, das tun sie«, sagte Albert im Wohnzimmer.
»Und ganz gewiss aus Rücksicht unseren Kindern gegenüber, Al. Sie kennen ja nicht einmal ihre eigene Ab . . .« Wieder war alles sehr gedämpft und kaum zu verstehen.
Reglos lag Otto auf dem Rücken. Sanftes Mondlicht ergoss sich über sein Bett und warf die vertrauten Umrisse seines Spinnen- und Drachen-Mobiles an die Wände seines Zimmers.
»Ganz genau«, hörte er plötzlich die Stimme seines Vaters, »das ist genau das, was Leute wie dein Vater und deine Mutter sagen würden. Und du hast Recht damit, absolut Recht. Was genau meinen Standpunkt erklärt.«
Er brüllte nicht. Otto hatte seinen Vater noch nie brüllen hören. Dolores war die weitaus Temperamentvollere von beiden.
»Jeder weiß, dass sie anders sind, Al, sonderbare Dinge machen und keine richtigen Jobs haben. Man erkennt sie auf den ersten Blick, weil sie diesen Akzent haben und das Wort ›Zitrone‹ nicht aussprechen können. Sie lüm-

meln nur herum und betteln. Und nun neuerdings diese schreckliche Sache mit den Bergwerken und den Löchern in den Straßen.«

»Um Himmels willen, Dolores!«, rief Albert, der vielleicht doch bald brüllen würde. »Du hörst dich fast an wie dieser Idiot von Krumm persönlich, wenn du diese hirnrissigen Vorurteile vorbringst. Und ich finde es unglaublich, dass du jetzt damit anfängst, die Leute nach ihrem Akzent zu beurteilen . . .«

»Ich hatte gedacht, wir seien uns in solchen Dingen einig. Und wenn ich es mir recht überlege, *Mr Hush*, oder wie immer dein wirklicher Name auch lauten mag, ich kann mich nicht daran erinnern, dass *du*, seit ich dich kenne, jemals das Wort *Zitrone* ausgesprochen hättest. Kannst du es überhaupt sagen, Al? Wie alle ehrbaren Leute? Vermutlich *nicht!*«

Otto nahm an, dass sein Vater jetzt in der Küche war. Er hörte etwas, das nur die Kühlschranktür sein konnte. Und was immer Albert auch darauf erwiderte, es verlor sich zwischen den Milchtüten und Jogurts.

Hepzie begann zu weinen.

»Du bist ein Betrüger, ein Hochstapler! Alles nur Lügen! Wie könnte ich dir jemals wieder vertrauen?«, rief Dolores aufgebracht. »Und was ist mit dem, was er gesagt hat? Das mit dem *jetzt* und *Es ist Zeit* . . . Was hat das zu bedeuten?«

Otto sprang aus dem Bett und riss die Tür auf. Er blickte in zwei entsetzte Gesichter. Dann marschierte er an ihnen vorbei ins Zimmer der Zwillinge. Er wollte sich über das Gitter beugen und sie aus ihren Bettchen holen, doch das war nicht nötig. Sie flogen durch die Luft, halb

schlafend, jämmerlich weinend, und stießen immer wieder aneinander.
Endlich kamen Albert und Dolores wieder halbwegs zur Besinnung. Sie eilten herbei, trösteten die Zwillinge und Otto bekam ein Glas Milch, einen Keks und ein Apfelstück in die Hand gedrückt, obwohl er auf nichts davon Lust hatte.
Als alles vorbei war, brachte Dolores ihn in sein Zimmer zurück, schüttelte sein Kissen auf und strich seine Bettdecke glatt.
Als Otto dabei aus dem Fenster schaute, sah er ein schwarzes Einhorn mit einem silbernen Horn durch die Straße traben.
Das Klappern seiner Hufe hallte zwischen den Gebäuden wider.
Dann, nicht weit hinter dem Tier, kam ein kleiner Teppich angeflogen, nur wenige Meter über dem Boden, auf dem ein Mädchen saß. Das alles geschah so schnell, dass Otto keine Zeit hatte, nähere Einzelheiten zu erkennen. Ihm fiel nur auf, dass sie ein Patchwork-Kleid aus schwarzen und grünen Flicken trug und dass ihr langes helles Haar im Wind flatterte.
»Leg dich wieder schlafen, Ottie«, sagte Dolores. »Wir gehen jetzt alle zu Bett.«

Beim Frühstück am nächsten Morgen herrschte weiterhin eine düstere, unbehagliche Stimmung. Otto ließ seinen Toast versehentlich auf den Boden fallen, doch niemand sagte ein Wort. Auch zueinander sagten seine Eltern nichts. Als Albert in seinen Mantel schlüpfte, beugte er sich herunter und kniff Otto in die Nase.

»Ich hab ein Einhorn gesehen«, sagte Otto.
»Wirklich?«, sagte Albert.
»Es gibt keine Einhörner, Ottie«, sagte Dolores.
»Aber es lief die Straße entlang, an unserem Haus vorbei.«
»Das hast du nur geträumt.«
»Nein, ich hab es ganz genau gesehen. Es war ein schwarzes Einhorn mit einem schimmernden Horn.«
»Wenn er behauptet eines gesehen zu haben, dann wird es schon stimmen«, sagte Albert. »Früher gab es viele Einhörner.«
»Einhörner gibt es nicht«, wiederholte Dolores. »Das hat der Bürgermeister erst neulich in einem Interview gesagt. Wenn du etwas gesehen hast, dann war es sicher nur ein normales Pferd mit einem Horn an der Stirn.«
Albert saugte die Luft ein. »Ist das dein Ernst?«
»Natürlich, man nennt sie gehörnte Pferde. Und wer eines sieht, muss es sofort der Polizei melden, damit man es einfangen und ihm das Horn wegmachen kann.«
Da seine Eltern ihm keine Aufmerksamkeit mehr schenkten, suchte Otto unter dem Tisch nach seinem Toast, der natürlich mit der Marmeladenseite nach unten gefallen war.
Die Sache mit den gehörnten Pferden schien Albert aus irgendeinem Grund zu schaffen zu machen. »Mögen die Schmetterlinge ewig fliegen«, sagte er leise, »aber dies ist wie Mord. Das ist sehr, sehr schlimm.«
»Also wirklich, Albert. Was für ein Schwachsinn! Ein Pferd mit einem Horn ist missgebildet und man tut ihm nur einen Gefallen, wenn man sein Horn wegoperiert, damit es wie alle anderen Pferde aussieht. Seiner Familie

gegenüber nicht ehrlich zu sein, die eigenen Kinder im Glauben aufwachsen zu lassen, dass sie etwas sind, was sie nicht sind, das finde ich viel schlimmer. Sie glauben zu lassen, dass sie ehrbare Bürger sind, wo sie doch in Wirklichkeit . . .«

»Meine Kinder sind *absolut perfekt,* so wie sie sind!«, brüllte Albert.

Noch immer unter dem Tisch kauernd, musste Otto feststellen, dass die Marmeladenseite seines Toasts mit winzigen Fusseln und Haaren und anderen Dingen übersät war. Tja, selber Schuld. Er hätte ihn nicht fallen lassen dürfen.

»Ich spreche von Blut, Albert. Von dem Blut, das in ihren Adern fließt. Du bist nicht der, für den ich dich bis gestern gehalten habe. Und *sie* auch nicht. Kannst du das abstreiten? Oh nein, du kannst es nicht abstreiten, hab ich Recht?«

Otto sah die Füße seines Vaters die Küche verlassen. Der Fußboden im Flur knarrte wie immer leise, dann fiel die Wohnungstür ins Schloss. Die Füße seiner Mutter gingen einmal rund um den Tisch. Er hörte sie schniefen.

»Ich werde die Zwillinge wecken, Otto«, sagte sie nach einer Weile. »Wenn sie zu lange schlafen, bekommen wir sie heute Abend nicht ins Bett.«

Allein gelassen, blieb Otto reglos in seiner Höhle aus Stuhlbeinen und dem Tischtuch sitzen. Am liebsten wäre er hier sitzen geblieben und hätte so getan, als wäre er noch ein ganz kleiner Junge. Wäre vielleicht gar nicht so schlecht, in nächster Zeit hier unten zu bleiben.

BEI FAMILIE HUSH

Wenn deine Schwestern plötzlich fliegen können, ist es klar, dass viele Dinge fortan anders sind und dass gewisse Vorkehrungen getroffen werden müssen. In einer solchen Situation muss eine Familie fest zusammenhalten. Wie ein gutes Team. Um gemeinsam den neuen Anforderungen ins Auge zu blicken. Doch das war bei Familie Hush leider nicht der Fall.

Anfangs stritten sich Albert und Dolores ständig. Dann schienen sie keine Energie mehr zu haben und wurden immer schweigsamer. Albert verbrachte viele Stunden in der Bibliothek und arbeitete häufig auch an den Wochenenden. Er hatte keine Zeit mehr, um mit Otto Mobiles zu basteln.

Dolores kümmerte sich viel weniger um ihr Äußeres als früher. Tag für Tag trug sie dasselbe. Ihre wunderschönen pechschwarzen Haare waren wirr und ungekämmt. Ihre Aufgaben im Haus verrichtete sie nur grimmig und lustlos und manchmal rief sie ihre Mutter an und schluchzte ins Telefon.

Sie konnten kein elektrisches Licht mehr anmachen, weil Hepzie gern mit den Deckenlampen spielte. Die Vorhänge mussten zugezogen und die Fenster ständig geschlossen bleiben, damit die Zwillinge nicht gegen die Scheiben oder – schlimmer noch – ins Freie und durch die Parry Street flogen. Es war schon ein Problem, sie spazieren zu fahren. Niemand durfte etwas merken. In der Wohnung kam man sich wie in einem Gefängnis vor.

Eine Zeit lang beschäftigte sich Otto viel mit seinen kleinen Schwestern. Er war es, der ihnen ihr Frühstück machte (Sardinenmus und anschließend ein Eis) und mit ihnen spielte. Wenn es Probleme gab, so konnte er diese meist lösen. Der Anblick der durch die Luft fliegenden Kleinen machte ihm keine Angst. Eigentlich war es doch ganz lustig. Ihnen zuzuschauen war fast so schön wie selbst zu fliegen.

Die Zwillinge genossen es, dass die Wohnung so hohe Räume hatte. Sie sprangen in dem breiten Flur von Wand zu Wand und spielten mit dem silbernen Staub auf den Küchenschränken.

»Ottie, komm auch!«, riefen sie.

Doch Otto war schwerer als sie und an die Erde gefesselt. Er konnte nur unter ihnen herlaufen, ihnen einen Rat oder eine Warnung zurufen und versuchen sie so gut wie möglich zu beschützen.

OTTO UND MAB

Der Sommeranfang stand vor der Tür. Familie Hush fiel es immer schwerer, mit geschlossenen Fenstern leben zu müssen.

Nachts war Ottos Zimmer das einzige, dessen Fenster weit offen stand. Dolores zog nicht einmal seine schweren Samtvorhänge zu.

Es war ein hohes, vertikales Schiebefenster, das vom Fußboden bis fast zur Decke reichte.

Manchmal setzte sich Otto an sein Fenster und blickte auf die Parry Street hinunter.

Er hatte die Hoffnung noch nicht aufgegeben, eines Tages wieder ein gehörntes Pferd zu sehen – oder vielleicht auch das sonderbare Mädchen, das auf seinem kleinem Teppich durch die Gegend geflogen war.

Doch bisher war nichts geschehen.

Das sollte sich bald ändern.

Eines Abends sah er das Mädchen vorbeifliegen. Diesmal flog sie viel höher und schneller als beim ersten Mal. Sie flog in Höhe der Wipfel der Lindenbäume. Als sie an Ottos Fenster vorbeikam, sah er, dass sie sich mit den Händen an der Vorderkante ihres Teppichs festklammerte. Sie wurde von etwas Schrecklichem unten auf der Straße verfolgt.

Es sah wie eine Straßenkehrmaschine aus, abgesehen davon, dass es um einiges schneller war. An der Rückseite des Gefährts stand ein Normie-Polizist. Plötzlich ein Krachen und ein Aufblitzen wie eine durch die Luft zu-

ckende Schlange. Der Polizist hatte ein Netz abgeschossen, das sich in der Luft öffnete und das Mädchen auf dem Teppich nur knapp verfehlte. Der Polizist machte sich für den nächsten Abwurf bereit.
Doch der Teppich stieg plötzlich noch höher, legte sich schwungvoll in eine Kurve, glitt über die Wipfel der Bäume auf der anderen Straßenseite hinweg und schoss dann unvermittelt und von einer Seite auf die andere schwankend auf Otto zu, der die Szene mit weit aufgerissenen Augen verfolgte. Hoffentlich würde sie nicht hinunterfallen!
Er schob sein Fenster so hoch, wie es ging, lehnte sich hinaus und fuchtelte mit den Armen.
Der kleine Teppich verlor an Höhe. Das Mädchen saß weit nach vorne gebeugt, hatte sich fast in den Teppich eingewickelt.
Sie hatte ihn gesehen.
Und nun kam sie direkt auf ihn zugeflogen.
Erst im letzten Moment machte er einen Satz auf sein Bett und sie platzte in sein Zimmer.

Hastig zog Otto hinter ihr die Vorhänge zu und löschte seine Nachttischlampe. Deshalb sah er anfangs nur ihre Umrisse.
»Hilf mir!«, befahl ihm eine Stimme vom Fußboden aus. »Da ist eine Spinne.«
Sie war gegen das Mobile mit den Spinnen und Drachen geflogen, in das sie nun verstrickt war.
»Keine echte«, beruhigte er sie, kniete sich neben sie und begann die Spinnen und Schlangen aus Draht von ihrem Gesicht zu entfernen.

Inzwischen hatten sich seine Augen an die Dunkelheit gewöhnt und er konnte ein bisschen mehr sehen.
Ihr Gesicht war sehr ernst.
Draußen auf der Straße donnerte das schreckliche Fahrzeug vorbei und eine Stimme drang durch die Nacht und rief: ». . . könnte auf jedem von diesen Dächern sein, wahrscheinlich ist sie abgestürzt, bei dem Tempo, das sie vorgelegt hat. Hast du auch irgendwo an einem der Fenster ein Kind gesehen, Sechs? Was hat es gemacht? Siehst du irgendwo ein Licht brennen?«
Die beiden Kinder verharrten schweigend, während das Knattern des Gefährts allmählich verebbte.
»Alles in Ordnung mit dir?«, fragte Otto.
»Ich glaube schon«, antwortete das Mädchen. »Gib mir meinen Teppich!«
Otto holte den kleinen Läufer, der zusammengeschrumpelt vor seiner Zimmertür lag. Hastig nahm sie ihn aus Ottos Händen, strich ihn glatt und untersuchte ihn, wobei sie ihn ganz dicht vor ihr Gesicht halten musste.
Zunächst sah er für Otto nur wie ein Flickenteppich aus, mit einem verschwommenen Muster aus Blau- und Brauntönen. Doch dann fiel ihm auf, dass es lauter kleine Schmetterlinge in unterschiedlichen Formen und Schattierungen waren.
»Noch intakt?«, fragte er nach einer Weile.
Sie gab ihm keine Antwort. Sie befühlte nur ihren Teppich und betrachtete ihn ganz genau, Zentimeter um Zentimeter.
Otto sah, dass sie ein Tattoo am Knöchel hatte, zart und fein wie ein Spinnennetz. Und dass ihre Kleidung schmutzig war.

»Gut, und wer bist du?«, fragte sie nach einer Weile, nachdem sie den Teppich vorsichtig auf ihre Knie gebettet hatte. Sie hatte eine eher heisere, raue Stimme.

»Ich bin Otto«, flüsterte er.

»Otto«, wiederholte sie.

»Ja.« Er hielt sich einen Finger an die Lippen. Es war ihm lieber, wenn die anderen nicht wach wurden. Auch sie flüsterte nun. »Warum hast du mir geholfen, Otto? Das war ein großes Risiko.«

»Die hätten dich erwischt.«

»Na und, was hatte das mit dir zu tun? Vielleicht wirst du mich ja ausliefern.«

»Wem?«

Sie ließ ihn keine Sekunde aus den Augen.

»Der Normie-Polizei natürlich. Den Normies.«

»Niemals«, versicherte ihr Otto im Brustton der Überzeugung.

Sie studierte weiter angestrengt sein Gesicht.

»Du bist noch sehr jung, stimmt's?«, fuhr sie fort.

Er gab ihr keine Antwort. Ständig erzählten ihm alle, dass er für sein Alter sehr klein sei. Aber sie war auch nicht gerade groß.

»Du weißt doch, was die Normie-Polizei ist, oder?«

»Ich weiß nur, dass sie den Magicos die Schuld an vielen schlimmen Dingen geben. Aber mein Vater sagt, das stimmt nicht. ›Leben und leben lassen‹, sagt er immer.«

Er hielt es für besser, nicht auch Dolores zu zitieren, die in diesem Punkt ganz anderer Meinung war als ihr Mann. Otto konnte nicht erkennen, ob das Mädchen ihn überhaupt verstanden hatte, doch sie begann sich in seinem kleinen Zimmer umzublicken. Die anderen Mobiles waren unbeschädigt geblieben, die Kratervögel, die Drachen und die fliegenden Dinosaurier. Gebaut von Albert und Otto, in einem anderen Leben.

»Eigentlich habe ich keine Angst vor Spinnen«, sagte sie.

»Das sieht man«, sagte Otto grinsend.

»Mab«, sagte sie und streckte ihre Hand aus.

Otto ergriff sie, allerdings ohne zu wissen, ob es das war, was sie von ihm erwartete. Er hatte noch nie zuvor einem anderen Kind die Hand geschüttelt. Ihre Hand fühlte sich klein und kühl an. Sie trug Ringe.

»Du bist meinetwegen ein großes Risiko eingegangen«, sagte sie noch einmal. »Und du trägst einen rot-weiß gestreiften Pyjama, hast grüne Augen und eine braune Haut mit schwarzen Sommersprossen. Deine Haare sind lockig. Und weiß. So weiß wie Knochen.«

»Das kannst du alles im Dunkeln sehen?«

»Ach, reine Angeberei, Mr Normalo.«

»Könnt ihr das alle?«

»Nein, natürlich nicht, die Leute sind verschieden. Du weißt nicht viel, stimmt's? Wie stellst du dir uns Magicos vor? Was weißt du über uns?«

Dieses Wort klang noch hässlicher als sonst, nun, da er mit einem Magico-Mädchen sprach, dem ersten Magico-Wesen, das er näher kennen lernte.

»Nun, hm . . . sie kennen viele Zaubertricks, können die Farbe von Gegenständen verändern, Getränke in Eis verwandeln . . .« Das wusste er von ihren Vorführungen auf dem Boulevard. Seine Stimme verlor sich. Obwohl er sein Leben lang Magicos auf der Straße gesehen hatte, die bettelten, akrobatische Kunststückchen vorführten, Sachen verkauften oder von Blutbeerensaft benommen

waren, wusste er nicht wirklich, was sie zu Magicos machte. Über so etwas redeten die Erwachsenen nie.
»Stimmt, wir sind gute Magier und kennen so manch kleinen Trick, mit denen wir Dummköpfe wie dich unterhalten können«, sagte Mab. »Aber das sind nur Spielereien. Was uns von euch Normalos unterscheidet, ist unsere Energie, die allerdings nicht nur in uns ist. Anders kann ich es jemandem wie dir nicht erklären. Wenn einige von uns sauer oder aufgeregt sind, stehen sie plötzlich in einer Kugel von Farben. Das können sie nicht wirklich kontrollieren. Manche von uns können Gegenstände bewegen oder heiße Sachen in kalte verwandeln. Aber das sind nicht direkt wir selbst. Wir können Energie in Dinge stecken. Wie zum Beispiel in die Stadt. Alles, was du und deine Leute für Magie haltet, ist in Wirklichkeit ganz normal. Unterschiedliches Wetter an unterschiedlichen Orten, singende Bäume, Statuen, die sich bewegen, Hüte, die weggeweht werden ...«
»Könnt ihr auch im Dunkeln sehen?«
»Meine Augen sind wie Lampen, Mr Normalo. Schau, ich blicke mal an die Decke. Nicht dass es dort etwas Interessantes zu sehen gäbe, aber ...«
Otto sah, wie sie ihr Gesicht hob. Ihre Augen glühten. Es war ein sehr schwaches silbernes Licht. Und plötzlich tanzten zwei winzige Strahlen über die Decke.
Sie blickte wieder auf ihn und die Lichtstrahlen huschten über sein Gesicht wie Nachtfalter. Sie lachte.
»Du solltest mal dein Gesicht sehen. Mach den Mund zu, sonst verschluckst du noch eine Mücke.«
»Was wäre passiert, wenn sie dich gefangen hätten?«, fragte Otto ausweichend.

»Wir haben Ausgangsverbot. Sie hätten mir meinen Teppich weggenommen und mich in mein Schlammdorf zurückgebracht. Aber erst nach einer kleinen Unterhaltung. Auf einmal interessieren sie sich ungeheuer für unsere Kräfte, nachdem sie uns jahrhundertelang weismachen wollten, wir müssten uns ihrer schämen. Und sie bieten uns Geld an, wenn wir in einer Art magischer Show auftreten. Aber keiner von uns hat Lust dazu. Ganz besonders interessieren sie sich für Kinder. Speziell für solche, die fliegen können. Ohne Teppich natürlich, meine ich.«

»Die fliegen können . . .?«, stammelte Otto.

»Das hast du auch nicht gewusst? In unserer Chronik steht geschrieben, dass hin und wieder Kinder geboren werden, die fliegen können. Zumindest wenn sie noch ganz klein sind. Muss ganz lustig sein.«

Otto versuchte, möglichst beiläufig zu klingen. »Warum interessieren sie sich für Kinder, die fliegen können?«

»Reg dich wieder ab! Man sagt, dass es früher öfters vorkam, bevor wir Karmiden so stark unterdrückt wurden, wie wir es heute sind. Kleine Kinder können angeblich fliegen, nur weil sie klein sind und sich noch über alles freuen können. Es ist allerdings seit Jahrzehnten nicht mehr vorgekommen und es war schon immer eher selten . . . Trotzdem, stell dir mal vor! Das muss doch echt faszinierend sein, nicht wahr?«

Otto hatte keine Mühe damit, sich vorzustellen, wie faszinierend dies wäre. Er fand keine Worte.

»Nur keine Panik«, sagte sie auf ihre coole Art. »Dich verhaftet keiner, wenn du abends im Freien bist. Sie sind nur hinter Kindern wie mir her. Kinder aus Red Moon und Tigerhaus. Aber eigentlich nicht nur hinter Kindern. Hinter allen Karmiden, egal, welcher Art.«

»Welche Arten gibt es denn?«, gelang es ihm zu fragen.

»Es gibt verschiedene Arten von Karmiden. Das ist nur ein altes Wort für magische Energie. Es gibt die Zwielinge, nur noch sehr wenige heutzutage, die Multiplen, die Künstler und die Katzauberer, die richtig zaubern können, aber nur mit Hilfe einer Katze. Die meisten von ihnen leben in der Stadt. Und andere wiederum können gut mit allen möglichen Kreaturen umgehen.«

»Auch mit Drachen?«

»Klar. Und dann gibt es noch die Kreaturen selbst, die Drachen, Einhörner, Wölfe, Trollbäume . . .«

»Sind die Katzauberer – oder wie immer du sie genannt hast – die Einzigen, die in der Stadt leben?« Ottos Gedanken überschlugen sich.

»Nein, es gibt auch noch die Schläfer. So nennen wir die Karmiden, die in die Stadt gehen, eine feste Arbeit annehmen und so tun, als seien sie Normalos. Sie tauchen praktisch unter. Es ist schwer, zu verstehen, doch manche Leute finden, dass das der einzige Weg ist, um etwas aus ihrem Leben zu machen. Wir haben sogar einen König, stell dir vor, aber der lebt im Moment irgendwo als Schläfer.«

»Euer König?«

»Unsere Könige und Königinnen sind anders als die, die man aus Geschichtsbüchern kennst. Sie schlagen keine Schlachten und behängen sich nicht mit Juwelen. Man erkennt sie an ihrem Geburtsmal. Als Erwachsene sollen sie dann irgendetwas Besonderes für ihr Volk tun. Das ist sozusagen eine Frage der Ehre.«

»Zum Beispiel?«
Zum ersten Mal, seit sie zu seinem Fenster hereingeplatzt war, schien sie verlegen und nicht gewillt, ihm weitere Auskünfte zu geben.
»Na ja, seit vielen Jahren haben sie nicht mehr viel für ihr Volk gemacht und die meisten von ihnen lebten unerkannt und nutzlos wie der Rest von uns vor sich hin. Aber das kann bei euren Königen und Königinnen auch der Fall sein. Doch zumindest müssen wir unseren Königen kein Geld geben oder ihnen Paläste bauen. Wir haben keine Führer, Präsidenten oder etwas Vergleichbares.«
»Und warum unternimmt euer König nichts, um euch aus der jetzigen Situation zu helfen?«
Er sah sie im Dunkeln mit den Schultern zucken und wünschte sich, er könnte auch seine Augen anknipsen und sehen, was sie für ein Gesicht machte.
Ein eisiges Schweigen lag über dem Raum.

IM FLÜSTERPARK

Durch die dünnen Wände konnte man Hepzie im Schlaf weinen hören.

»Kommt gleich jemand hier herein?«, flüsterte Mab.

Er schüttelte den Kopf.

»Große Familie, hm?«

Er hielt eine Hand hoch und streckte alle fünf Finger aus.

Das Weinen hielt an. Dielenbretter knarrten. Dolores' leise Stimme.

»Lust auf einen kleinen Ausflug auf meinem Teppich?«

Er starrte sie nur an.

»Aha, Angst«, sagte sie schmunzelnd. »Klar, ihr Normalos seid Weicheier, das ist bekannt.«

»Ich hab keine Angst«, verteidigte sich Otto. »Ich bin nur noch nie auf einem Teppich geflogen. Vielleicht falle ich herunter oder wir werden wieder von diesem schrecklichen Gefährt verfolgt. Warum fliegst du überhaupt abends durch die Gegend? Wo du doch weißt, dass sie hinter dir her sind.«

Mab war schon am Fenster und blickte durch den Spalt im Vorhang auf die Parry Street hinunter.

»Ich hasse sie«, sagte sie leise, »aber sie werden mich nicht davon abhalten, über meine eigene Stadt zu fliegen. Drei von uns haben einen eigenen Teppich. Wir fliegen überall hin. Aber sie wollen uns unserer eigenen Natur entfremden, indem sie uns einschüchtern und uns Angst einjagen.«

Otto, der eine solche Art von Angst noch nie erlebt hatte,

stellte sich neben sie und blickte ebenfalls auf die Straße hinunter.
Mab zog die Vorhänge zurück und griff nach ihrem Teppich. Es war definitiv der kleinste Teppich, den Otto je gesehen hatte. Je mehr er sich mit dem Gedanken befasste, sich auch darauf zu setzen, desto kleiner kam er ihm vor.
Sie hatte den Teppich losgelassen, der nun vor dem offenen Fenster schwebte.
»Vielleicht wäre es besser, wenn du ihn nach der Bruchlandung vorhin ein bisschen schonen würdest. Wäre es nicht besser, wenn er nur eine Person tragen müsste?«, schlug Otto hoffnungsvoll vor.
Doch schon im nächsten Moment saßen die zwei Kinder auf dem kleinen Teppich, der langsam und sanft über die Bäume hinweg durch die Parry Street schwebte.
Otto kniff die Augen zu.
»Klammere nicht so!«, zischte sie nach hinten.
Otto hatte die Arme um ihren Bauch geschlungen.
»Geht's nicht auch eine Spur langsamer?«
»Wenn wir langsamer fliegen, verlieren wir an Höhe«, erklärte sie ihm. »Schau, ich zeig dir deine Stadt. Ich wette, du hast sie dir noch nie richtig angeschaut.«
Zu Ottos Entsetzen und Verzweiflung stieg der Teppich auf einmal noch höher. Sie flogen weg vom Boulevard, an den verschwommen erkennbaren Umrissen des Karmidenturms vorbei.
»Die ältesten Stadtteile sind Südstadt und das Steilufer . . .« Der Teppich kam ins Schlingern, als Mab eine Hand hob, vermutlich um ihm etwas zu zeigen. »Das sind die Lichter dort drüben neben dem blauen Fluss. Dort leben die Wollbanditen. Die Familie Mook wohnt noch im-

mer dort, sie haben heute zwar ein Wollgeschäft, stammen aber von den ursprünglichen Wollbanditen ab.«
Otto, der keine Ahnung hatte, was ein Wollbandit war, ersparte sich jeden Kommentar.
»Und dort drüben liegt die Oberstadt, wo die Reichen wohnen. Und dort unten sind die Gärten. Dort hinten siehst du die Arbeiterstadt, keine schöne Gegend, und daneben das Uhrenviertel . . .«
Verflixt, wie hoch waren sie inzwischen schon? Otto befürchtete ernsthaft, dass die Stadt unter ihm bald zur Größe seines Handtellers schrumpfen würde.
Egal, was auch geschehen würde, schwor er sich, um fliegende Teppiche würde er in Zukunft einen großen Bogen machen!
Mab erzählte ihm inzwischen von allen möglichen Plätzen, die zu weit entfernt waren, als dass sie sie ihm heute Abend hätte zeigen können. Die Weingärten, Wasserstadt, die vielen Kanäle. Die Mondstein-Minen, Guidos Strand, Grünweideland oder Grünwald.
»Jetzt würde ich gern wieder nach Hause fliegen«, sagte Otto leise.
Offenbar so leise, dass Mab ihn gar nicht gehört hatte.
»Ich weiß einen tollen Ort, an den ich dich bringen werde«, rief Mab plötzlich aus und der Teppich neigte sich bedrohlich auf eine Seite, als sie nach Westen bogen und dann langsam an Höhe verloren.
Nach einiger Zeit – einer endlos langen Zeit, wie es Otto vorkam – landeten sie mit einem sanften Ruck auf dem Boden.
»Ist es nicht herrlich, die Lichter der Stadt und den Fluss im Mondlicht zu sehen?«, sagte Mab.

»Oh ja«, antwortete Otto erleichtert.
»Du kannst die Augen übrigens wieder aufmachen«, fügte sie lachend hinzu. »Wir sind sicher gelandet.«
Sie befanden sich in einer Art Park. Otto war noch nie hier gewesen. Er sah ein hohes Gittertor, das mit einem dicken Vorhängeschloss gesichert war. Gras wucherte an dem Tor hinauf.
Auf einmal zuckte er zusammen. Er hatte ein leises metallisches Klappern gehört. Die Normie-Polizei?
»Schon in Ordnung«, beruhigte ihn Mab. »Ich zeig dir, was es war.« Sie hatte ihren kleinen Teppich zusammengerollt und unter den Arm geklemmt.
»Was war es?«, fragte Otto mit krächzender Stimme.
»Wir sind hier im Flüsterpark«, sagte Mab. »Es wird dir hier gefallen, weil es so viele Mobiles gibt. Hier sind viele solcher verrückten Sachen.«
Ein riesiges Mobile, an dem metallene Vögel hingen, glänzte im Mondschein.
Zuerst konnte Otto nicht erkennen, woran es aufgehängt war. Doch dann sah er, dass es gar nicht aufgehängt war. Die Vögel schwebten in der Luft.
Als Mab an ihnen vorbeiging, begannen sie sich langsam zu drehen, indem sie ihre rostigen Flügel auf und ab bewegten.
»Kannst du dir vorstellen, wie schön sie waren, als sie noch neu waren?«, sagte Mab. »Wie sie schimmerten und glänzten?«
Sie gingen weiter in den Park hinein. Hohe, knorrige Bäume standen in regelmäßigen Abständen in dem bemoosten Gras. Und zwischen ihnen schwebten phantastische Figuren und tanzende Kindergestalten; Meerjungfrauen

ließen sich auf Wellen aus Drahtgeflecht treiben; Kratervögel, ungelenk wie immer, stießen aneinander und trennten sich wieder.

»Hab ich mir gedacht, dass du noch nie hier warst«, sagte Mab verschmitzt. »Es ist ein geheimer Ort, den nur wir Karmiden kennen.«

Sie gingen auf ein Mobile aus hunderten winziger Metallfische zu.

»Ein Fischschwarm«, erklärte Mab. »Sie schauen alle in eine Richtung und manchmal drehen sie sich blitzschnell, allerdings nicht sehr oft. Im Moment wohl sicher nicht . . .«

Otto bemerkte, dass Mab auf einmal verändert schien.

Er ging unter dem Fischschwarm durch und blickte hinauf.

Genau in diesem Moment drehten sich alle Fische auf einmal, fast wie ein richtiger Fischschwarm im Meer.

»Oh, das muss der Wind sein«, sagte Otto.

Mab blickte ihn nur mit großen Augen an, ehe sie schweigend auf einen schmalen Weg abbog.

»Die Person, die diesen Park entworfen hat, ist vor einigen Wochen verhaftet worden«, sagte sie nach einer geraumen Weile.

»Wie heißt sie?«, fragte Otto.

Wieder eine falsche Frage, wie es schien.

»Wozu willst du das wissen?«

Er gab auf. Sie waren an einer weiteren offenen Fläche angekommen. Eine hohe Pagode ragte in die Dunkelheit hinauf und auf einem Schild stand: Tee und Eiskrem.

Mab entrollte ihren Teppich.

Otto hatte geplant ihr vorzuschlagen zu Fuß nach Hause

zu gehen oder vielleicht auch die Trambahn zu nehmen; doch der Gedanke an ihr überhebliches Grinsen hielt ihn davon ab. Und außerdem waren sie sicher meilenweit von der Parry Street entfernt.
Sie brachte ihn auf direktem Weg nach Hause. Sie selbst müsse jetzt ebenfalls nach Hause, sonst würden ihre Eltern sich Sorgen machen. Beinahe schubste sie ihn durch sein Fenster.
»Ich kann nicht mehr mit reinkommen«, flüsterte sie, während der Teppich schwankend in der Luft verharrte. »Hier, nimm das. Für den Fall, dass du mich sehen willst. Er frisst Kohl und solche Sachen.«
Sie warf etwas an ihm vorbei aufs Bett, zog an den Fransen ihres Teppichs und verschwand in der Dunkelheit, noch ehe Otto etwas hätte sagen können.
Auf seinem Bett lag eine kleine Schachtel mit Löchern im Deckel. Im Inneren befand sich ein glänzender grüner Käfer. Im ersten Moment freute sich Otto einfach darüber, dass sie ihm etwas geschenkt hatte. Doch dann kam ihm der Verdacht, dass es nur ein Scherz sein könnte. Er fühlte sich sehr müde, als er in die Küche tapste, um etwas Kohl zu holen.

GRANNY CULPEPPER

Granny Culpepper war Dolores' Mutter, Ottos Großmutter. Sie war klein und sah ziemlich zäh aus, wie einer der Sträucher, die an jedem Ort wachsen können. Sie blickte meist finster drein, als hätte sie Angst, ihr Gesicht könnte abfallen, wenn sie aus Versehen lächelte. Zusammen mit Grandpa Culpepper lebte sie in einem großen Haus in der vornehmen Oberstadt.

Da Dolores' Leben so urplötzlich aus den Fugen gegangen war, telefonierte sie fast jeden Tag mit ihrer Mutter. Dann, eines Nachmittags, als Otto und die Zwillinge gerade viel Spaß beim Seifenblasen hatten (fast jedes Spiel ist viel lustiger, wenn man dabei fliegen kann), kam Granny Culpepper mit einem großen Koffer an. Offensichtlich war alles bereits abgesprochen. Sie war gekommen, um ihrer Tochter beizustehen, und hatte Grandpa Culpepper mit der Anweisung verlassen, sie jeden Abend anzurufen. Ihre Katze Shinnabac hatte sie mitgebracht. Es war eine große, träge Katze, deren Fell schon büschelweise ausfiel.

»Zum Frühstück mögen sie am liebsten Eiskrem«, erklärte ihr Otto. »Hepzie mag Erdbeereis, Zebbie lieber Schokoladeneis.«

»Ach, wirklich?«, sagte Granny Culpepper.

»Ja, und zum Mittagessen zerdrückte Bananen und Jogurt. Das bekommen sie im Badezimmer, damit sie während des Essens herumfliegen können.«

»Otto«, sagte Granny Culpepper mit Nachdruck, »deine

Schwestern können nicht fliegen, das ist völlig ausgeschlossen. Sie tanzen nur. Ihre Mutter ist schließlich diplomierte Tanzlehrerin. In unserer Familie gab es schon immer viele begabte Tänzer.«

Zeborah tanzte derweil ausgelassen über Granny Culpeppers Kopf und schüttete einen Krug Wasser auf sie herunter.

Otto vergaß vor Überraschung den Mund wieder zu schließen. Nicht wegen des Wassers, das kam ständig vor.

»Hol mir ein Handtuch!«, sagte Großmutter mit unbewegter Miene, während das Wasser an ihr heruntertröpfelte.

Später versuchte Otto ihr die Sache mit dem Fliegen zu erklären. Sein Vater war früher als sonst nach Hause gekommen und spielte mit den Zwillingen. Dolores war im Badezimmer und Granny Culpepper stand in der Küche und bereitete das Abendessen zu.

»Aber sie *können* fliegen, Granny«, sagte er. »Deshalb müssen wir immer alle Fenster geschlossen lassen und haben dieses Gitter vor der Küchentür angebracht. Wir haben alle Mobiles abgehängt, außer die in meinem Zimmer und die, die schon kaputtgegangen sind ...«

»Kein Wort mehr, Otto!«, sagte Großmutter in scharfem Ton.

Albert war in die Küche gekommen und hielt je einen Zwilling am Knöchel fest.

»Ich will nichts mehr davon hören«, fuhr sie fort. »Sie fliegen nicht. Sie tanzen! Du bist noch zu jung, um es zu verstehen. Und in Zukunft werden sie von mir gefüttert. Eiskrem zum Frühstück, das wäre ja noch schöner!«

Otto rannte aus der Küche und verschwand in seinem Zimmer. Hinter sich hörte er Zeb rufen: »Ottie, spielen! Ottie, spielen!«
Wenig später quietschte seine Zimmertür leise. Es war Albert, der hereinkam und sich auf Ottos Bett setzte.
»Aber sie können doch fliegen, Dad, nicht wahr?«, fragte Otto leise.
»Sieht ganz so aus.«
»Warum behauptet Granny dann, dass sie nur tanzen? Man kann doch nicht an der Decke tanzen, oder?«
»Der Reis ist fertig«, hörten sie Großmutter mit lauter Stimme rufen. Gleich darauf fiel etwas aus großer Höhe herunter. Tja, es dauerte eben seine Zeit, bis man sich daran gewöhnt hatte, die Zwillinge im Auge zu behalten.
Albert wirkte sehr erschöpft.
»Dass kleine Kinder fliegen können, ist etwas ungewöhnlich, Otto. Es ist nicht ehrbar, weißt du.«
»Du meinst, es ist etwas, das nur Magico-Kinder können?«, fragte Otto vorsichtig.
Es folgte eine kurze Pause.
»Hm, ja . . .«
»Und deshalb müssen wir sie hier in der Wohnung verstecken, stimmt's? Weil die Normalos nach Kindern suchen, die fliegen können?«
Albert blickte ihn erschrocken an.
»Tatsächlich? Woher willst du das wissen?«
»Ich dachte, du wüsstest das auch, Dad. Ich dachte, wir müssen deshalb so ein großes Geheimnis daraus machen. Und stimmt es auch, dass etliche Karmiden hier in der Stadt wohnen und sich als Normalos ausgeben? Und dass man sie Schläfer nennt?«

Die Tür wurde aufgerissen und Granny Culpepper kam hereingetorkelt. Sie brauchte jemand, der ihr half sich die Erdnussbutter aus Augen, Ohren, Haaren und Nase zu wischen. Es war ein Notfall.
Anschließend ging Albert wieder in die Bibliothek, obwohl heute Sonntag war, und er kam erst wieder nach Hause, als Otto schon längst schlief.

DIE FRAU AUF DER BANK

Als Otto am nächsten Morgen aufwachte, war Albert schon zur Arbeit gegangen.

Granny Culpepper gab Otto zu verstehen, dass er nicht länger gebraucht wurde, um auf die Zwillinge aufzupassen. Jedes Mal, wenn er versuchte ihr zu helfen oder zu erklären, wie man etwas tun musste, erklärte sie ihm, dass sie alleine zurechtkam. Kinder mögen Abzählverse, Reispudding und Haferbrei. In ihrem Kopf schien es nur feste Regeln und Vorschriften zu geben.

»Ottie, spielen ...«, riefen die Zwillinge, die ihn gerne bei sich hatten.

Doch es nützte nichts.

Um ihn abzulenken, schickte Dolores ihn zum Einkaufen.

Otto ging die Parry Street entlang, überquerte den Boulevard und ging weiter zum Markt, um Gemüse einzukaufen. Kurz vor dem Markt sah er, dass erneut ein Straßenproblem aufgetaucht war. Vor ihm klaffte ein riesiges Loch.

Als Letztes musste er noch neue Breischälchen für die Zwillinge kaufen (zum dritten Mal innerhalb einer Woche). Das bedeutete, dass er wieder zum Boulevard gehen musste und von dort aus weiter zu den berühmten Porzellangeschäften.

Doch dort sollte er nie ankommen.

Es geschah erst, nachdem er beschlossen hatte sich vor dem Karmidenturm auf eine Bank zu setzen, um sich auszuruhen.

Dort hatten Dante und er oft den Feuerschluckern und Akrobaten zugeschaut. Doch heute waren sie nicht zu sehen. Man sah auch keine Bettler oder sonstige Leute, die aus einem Koffer billige Uhren verkaufen wollten.
Eine Frau setzte sich neben ihn. Sie roch nach einem Parfüm, das auch Dolores manchmal benutzte, und dieser Duft machte Otto traurig.
Als er das Titelblatt ihrer Zeitung las, wurde ihm noch mulmiger.

Ist Ihr Nachbar ein Magico?
Die Polizei vermutet, dass sehr viel mehr Magicos unerkannt in der Stadt leben als angenommen.
Sie sehen normal aus. Doch wie gefährlich sind sie? Wie kann man sie entlarven?
Hier fünf untrügliche Anzeichen:

Otto rutschte unauffällig ein Stück näher, damit er lesen konnte, was diese fünf Punkte waren.

Erstens: Kennen nicht den gesamten Text der Neuen-Stadt-Hymne »Wir sind so herrlich normal«.
Zweitens: Graben gerne, besitzen eventuell eine Schaufel.
Drittens: Haben bei der letzten Wahl nicht für Präsident Krumm gestimmt.

Otto spürte, dass ihm der kalte Schweiß ausbrach.
Zwei Normie-Polizisten kamen unter dem Turm hervor und gingen zu einem dürren, o-beinigen Mann, der gerade Kratervögel mit Bananen fütterte.

Otto konnte nicht genau sehen, welches der vierte Punkt war.
Der Mann durchwühlte seine Taschen, vermutlich auf der Suche nach seinen Ausweispapieren. Der Kratervogel stand neben ihm auf einem Bein und hielt mit dem anderen Bein eine Banane fest, die er mit dem Schnabel zu schälen versuchte.
Die Normies kamen Otto irgendwie bekannt vor. Sie erinnerten ihn an die beiden Typen, die neulich mit der Kehrmaschine herumgefahren waren und Mab einzufangen versucht hatten.
Die Frau faltete langsam ihre Zeitung zusammen und steckte sie ebenso langsam in ihre Tasche. Dann saß sie reglos da und beobachtete, was geschah.
Und plötzlich veränderte sich die ganze Szene.
Im Hochsommer kommt manchmal unvermittelt ein scharfer Wind auf, »Hutfeger« genannt, der aus dem Nichts zu kommen scheint; er wirbelt und braust den Boulevard entlang und legt sich ebenso plötzlich wieder, wenn er am Ende der Straße angelangt ist. Obwohl diese Windböen etwas lästig sind, haben sie auch ihr Gutes, denn sie sorgen dafür, dass es auf dem Boulevard auch an stickigen, schwülen Tagen angenehm kühl ist. Aus diesem Grund ist er auch eingeführt worden. Es handelt sich um ein sehr ungewöhnliches Phänomen, das inzwischen natürlich jeder für normal hält.
Gerade, als der dünne Mann einem der Polizisten seine Ausweispapiere reichen wollte, schoss der erste Hutfeger dieser Saison hinter dem Turm hervor und riss dem Polizisten die Papiere aus der Hand. Der Kratervogel wurde umgeblasen, doch die Banane ließ er nicht los. Ein

Mann, der gerade unter dem Turm hervorkam, rannte seinem Hut nach und mehrere hilfsbereite Leute rannten mit, um ihm zu helfen.

Die Papiere wurden direkt auf Otto und die Frau zugeweht und die Polizisten liefen ihnen hinterher.

Nur den Bruchteil einer Sekunde, bevor sie bei ihnen ankamen, hörte Otto die Frau leise etwas sagen, das er jedoch nicht verstand.

Die Papiere wickelten sich wie von selbst um seine Füße.

»Dürfte ich die mal haben, falls es dir nichts ausmacht«, sagte der Polizist, als ob Otto sie gestohlen hätte.

Otto bückte sich und nahm sie hoch. Er hätte schwören können, dass es derselbe Polizist war wie jener, der auf der Kehrmaschine gestanden und gerufen hatte: »Hey, hast du auch irgendwo da oben gerade ein Kind gesehen?«

Otto überreichte ihm die Papiere.

»Du scheinst etwas nervös zu sein, junger Mann«, sagte der Polizist.

Aus den Augenwinkeln heraus sah Otto, dass die Frau neben ihm in ihrer Tasche kramte.

»Kenne ich dich nicht von irgendwoher?«

Der andere Polizist kam herüber. Er hielt den Mann mit den O-Beinen am Kragen seines geflickten Mantels fest. »Stimmt, jetzt weiß ich's wieder. Du bist der Junge, der am Fenster stand, als wir versuchten die kleine Magico-Schlampe einzufangen, die uns leider entkommen ist. Du hast ziemlich auffallende Haare, weißt du das? Sehr auffällig. Unvergesslich, meinst du nicht auch, Acht? Schau ihn dir nur an, er ist ganz verängstigt ...«

Otto war wie gelähmt. Er konnte nicht fliehen. Der Polizist stand über ihn gebeugt.
Endlich hatte die Frau neben ihm gefunden, wonach sie gesucht hatte, und zog einen kleinen, runden Spiegel aus ihrer Tasche. Wollte sie etwa ausgerechnet jetzt ihren Lippenstift nachziehen?
»Hast du deinen Ausweis bei dir?«, fragte der Polizist Otto drohend.
»Ach was, der ist noch zu jung für einen Ausweis«, meinte der andere.
Die Frau hielt ihren Spiegel hoch, der haargenau in ihre Handfläche passte. Otto konnte einen kurzen Blick ihres tiefblauen Auges im Spiegel erhaschen, sie blickte ihn an. Dann kippte sie ihn leicht, von sich weg und in Richtung des Boulevards hinter den beiden Polizisten.
»Komm, wir nehmen die beiden hier mit aufs Revier«, sagte der Polizist, der den dünnen Mann festhielt.
»Gut, dann haben wir wieder mal unsere Arbeit getan«, antwortete der andere.
»Und was genau ist Ihre Arbeit?«, fragte die Frau, während sie angestrengt in ihren Spiegel starrte.
»Wir räumen auf, Bürgerin. Wir entfernen den Abfall von den Straßen«, sagte einer der Polizisten, woraufhin beide lachten.
»Ausgezeichnet«, sagte die Frau. »Dort drüben liegt welcher, schauen Sie!«
Alle blickten in die Richtung, in die sie zeigte.
Ein riesiger Haufen zuerst nicht näher erkennbarer Dinge lag plötzlich auf dem Bürgersteig. Es war ein vielfarbiger Haufen, der sich wand, als sei er lebendig. Zuoberst lagen bunte Fähnchen und Windrädchen, die sich drehten,

maskenähnliche Gesichter von Tieren und Vögeln formten sich und lösten sich wieder auf. Seitlich fielen kaskadenartig glitzernde Schuhe herunter, Tanzschuhe, elegante Pumps mit hohen Absätzen, flauschige Pantoffeln. Dann kamen Früchte: Ananas, Orangen, Melonen.

Die beiden Polizisten, der Mann, der gerade verhaftet werden sollte, Otto und alle anderen Passanten erstarrten vor Verblüffung.

Otto spürte, dass die Frau ihn am Ärmel zupfte.

Niemand sonst rührte sich.

»Komm«, flüsterte sie, »es hält nicht lange an. Es ist nur meine Einkaufsliste.«

Sie packte den dünnen Mann an der Hand und versuchte ihn wegzuziehen. Doch der Polizist hielt ihn noch an der Jacke fest.

»Oh, verflixt noch mal!«, sagte sie und zog den dünnen Mann so fest, dass er schließlich aus seiner Jacke glitt, die in der Hand des Polizisten hängen blieb.

»Beeilt euch, ihr zwei!«

Sie musste sie förmlich wegzerren. Es war unglaublich schwer, nicht einfach stehen zu bleiben und hinzuschauen.

Das Letzte, was Otto sah, während er rückwärts unter dem Turm durchging, war ein eindrucksvoller Schauer von etwas, das wie winzige Zuckerkuchendekorationen aussah.

Die dünne Mann nahm die Hand der Frau und drückte sie an seine Lippen. »Madame«, begann er, »ich stehe tief in Ihrer Schuld, und falls Sie jemals . . .«

»Ich weiß«, sagte sie. »Es ist ein Versprechen, auf Ehre abgelegt und mit Dankbarkeit angenommen, aber jetzt

beeilen Sie sich.« Sie war das krasse Gegenteil von dem dünnen Mann, an ihr war alles rundlich. Sogar ihre Haare waren gewellt.
Der Mann eilte davon.
Auf einmal hörte man Rufe und rennende Füße.
»Schon ist die Wirkung vorbei«, sagte die Frau.
Sie schob Otto rasch außer Sichtweite zu einer der Drehtüren. Drüben im Chaos vor dem Karmidenturm begann der Kratervogel unauffällig die vergessene Einkaufstasche auszupacken.

DAS KOMITEE ZUR ABSCHAFFUNG UNMÖGLICHER DINGE

Otto stand im *Banzee, Smith & Banzee*, dem größten, schicksten und teuersten Kaufhaus am Boulevard, gleich neben dem Rathaus.

Er flitzte durch die Hutabteilung und dann die erstbeste Treppe hinunter. Dann durch die Küchenabteilung. Noch ein Stockwerk. Untergeschoss. Toiletten.

Jetzt erst wurde ihm klar, wie dumm er gehandelt hatte. Er hätte alles andere tun sollen, als hierher zu kommen. Hier würden sie ihn vermutlich am ehesten schnappen.

Er sah drei Türen vor sich: Damen, Herren und »Nur für Angestellte – Kein Zutritt«.

Die Tür mit der Aufschrift HERREN wurde geöffnet und ein Mann in der schicken Uniform der Sicherheitsmänner von *Banzee, Smith & Banzee* trat heraus.

»Suchst du etwas, Kleiner?«, fragte er, nicht sehr freundlich.

»Ich wollte nur rasch hier rein«, antwortete Otto und schlüpfte an ihm vorbei. »Oben wartet jemand auf mich.«

Er ging in die Herren-Toilette, einen großen Raum mit Marmorfußboden und kupfernen Wasserhähnen.

Der helle Wahnsinn!

Als Otto die Toilette wieder verlassen wollte, hörte er eine Stimme, die sich verdächtig nach einem der Normies anhörte. Die Stimme sagte etwas wie ». . . rannte er hier hinunter?«. Otto machte einen Satz und verschwand hin-

ter der Tür mit der Aufschrift »Nur für Angestellte – Kein Zutritt«.
Es war eine Art Heizraum.
Die Wände bestanden aus Backstein, der Boden aus Stein. Schon nach den ersten Schritten war Otto vom Hämmern von Maschinen umgeben. Dicke Röhren liefen in alle Richtungen, einige sogar über seinem Kopf.
Hinter ihm wurde die Tür geöffnet.
Es waren vermutlich nicht die Normies. Doch Otto begann zu rennen. Er sah ein Loch in der Wand. Eine Art Heizschacht? Das Gitter war entfernt worden, es lag auf dem Fußboden, die Heizung war den Sommer über sicher abgestellt worden. Es sah so aus, als wäre das Gitter frisch gestrichen worden. Otto stemmte sich in die Höhe und kletterte in die Öffnung. Hier konnte er nur kriechen. Und er kroch los.
Er musste nicht weit kriechen, bis er zu einer Gabelung kam. Der Schacht führte hier sowohl nach links als auch nach rechts. Er sah undeutliche Lichtflecken, vermutlich die Gitter, durch die im Winter die warme Luft aus dem Schacht heraus in die verschiedenen Abteilungen des Kaufhauses geblasen wurde.
In seiner Angst und ohne lange zu überlegen, wandte Otto sich nach links.
Hastig kroch er weiter.
Der Schacht stieg nach oben an und Otto gelangte an eine weitere Gabelung, wo er nach rechts abbog. Ob er sich hinterher noch daran erinnern konnte, wo er nach rechts und links abgebogen war? Außerdem hatte er das dringende Bedürfnis, endlich wieder stehen zu können.

Inzwischen musste er wohl im Erdgeschoss des Kaufhauses angekommen sein. Aus irgendeinem Grund waren die Gitter nun auf der anderen Seite des Schachts angebracht. Otto hielt bei einem von ihnen an und versuchte daran zu rütteln, doch es war fest verschraubt. Und außerdem schien er sich nicht im Erdgeschoss des Kaufhauses zu befinden, denn was er erspähte, sah ganz anders aus. Es war mehr wie eine Reihe von kleinen, recht elegant aussehenden Räumen mit nichts als Tischen und vielen Stühlen.

Ein schreckliches Gefühl. Otto wäre zu gern in den Heizraum des Kaufhauses zurückgekrabbelt, doch er konnte nicht wenden. Wie lange würde das dauern? Und außerdem hatte er den genauen Weg vergessen.

Ihm kam sogar kurz der Gedanke, um Hilfe zu rufen; doch die Erinnerung an den Sicherheitsmann bei den Toiletten hielt ihn davon ab. Er würde wahrscheinlich die Normie-Polizei rufen.

Ein weiterer leerer Raum. Gerade, als Otto zum Gitter greifen wollte, um daran zu rütteln, erstarrte er. Die Tür wurde geöffnet und Präsident Krumm betrat den Raum.

Otto versuchte ein Stück zurückzurutschen.

Der Präsident blickte zu dem Gitter hinauf.

Otto wagte keine weitere Bewegung mehr. Doch dann musste er unbedingt die Beine ausstrecken und kam auf den Bauch zu liegen. Ein herrliches Gefühl glitt durch seine Beine und den Rücken, während er beobachtete, wie der Präsident seine Aktentasche leerte. Er legte Papiere, Akten, eine Packung Kekse, einen Wecker und ein Päckchen Papiertaschentücher auf den Tisch.

Dann fuhr er sich überraschenderweise mit einem Kamm

durch die hellen, fettigen Haare und kontrollierte sein Aussehen mit einem kleinen Taschenspiegel.
Wenig später öffnete sich die Tür erneut und eine sehr auffällig aussehende Frau trat ein. Sie trug einen langen Regenmantel. Ihr Gesicht war wie aus Stahl, ein Panzer, hinter dem zwei Augen lagen.
Es war die Frau, die er im Fernsehen gesehen hatte: Elfina Crink, Ministerin für Modernisierung.
Sie blickte durch das Zimmer und Otto erschauerte.
Nun wurde ihm natürlich klar, dass die vielen kleinen Räume, die er gesehen hatte, zum Rathaus gehörten, das sich vermutlich die Heizanlage mit dem großen Kaufhaus teilte. Otto hatte schon oft gehört, dass die ganze Stadt mit unterirdischen Tunneln, Gängen und sogar Räumen versehen war, die jedoch kaum jemand zu finden wusste.
»Ich habe extrem viel zu tun«, sagte Elfina zu Krumm. »Hoffentlich hast du einen guten Grund dafür, mich herbestellt zu haben.«
Ihre Stimme passte gut zu ihrem gepanzerten Gesichtsausdruck.
Der Präsident raschelte mit seinen Papieren.
»Du sagtest, es habe etwas mit einem neuen Komitee zu tun«, half sie ihm auf die Sprünge.
»Ja, mein Liebling, das stimmt. Alles meine Idee und nur für dich.«
»Nenn mich hier nicht ›Liebling‹.«
»Wir sind doch allein, mein Engel.«
»Lass das! Keine Kosenamen. Die gelten nur privat.«
Der Präsident wollte nach ihrer Hand greifen, doch sie war schneller.

»Also, schieß los!«
Er schien nicht zu bemerken, wie unhöflich sie war.
»Du planst doch die Stadt zu modernisieren, die Magicos von den Straßen zu vertreiben und ihnen anständige Jobs zu geben, damit unsere Stadt wieder ehrbar wird«, begann er.
»Ja, und weiter?«
»Nun, ich habe neulich gründlich nachgedacht. Es gibt etliche Dinge bei uns, die vermutlich ganz anders sind als in der Außenwelt. Diese Dinge sind nicht nur nicht ehrbar, sondern ganz und gar unzumutbar. Ich meine die Dinge, die auf gewisse Weise, ein wenig . . . nun ja, magisch sind.«
»Zum Beispiel?«
»Nun, genau zur Klärung dieser Frage ist dieses neue Komitee gedacht. Ich habe es das ›Komitee zur Abschaffung der unmöglichen Dinge‹ genannt und wir werden eine Liste aller unmöglichen Dinge zusammenstellen.«
Otto konnte sehen, dass die Frau alles andere als erfreut schien.
»In unserer Stadt gibt es nichts Unmögliches, alles ist völlig normal, genau wie in der Außenwelt«, entgegnete sie schnippisch. »Ich beabsichtige die Stadt genauso zu belassen wie sie ist. Mir geht es nur darum, die Magico-Elemente zu eliminieren.«
Der Präsident ließ sich jedoch nicht beirren.
»Nun, ich möchte dir dabei helfen, alles zu eliminieren, was auch nur entfernt mit Magicos zu tun hat. Jeder weiß, dass sie vor langer, langer Zeit mitgeholfen haben diese unsere Stadt zu erbauen. Doch nur den kleineren, primitiven Teil, ehe die Normalos kamen und die Stadt zu dem

gemacht haben, was sie heute ist. Es leuchtet ein, dass es noch Elemente gibt, die nicht vollkommen normal sind. Wir müssen nur genau definieren, worum es sich dabei handelt. Nun, ich dachte daran, einige Touristen zu interviewen . . .«

Elfina sog die Luft ein.

». . . doch dann beschloss ich ganz gründlich vorzugehen und ein paar Stadträte in die Außenwelt zu schicken, damit sie auf wissenschaftliche Art und Weise Informationen einholen. Diese Leute kommen zum heutigen Meeting, um uns Bericht zu erstatten. Es steht fest, dass es in der Außenwelt keine Magicos gibt, nicht wahr? Und deshalb müssen auch wir uns von ihren primitiven Einflüssen befreien.«

»Wie sind diese Leute weggegangen?«, fragte die Frau hastig. »Und wie sind sie zurückgekehrt?«

»Wie meinst du das, Schatz?«

»Ich meine – wie verließen sie die Stadt? Und wie gelangten sie wieder herein?«

»Nun, durch das Große Portal, nehme ich an, mein Herzblatt. Es gibt keinen anderen Weg.«

Otto sah, dass Elfina Mühe hatte, ruhig zu bleiben. Sie tätschelte die Hand des Präsidenten, wie man einen Hund tätschelt.

»Natürlich gibt es keinen anderen Weg, ich weiß, mein Schatz«, flüsterte sie.

In diesem Moment wurde hinter ihnen die Tür geöffnet und die ersten Mitglieder des neuen Komitees trafen ein. Otto gelang es, einen Blick auf seine Uhr zu werfen. Er hätte längst vom Einkaufen zurück sein müssen. Dolores machte sich bestimmt schon Sorgen.

»Guten Tag, sehr verehrte Komitee-Mitglieder«, begann Krumm, sobald alle versammelt waren. »Es ist mir eine große Freude, Ihnen heute unsere neue Ministerin für Modernisierung vorstellen zu können – Miss Elfina Crink.«
Die Ministerin ließ ihren Laserblick durch den Raum schweifen. Alle verstummten.
Der Präsident strahlte.
»Die Stadträte Trim und Tapper werden uns nun berichten, was sie in der Außenwelt in Erfahrung bringen konnten. Bitte, meine Herren! Wir müssen alle Einzelheiten erfahren, damit wir in der Lage sind, unsere Liste der unmöglichen Dinge zu erstellen.«
Otto sah, dass zwei Männer sich erhoben und mit Papieren raschelten.
»Sehr verehrter, hoch ehrenwerter Herr Präsident«, begann Stadtrat Trim mit leicht zitternder Stimme, »Ihren Anweisungen folgend, werden wir morgen als Erstes . . .«
Sein Kollege Tapper stieß ihn an.
»Auf dem Boulevard sahen wir einen Jungen mit vierundsechzig Fahrradreifen jonglieren. Das kam uns unmöglich vor. Aber wir sind uns nicht sicher . . .«
»Vielleicht sollten Sie das zuerst abklären«, sagte der Präsident.
Eine lange Pause.
»Dann haben wir ein Eis gegessen«, sagte Stadtrat Tapper.
Eine weitere Pause.
»Wollen Sie damit etwa sagen, dass Sie noch nicht in der Außenwelt waren?«
Wieder eine Pause. Auf der Stirn des Präsidenten zeigten sich erste Schweißperlen.

»Ich kann mich nicht erinnern, dass Sie uns aufgetragen hätten irgend wohinzugehen«, sagte Trim mit kläglicher Stimme.
»VERHAFTET DIESE NARREN!«, brüllte der Präsident, woraufhin alle zusammenzuckten, auch Otto, der mit dem Ellenbogen gegen die schimmernde Wand des Heizschachts stieß.
Der Präsident zog ein Pfeifchen aus seiner Tasche und blies so heftig hinein, dass am anderen Ende Spucke herausschoss. Eine Frau hielt sich die Ohren zu.
Otto begriff Krumms Reaktion. Sein Plan, Elfina zu beeindrucken, war fehlgeschlagen.
Sogleich kamen zwei Normies in den Raum gestürzt. Sie sahen genauso aus wie die beiden, die Otto verfolgt hatten. Auf Geheiß des Präsidenten packten sie die beiden Stadträte und führten sie hinaus.
Alle anderen, mit Ausnahme von Elfina, starrten während der ganzen Szene betreten vor sich auf den Tisch.
Elfina ließ ihre Fingerknöchel knacken, einen nach dem anderen. Otto wurde fast übel.
»Glücklicherweise«, sagte sie dann langsam und deutlich, »war *ich* schon sehr oft in der Außenwelt. Und ich habe mir alles sehr genau eingeprägt. Es ist nicht wirklich sehr viel anders dort, abgesehen natürlich von den Magicos. Falls jemand von Ihnen einen Vorschlag zu machen hat, was wir auf die Liste der unmöglichen Dinge schreiben sollten, werde ich Ihnen sofort sagen, ob ich damit einverstanden bin. Im Übrigen möchte ich noch erwähnen, was für eine ausgezeichnete Idee diese Liste ist. Und wie sehr ich unseren hochverehrten Präsidenten schätze.«

»Fangen wir doch bei Stadtrat Pinkbod an«, schlug der Präsident vor.

»Was ist mit diesen kleinen Hündchen?«, sagte Stadtrat Pinkbod etwas verlegen.

»Was genau meinen Sie, Herr Stadtrat?«

»Nun, einige Hunde wie ... hm, diese Wolfshunde ... die sind doch schrecklich groß, nicht wahr? Dann gibt es noch die mittelgroßen Hunde. Und dann noch die ... nun ja, diese ganz winzig kleinen. Yorkshireterrier und ähnliche Rassen. Ich meine, bei anderen Tieren gibt es das doch auch nicht, oder? Es gibt nicht sehr kleine Kühe ... oder Kamele oder ...«

»Was meinst du dazu, mein Sch ..., ich meine, was meinen Sie dazu, Frau Minsterin?«, wandte sich der Präsident an Elfina.

Otto glaubte ihre Augen aufblitzen zu sehen. Doch der Rest ihres Gesichts blieb unbewegt. »Interessanter Vorschlag. Wir werden der Sache nachgehen«, sagte sie.

»Was ist mit der Tatsache, dass es in den Wintergärten bei der Schlittschuhbahn immer kalt und verschneit ist, auch dann, wenn überall sonst Sommer ist?«, sagte jemand. »Ist das nicht auch unmöglich?«

»Absolut nicht«, sagte Elfina barsch.

»Und was ist mit dem Hüpf-Spielplatz?«, fragte dieselbe Stimme weiter, deren Besitzer sich offenbar nicht so leicht einschüchtern ließ. »Dort, wo die Trampoline stehen. Und die Salto-Böden? Ist es normal, dass Kinder zwanzig Meter in die Luft springen und heil wieder landen? Ist das nicht unmöglich hoch?«

»Absolut nicht«, widersprach Elfina. »Beide genannten Punkt sind absolut möglich und ehrbar.«

»Glauben Sie, dass die Kratervögel etwas Normales sind?«, äußerte sich ein anderer. »Gibt es in der Außenwelt auch Vögel, die so groß sind, Nester aus Schrottabfällen bauen und so weiter? Und die Mittsommer-Schmetterlinge – sind alle Schmetterlinge über einen Meter lang und breit? Und sind alle Schafe so intelligent wie unsere?«

»Alles völlig normal«, warf Elfina mit spröder Stimme ein. »Doch da fällt mir ein, dass es doch etwas gibt, das wir in die Liste aufnehmen müssen – Katzen.«

»Katzen?«, riefen mehrere Personen gleichzeitig aus, darunter auch der Präsident.

»Nicht alle Katzen sind unmöglich«, fuhr Elfina geheimnisvoll fort, »aber einige schon. Eine unmögliche Katze könnte zum Beispiel in Verbindung mit den Magicos stehen. Ehe wir keine konkreten Hinweise darauf haben, welche Katzen unmöglich sind und welche nicht, werden wir alle einfangen müssen.«

»Aber ich habe zwei ganz liebe Katzen. Ich will nicht, dass ihnen etwas zustößt!«, rief die Frau, die sich vorhin die Ohren zugehalten hatte. Sie sah entsetzt aus. Und sie war nicht die Einzige.

»Vielen Dank für diesen wertvollen Hinweis, Frau Stadträtin«, sagte Elfina mit sanfter Stimme. »Gleich morgen früh werde ich jemanden schicken, der Ihre Katzen abholt.«

»Aber mit meinen Katzen ist alles in Ordnung, glauben Sie mir! Ich habe sie schon, seit sie ganz klein waren. Sie sind ganz lieb und verschmust und . . .«

»Frau Stadträtin«, fiel Elfina ihr ins Wort, »sollte sich herausstellen, dass Ihre beiden Katzen harmlos sind, werden Sie lediglich aus der Stadt gebracht und freigelassen. Es ist besser, auf Nummer sicher zu gehen und keine Katzen mehr in unserer Stadt zu dulden. Es gibt guten Grund zu glauben, dass zwischen den unmöglichen Katzen und einer speziellen Art der Magicos, den so genannten Katzauberern, eine enge Beziehung besteht. Diese Katzen könnten damit zu tun haben, dass unmögliche Dinge passieren. Sind in der Nähe Ihres Hauses in letzter Zeit irgendwelche Löcher in der Straße aufgetaucht?«

Ein angespanntes Schweigen lag über dem Raum, nur durchbrochen vom Schniefen der Frau, die am nächsten Morgen Besuch von der Polizei bekommen würde.

Der Präsident griff nervös nach einem Stift und legte ihn dann wieder weg.

»Nun, angesichts ihrer herausragenden Leistungen im Dienste unserer Stadt könnten wir in diesem Fall doch vielleicht . . .«

»Bedauere, aber wir dürfen keine Ausnahmen machen. In unserer Stadt leben noch immer viele Magicos, die selbst von ihren Freunden und Nachbarn für Normalos gehalten werden. Vielleicht weiß die Stadträtin mehr darüber, als wir ahnen. Es ist nicht auszuschließen, dass sie sich genau aus diesem Grund vor einem Besuch meiner Polizisten fürchtet, die bestens darauf trainiert sind, Magicos aufzuspüren, egal, wie normal sie sich auch zu geben versuchen . . .«

Alle schwiegen. Niemand machte auch nur eine Bewegung.

»Und kleine Taschenspiegel«, fuhr Elfina fort. »Wir glauben, dass Magicos sie für unmögliche Zwecke missbrauchen. Jeder, der einen solchen Spiegel bei sich trägt, ist hochgradig verdächtig. Vergessen Sie nicht, meine Damen und Herren, dass die Magicos vielleicht nichts dafür können, doch sie sind die Feinde unserer Stadt. Und unsere Stadt kann erst dann gedeihen, wenn wir die Magicos unter Kontrolle gebracht und ihnen eine ehrbare Beschäftigung zugewiesen haben.«

Als alle schwiegen, erklärte der Präsident die Sitzung für geschlossen und die Stadträte verließen den Raum. Otto konnte sehen, wie sich der Präsident nervös an die Brusttasche griff, in die er den Spiegel und den Kamm gesteckt hatte, kurz bevor Elfina eingetroffen war.

»Eigentlich wollte ich diese Punkte nicht gleich bei der ersten Sitzung ansprechen«, sagte Elfina, sobald sie und der Präsident allein waren, »aber ich denke, dass deine Liste der unmöglichen Dinge vielleicht doch ganz nützlich sein wird.«

»Ah, mein Schatz«, antwortete der Präsident. »Ich möchte dir die Möglichkeit bieten, alles in Erfahrung zu bringen.«

»Gut, danke«, sagte Elfina. »Übrigens, ich habe der Polizei aufgetragen, die Magicos nach und nach aus den Schlammdörfern zu evakuieren.«

»Warum das? Und wo sollen sie hin?«

»Wir werden schon einen Ort für sie finden. Wenn wir das Gebiet am Fluss gesäubert haben, wird es eine schöne Gegend sein. Ein Urlaubsgebiet. Ich habe vor dort Hotels errichten zu lassen. Und vielleicht auch eine Arena, für Shows und andere öffentliche Veranstaltungen. Dort könnten die Magicos ihre Zaubertricks vorführen. Das wäre doch eine vernünftige Art, sie zu beschäftigen. Was

meinst du? Kannst du das Geld dafür vom Haushaltsbudget erübrigen?«
»Aber natürlich, mein Schatz«, antwortete Krumm. »Ich habe gehört, dass die Normie-Polizei gestern Abend in den Schlammdörfern unterwegs war und eine Umfrage unter den Magicos machte. Hat das etwas mit deinem geplanten Hotelbau zu tun?«
Elfina senkte die Stimme. »Unter uns gesagt – ich suche nach einem ganz bestimmten Magico. Ab und zu wird einer mit einem bestimmten Kennzeichen geboren, einem Muttermal in Form eines Schmetterlings. Es ist natürlich blanker Unsinn, aber die Magicos haben die primitive Vorstellung, dass diese Personen auf irgendeine Weise ihre Führer sind.«
Sie zögerte und ihr Ton klang nunmehr alles andere als beiläufig.
»Nein, nicht direkt Führer . . . Es ist schwer zu erklären. Auf jeden Fall ist es nichts, was wir kennen. Sie nennen sie Könige und Königinnen, die ihrem Volk beistehen müssen. Das ist sozusagen Ehrensache.«
»Tragen sie eine Krone und Juwelen? Lassen sie ihre Untertanen vielleicht in Verliese werfen?«, fragte Krumm fasziniert.
»Nein, nein, nicht wie in den Geschichtsbüchern. Jedenfalls waren ihre letzten Führer völlig nutzlos. Doch das Komische ist, dass der Mann, der zur Zeit ihr König sein müsste, spurlos verschwunden ist. Er wurde seit Jahren nicht mehr gesehen. Als Kind war er sehr ruhig, sehr strebsam. Und dürr . . .«
»Du weißt so vieles über die Magicos, ihr primitives Verhalten«, sagte der Präsident bewundernd. »Man könnte

fast glauben, du hättest selbst in den Schlammdörfern gewohnt, um sie zu erforschen.«

»Oh, bitte – keine Beleidigungen!«, sagte Elfina abwehrend und Otto glaubte eine Spur von Angst in ihrer Stimme zu hören. »Als Nächstes wirst du noch behaupten, ich rede auch wie sie.«

Abwehrend streckte Krumm beide Hände von sich. »Mein liebstes Schnuckelchen, nie im Leben!«

»Nicht mal, wenn ich von der gelben Frucht spreche?«

»Aber nein, natürlich nicht, mein Herzblatt! Du sprichst von der gelben Frucht wie alle anderen, die in der Oberstadt groß geworden sind.«

»Klar, da ich aus der Oberstadt stamme, wie du weißt. Mein Vater war Händler, ehe er in den Ruhestand ging, meine Mutter ist nach wie vor eine vorbildliche Bürgerin. Sie liebt mich mehr als alles andere auf der Welt . . .«

Elfinas Stimme war nur noch ein Flüstern.

»Weißt du, Cedric«, fuhr sie dann fort, »ich bin sehr behütet aufgewachsen, oben in der Oberstadt, und wenn meine Spione mir von den Schlammdörfern erzählen, bin ich nach wie vor erschüttert. Manche der Mütter dort gehen einfach von zu Hause weg und lassen ihre Kinder im Stich. Sie sind so anders als wir, diese Magicos, fast wie Tiere.«

»Stimmt, mein Schatz«, sagte Krumm besänftigend. »Was sind wir kultiviert im Vergleich zu ihnen. Und du bist so wunderschön, deine Haare sind wie Seide . . .«

»Deine aber auch, Cedric.«

»Und deine Hände erinnern mich immer an zierliche Vögelchen . . .«

»Deine mich auch, Cedric.«

Einander in die Augen blickend, verließen die beiden den Raum.

Endlich war Otto wieder allein.
Im ersten Moment lag er nur reglos da.
Dann fiel ihm ein, dass er so schnell wie möglich nach Hause musste, um mit seinem Vater zu reden.
Dolores würde sich inzwischen bestimmt schon große Sorgen machen. Bald würde es dunkel werden. Hoffentlich rief sie nicht die Polizei!
Dieser Gedanke war so unerträglich, dass er Otto die Kraft gab, gegen das Gitter zu hämmern.
Das Gitter saß zum Glück recht lose. Eine der Schrauben bewegte sich. Otto rüttelte daran. Sie ließ sich herausdrehen. Dann ein kräftiger Ruck und das Gitter fiel nach außen und landete klirrend auf dem Fußboden.
Otto kroch ein Stück zurück, bis er wenden konnte, streckte dann seine Füße voraus durch die Öffnung und ließ sich fallen.
Nachdem er sicher auf dem Fußboden gelandet war, rannte er zum nächsten Fenster, öffnete es und sprang hinaus in eine Gasse mit vielen Mülleimern.

ENDLICH WIEDER ZU HAUSE

Otto stürmte an Mrs Thudbutton vorbei, die prompt in ihr Notizbuch schrieb: »Otto Hush, der kleine Junge aus der Nummer 15, kommt sehr spät nach Hause.« Neuerdings spionierte sie alle Bewohner des Gebäudes aus. Sie hoffte eine Belohnung zu erhalten, falls es ihr gelingen sollte, eine Magico-Familie aufzuspüren.

Otto drückte auf den Liftknopf, doch weil es ihm zu lange dauerte, rannte er schließlich die Treppen hinauf. Seine Beine konnten ihn fast nicht mehr tragen, der Hals tat ihm weh.

Endlich stand er vor seiner Wohnungstür.

Dolores machte ihm auf.

»Wo ist Dad?«, keuchte er.

»Er wollte über Nacht in der Bibliothek bleiben und arbeiten. Wo um alles in der Welt hast du so lange gesteckt?«

»Er arbeitet die ganze Nacht?«

Seine Mutter machte die Tür hinter ihm zu und schob den Riegel vor.

»Ich muss mit ihm reden, es ist sehr wichtig.«

»Wo warst du, Ottie? Es ist schon fast dunkel. Ich habe dir doch gesagt, dass du dich nicht im Dunkeln draußen aufhalten darfst. Du solltest doch nur ein paar Dinge einkaufen. Fast hätte ich die Polizei angerufen.«

Granny Culpepper kam aus dem Zimmer der Zwillinge. Sie war mit etwas bekleckert und sah aus wie eine der Statuen, auf denen Vögel so gerne sitzen. Hepzie und

Zeb hüpften über ihrem Kopf durch die Luft. Sie hatten keine Windeln an.
»Ottie! Ottie!«, riefen sie überglücklich und flogen auf ihn zu. Im Vorbeifliegen kickte Zeb Granny Culpepper an die Nase.
»Dad arbeitet nie die ganze Nacht.«
»Im Moment schon, Otto. Ich nehme an, er hat etwas sehr Wichtiges zu erledigen.«
Granny Culpepper schnaubte.
»Mum, ich habe eine Sitzung im Rathaus mit angehört. Es ging um diese unmöglichen Dinge und die Frau war auch da, die vom Fernsehen. Und der Präsident. Sie hat gesagt, dass niemand mehr eine Katze haben darf, und außerdem sucht sie nach jemandem, der ein ganz bestimmtes Muttermal hat. Ich glaube, sie meint das, das Papa immer unter einem Pflaster versteckt, wenn wir zum Schwimmen gehen. Ich glaube, sie meint ihn. Dad muss der König der Karmiden sein.«
Ungläubiges Schweigen.
»Der König der Karmiden?«, flüsterte Dolores nach einer Weile betroffen. »Sie haben Könige? Das ist mir neu ...«
»Das Ganze hat absolut nichts mit deinem Vater zu tun«, sagte da auf einmal Granny Culpepper, mit noch größerer Bestimmtheit als sonst. »Albert mag zwar ein Karmide sein, aber er ist eine ehrbare Person. Nutzlos, aber ehrbar.«
»Ach, Mutter«, sagte Dolores erschöpft.
Die Zwillinge flogen auf das Badezimmer zu und Otto beschloss ihnen zu folgen.
»Nun, es stimmt, dass er nutzlos ist«, hörte er Granny mit leiserer Stimme fortfahren. »Zuerst hat er dir all diese Lü-

gen aufgetischt und jetzt verschanzt er sich in der Bibliothek. Stammt er von Banditen ab, von Verbrechern, Zeitreisenden oder Magiern, Alchimisten oder Drachenbeschwörern? Dem Aussehen nach zu schließen eher von Zuckermäusen ...«

»Ach, Mutter«, wiederholte Dolores mit kraftloser Stimme.

»Ottie, Blasen machen, Blasen ...«, krähten die Zwillinge.

»Komm raus, Otto«, rief Granny. »Ich kümmere mich um sie. Sie brauchen eine strenge Hand. Und sie müssten längst im Bett sein.«

Einige Minuten später standen Otto und Dolores im Flur und hörten, wie Granny im Badezimmer den Zwillingen befahl sofort herunterzukommen.

Dann hörten sie einen lauten Knall. Granny war auf das Waschbecken geklettert, um die Kleinen einzufangen. Das Waschbecken hatte ihrem Gewicht nicht standgehalten und war von der Wand gefallen.

Unverletzt, aber vor Wut kochend, blieb Granny noch eine geraume Weile auf dem Boden liegen.

»Ich bin ehrbar!«, brüllte sie. »*Du* bist ehrbar, Dolores! *Er* ist ehrbar, *wir* sind ehrbar und die Kinder tanzen nur!«

»Ach, Mutter«, sagte Dolores kopfschüttelnd.

Als Otto im Bett lag, hörte er, wie Dolores im Nebenzimmer den Zwillingen Schlaflieder vorsang. Früher hatte sie ihm diese Lieder auch vorgesungen, inzwischen natürlich nicht mehr. Dafür war er schon zu groß.

Die Drachen und Spinnen hingen ruhig da. Kein Windhauch heute Abend.

Neuerdings mochte Otto die Mobiles nicht mehr. Es war schön gewesen, sie zu entwerfen und mit Dad zusammen zu basteln, aber Granny hatte Recht – es war nur nutzloses Spielzeug. Die Welt war voller Geheimnisse und Gefahren und sein Vater war nicht nach Hause gekommen. Vielleicht war das nur der Anfang. Vielleicht würde Dad nie mehr nach Hause kommen. Vielleicht versteckte er sich in Wirklichkeit. Hinter seinen Büchern.

Otto war schon am Einschlafen, als er plötzlich an Mab denken musste. Wenn jemand unbedingt von der Sitzung erfahren musste und davon, was dort besprochen worden war, dann sie. Sobald es in der Wohnung ganz ruhig war, stand Otto leise auf und zog sich wieder an. Behutsam öffnete er die Wohnungstür, schlich auf Zehenspitzen die Treppe hinauf zum Dach, schlüpfte durch eine kleine Tür, auf der *»Zum Garten«* stand, und stand bald darauf auf der Dachterrasse.
Wie viele der Gebäude in der Stadt hatte auch ihr Haus einen Dachgarten. Er war sogar mit Bäumen bepflanzt.
Doch nicht nur das – die Dachgärten waren auch miteinander verbunden, einige durch Hängebrücken hoch über den Straßen.
Otto rannte von Garten zu Garten, vorbei an Teichen, durch überwachsene Laubengänge und an Picknicktischen vorbei bis ganz ans Ende der Parry Street. Weit weg von seiner Wohnung, falls das Schlimmste eintrat und die Normies ihn wieder sehen würden.
Otto öffnete die kleine Schachtel, in der sich der Käfer befand, und spähte hinein. Das Tierchen schien zu schlafen.

Otto kam sich etwas dämlich vor, als er flüsterte: »Geh und hol Mab!«
Zu seiner Überraschung begann sich der Käfer zu rühren. Dann entfaltete er seine smaragdgrünen Flügel, hob kurz ab und ließ sich dann wieder auf der Schachtel nieder.
Otto wartete gespannt.
Vielleicht musste der Käfer zuerst nachdenken.
Oder vielleicht hatte Mab ihm einen ganz normalen Käfer geschenkt, nur so zum Spaß.
Doch dann musste Otto ruckartig den Kopf heben, als der Käfer auf einmal völlig unerwartet und mit einem tiefen Brummen senkrecht nach oben schoss, eine scharfe Rechtskurve machte und über die Linden hinwegflog.
Dann verlor Otto ihn aus den Augen. Das Brummen verlor sich in der Ferne.
Unten auf der Straße waren ein paar Passanten zu sehen. Ein zweisitziges Hochrad kam daher, eine Spirale farbiger Birnchen schimmerte an dem großen Rad. Otto hörte eine Frauenstimme sagen: »Sag mal, die Kehrmaschine vorhin . . . Was war denn da hinten drauf?«
»Nicht unser Problem«, antwortete der Mann. »Sie machen nur ihre Arbeit.«
»Pass doch auf!« Ein Knirschen war zu hören. Die Hochräder, die man überall ausleihen konnte, waren bekannt dafür, dass sie leicht aus dem Gleichgewicht gerieten und umkippten.
»Hey, ich hatte mir gedacht, das würde ein romantischer, kleiner Ausflug werden«, sagte die Frau, die recht unsanft auf dem Trottoir gelandet war.
Plötzlich hörte Otto weiter unten in der Straße ein Zischen. Er umklammerte die nunmehr leere Schachtel.

Vielleicht war es ja nur eine der richtigen Kehrmaschinen, die häufig spätabends durch die Parry Street fuhren.
Doch dann konnte er sie sehen und hätte vor Schreck fast einen Schrei ausgestoßen. Es waren die Normie-Polizisten, dieselben wie neulich.
Das Pärchen mit dem Hochrad rappelte sich gerade wieder auf.
Auf der Rückseite der Kehrmaschine war ein Käfig angebracht, in den ein Kind eingesperrt war. Weinend klammerte es sich an die Stäbe.
Doch die Polizisten ignorierten sein Schluchzen und strampelten weiter.
Inzwischen war das Gefährt direkt unterhalb von Ottos Standort angekommen und ließ seine Suchlichter herumschweifen. Und ausgerechnet in diesem Moment kam Mab angeflogen.
Zum Glück entdeckte sie die Polizisten, ehe diese sie sahen.
Der Teppich verharrte in der Luft.
Entsetzt und mit einem Winken, gab Otto ihr zu verstehen, sie solle wieder verschwinden.
Der Käfer schimmerte wie eine Brosche an ihrer Schulter.
»Wie gemein von dir! Du hast mich gerufen, damit sie mich verhaften können!«
»Nein!«, brüllte Otto mit lauter Stimme, um das schreckliche Zischen und Dröhnen des Gefährts zu übertönen.
Das Kind in dem Käfig rüttelte mit aller Kraft an den Stäben und rief Mab etwas zu. Was, konnte Otto nicht verstehen.
»Ich hasse dich!«, schrie Mab.

»Nein! Ich bin keiner von ihnen! Ich bin einer von euch!«, brüllte Otto. »Mein Vater heißt nicht wirklich Hush! Sein richtiger Name lautet Karmide, da bin ich mir ganz sicher!«

»Quatsch!«, schnaubte Mab.

Der fliegende Teppich schwebte auf das Gefährt zu und der Polizist feuerte sein schreckliches Fangnetz ab. Das Suchlicht tastete sich durch die Dunkelheit, bekam Otto ins Visier. Dieser schnappte sich einen Picknicktisch.

Mab war auf dem hinteren Ende des Gefährts gelandet und bemühte sich nun verzweifelt, die Käfigtür zu öffnen. Einer der Normies rutschte über das Dach auf sie zu.

Vor Anstrengung stöhnend, warf Otto den Tisch vom Dach. Er verfehlte den Normie jedoch und der Tisch zerschellte auf der Straße. In dem gegenüberliegenden Gebäude gingen ein paar Lichter an.

Mab zog das Kind durch die Käfigtür. Der Teppich schwebte neben ihr. Beide Polizisten brüllten. Derjenige, der näher bei ihr war, streckte einen Arm aus. Mab und das kleine Mädchen aus dem Käfig saßen in der Falle, klammerten sich an das Gefährt. Zwischen ihnen und dem Teppich fuchtelte der Polizist mit den Armen.

Doch dann plötzlich nicht mehr.

Er lag auf der Straße. Ein Pflanzenkübel hatte ihn am Bein getroffen.

Der Teppich schwebte mit den zwei Mädchen an Bord bis zum Dach hinauf.

Das Fangnetz prallte gegen die Mauer des Gebäudes, breitete sich dann wieder aus und landete im Geäst eines nahen Baums.

»Es ist nicht so, wie du glaubst . . .«, rief Otto.

»Was meinst du mit ›Du bist einer von uns‹«, fiel Mab ihm ins Wort. Das kleine Mädchen klammerte sich mit großen, verschreckten Augen an sie.
»Verschwindet schnell!«, rief Otto.
»Was ist – bist du es nun oder nicht, Kleiner?«
»Mein Vater trägt nicht seinen richtigen Namen, er hat ihn geändert. Ich glaube, in Wirklichkeit heißt er Albert Karmide ... vielleicht auch nicht Albert, wer weiß?«
Die beiden Polizisten kämpften mit ihrem Netz. Überall in der Nähe wurden Fenster aufgerissen.
»Dein Vater Albert Karmide?«, rief sie verächtlich. »Kann ich mir nicht vorstellen.«
Sie bedachte Otto mit einem ungnädigen blassblauen Blick. Dann hob sich der Teppich in die Luft und flog hinaus in die schwüle Nachtluft.

OTTO IN DER BIBLIOTHEK

Es war der darauf folgende Morgen.
Albert Hush war die ganze Nacht in der Bibliothek geblieben, um endlich seine Abschrift des Karmiden-Dokuments fertig zu stellen.
Nun standen er und seine Assistentin, Miss Fringe, hinter einem Ölgemälde und schauten durch eine kleine Öffnung in den Leseraum. Die Bibliothek war voller Geheimtüren, Geheimgänge und Gucklöcher, was das Publikum aber natürlich nicht wusste.
»Das ist sie, Mr Hush«, flüsterte Miss Fringe. »Schon den ganzen Morgen über schaut sie alte Schriftstücke durch. Sie hat eine Genehmigung vom Rathaus und zwei Polizisten bei sich. Offensichtlich interessiert sie sich nur für Karmiden. Sie hat mich gezwungen, die hoch empfindlichen Dokumente aus dem klimatisierten Raum zu holen. Angeblich sucht sie nach einem ganz bestimmten Schriftstück und glaubt, es sei hier. Vorhin hat sie nach dem Experten für Karmiden-Dokumente gefragt, aber ich sagte ihr, Sie seien in der Frühstückspause.«
»Hat sie sonst noch etwas gesagt?«
»Nein, aber wissen Sie, wer sie ist? Elfina Crink! Ich habe sie im Fernsehen gesehen.«
»Ich auch«, sagte Albert leise.
Plötzlich entdeckte er eine weitere Person und stöhnte auf. »Oh, nein! Otto, nicht jetzt! Miss Fringe, mein Sohn hat soeben den Leseraum betreten und versteckt sich

aus irgendeinem Grund hinter einer Säule. Bringen Sie ihn bitte unauffällig zu mir.«

Miss Fringe zögerte. Offenbar war sie zwischen den Bibliotheksregeln und ihrer Loyalität ihrem Vorgesetzten gegenüber hin- und hergerissen.

»Aber, Mr Hush, nur Angestellte dürfen ...«

»*Tun Sie es, bitte!* Ich übernehme die Verantwortung.«

Otto konnte seinen Vater nirgends sehen. Dafür aber die Frau in dem Regenmantel und die beiden Polizisten. Wieder dieselben, über die er neuerdings ständig stolperte. Was hatten sie hier zu suchen? Jetzt stand er hier in der Ecke hinter dieser dummen Säule und konnte nur hoffen, dass sie ihn nicht entdeckten.

Auf einmal öffnete sich in der Regalwand hinter ihm eine Tür, die ebenfalls aus Regalen zu bestehen schien. Eine Hand packte ihn und zog ihn nach hinten.

»Bitte, hier lang«, sagte Miss Fringe unter Missachtung von Bibliotheksvorschrift Nummer 39.

Miss Fringe und Otto eilten durch lange, holzgetäfelte Gänge, vorbei an geheimnisvollen Türen und durch verwinkelte Treppenhäuser, bis sie schließlich bei Albert ankamen, der noch immer durch das Guckloch spähte.

»Ich hoffe, es gibt einen guten Grund für dein Kommen«, sagte er statt einer Begrüßung zu Otto.

Otto platzte fast vor Wut.

»Keiner will mir zuhören. Ich war im Heizschacht im Rathaus. Von dort aus konnte ich eine Sitzung belauschen und ...«

Otto verstummte. Ihm war plötzlich bewusst geworden, dass Miss Fringe noch dastand und alles mithörte.

Er zog eine Grimasse, um seinem Vater ein Zeichen zu geben. Doch Albert starrte wieder wie gebannt durch das Guckloch.

»Was meinst du mit Heizschacht? Bist du gekommen, um mir das zu erzählen?«

»Ich habe eine Sitzung mit angehört ...«, murmelte Otto. »... diese Frau da war auch dabei. Die im großen Leseraum mit dem Regenmantel, die diese zwei Polizisten bei sich hat. Bei der Sitzung hat sie gesagt, dass sie die Magicos hasst, Dad! Sie hat gesagt ...«

»Miss Fringe«, sagte Albert plötzlich, »bitte achten Sie nicht auf die Worte meines Sohns. Er lebt in einer Phantasiewelt. Sie haben sicher viel zu tun. Ich gehe jetzt wieder an meinen Schreibtisch. Aber Sie können jederzeit kommen, wenn Sie mich brauchen.«

Beflissen wie immer, begab sich Miss Fringe wortlos außer Hörweite.

»Dad«, begann Otto verzweifelt.

»Pssst«, sagte Albert. »Nicht jetzt.«

Ottos Augen blitzten auf.

Sein Vater packte ihn am Handgelenk und zog ihn hinter sich her durch den Gang und dann durch eine Tür in einen Raum mit Fenstern und Schreibtischen. Das Büro der Angestellten. Es war leer.

»Hör zu«, sagte Albert leise. »Ich gebe dir etwas, das du unter deiner Kleidung verstecken musst. Bring es aus der Bibliothek. Nimm es mit nach Hause. Aber lege es nie ab. Nicht einmal nachts. Trag es immer bei dir. Vielleicht durchsuchen sie demnächst unsere Wohnung. Und jetzt erzähl mir rasch, was du bei der Sitzung gehört hast.«

»Oh, Dad«, sagte Otto und musste ein paar Tränen weg-

blinzeln. »Als ich in dem großen Kaufhaus war, musste ich vor zwei Polizisten weglaufen und . . .«
»Erzähl mir nur, was du erfahren hast.«
»Die Frau ist die neue Ministerin für Modernisierung. Der Präsident nennt sie ›Herzblatt‹ und ›Goldschatz‹. Sie will die Schlammdörfer abreißen und dort Hotels bauen lassen. Und sie hat gesagt, Katzen, Hunde und kleine Taschenspiegel seien unmöglich und die Magicos seien die Feinde unserer Stadt. Und sie will unbedingt einen bestimmten Karmiden finden, einen mit einem Muttermal. Den König der Karmiden.«
Albert zog mehrere Schubladen heraus, offenbar suchte er nach etwas.
»Ich hab's geahnt«, brummte er. »Otto, ich muss eine Zeit lang untertauchen. Ich habe etwas sehr Wichtiges zu tun. Es ist so etwas wie ein Rätsel, verstehst du? Ich muss es tun. Für mein Volk. Die Crink hat schon alle Schlammdörfer nach mir abgesucht. Wenn sie mich sieht, erkennt sie mich. Wir waren als Kinder miteinander befreundet.«
Er zog einen Umschlag aus einer Art Geheimfach und schob ihn unter Ottos Hemd.
»Dad . . .«
Albert öffnete das nächstbeste Fenster, zog ein Pfeifchen aus der Tasche und blies hinein. Der Pfiff war kaum zu hören.
»Ein sehr hoher Ton«, sagte Albert, als würde das etwas erklären.
Sein Gesicht war aschfahl.
»Erzähl Mum, was ich dir gesagt habe. Ich werde euch eine Nachricht zukommen lassen. Wir sind alle in großer Gefahr.«

»Dad, du bist ein Karmide, nicht wahr?«, flüsterte Otto.
Albert schwieg.
»Dad, bitte sag es mir! Mum weiß es auch, nicht wahr?«
»Ja, ich bin ein Karmide, ich bin . . .«
Der Raum begann sich mit Licht zu füllen. Rot, Orange, Gelb, Grün – wunderschöne Farben. Man fühlte sich wie im Innern eines riesigen Juwels. Dann wurde alles türkis – wie auf dem Grund eines tropischen Gewässers.
Ausgerechnet in diesem ungewöhnlichen Augenblick trat Miss Fringe ein.
Albert begann zu zittern und ließ die Papiere fallen, die er in der Hand hielt.
Otto sah, wie Miss Fringe die Hand ausstreckte. Und wie die Papiere eins nach dem anderen in ihre Finger flogen.
Albert starrte sie verblüfft an.
»Dad?«, flüsterte Otto.
»Ist schon in Ordnung«, sagte Albert und nahm ihn an der Hand.
Und einen Moment lang war wirklich alles in Ordnung. Die warmen Farben des Meeres huschten an den Wänden hinunter und versandeten im Teppich, bis nur noch ein schimmernder Teich übrig war, genau an der Stelle, wo Albert und Otto standen.
Miss Fringe wollte Albert die Papiere reichen, die dieser hatte fallen lassen.
In diesem Augenblick wurde die Tür aufgerissen. Nicht die Tür, die zum Labyrinth der Gänge führte, sondern die Tür, die zum Leseraum führte, und auf der von außen in goldenen Buchstaben *NUR FÜR PERSONAL* stand.

Das Schild hatte Elfina nicht abschrecken können. Gefolgt von ihren beiden Polizisten und dem nervösen, wenn auch entschlossenen Chef-Abstauber, stürmte sie herein.

»Mr Hush wird zu Ihnen in den Leseraum kommen. Wenn Sie bitte so freundlich wären, am Tisch auf ihn . . .«

»Ich habe genau zehn Minuten gewartet«, sagte Elfina schnippisch. »Und ich bin es nicht gewohnt, zu warten. Wo ist dieser Experte? Ich möchte auf der Stelle . . .«

Unvermittelt blieb sie stehen. Sie hatte Albert entdeckt.

»Das ist Mr Hush«, sagte der Chef-Abstauber. »Und wenn Sie nun bitte wieder in den Leseraum zurückkehren würden . . .«

»Aha, das ist also Mr Hush«, sagte Elfina plötzlich ganz ruhig. »Was für eine Überraschung . . .«

Miss Fringe stellte sich vor Otto, als wollte sie ihn beschützen.

Elfina stand da und starrte Albert an.

»Mr Hush«, sagte sie schließlich mit leiser Stimme. »Was für einen leisen Namen Sie haben, fast nur ein Flüstern. Fast unsichtbar . . .«

Albert machte eine Kopfbewegung, als wollte er sich für ein Kompliment bedanken.

»Ich habe Sie an so vielen Orten gesucht«, fuhr Elfina fort. »Aber ich hätte nie gedacht, dass ich Sie ganz in der Nähe finden würde, in der Bibliothek auf dem Boulevard.«

»Wir haben beide einen weiten Weg zurückgelegt«, sagte Albert höflich.

Zwischen Albert und Elfina herrschte ein Schweigen, als wäre niemand sonst anwesend.

»Ich bin hier, weil ich nach einem ganz bestimmten

Schriftstück suche«, sagte Elfina nach einer Weile. »Danach suche ich ebenso dringend wie nach Ihnen, Mr Hush. Ich hatte schon befürchtet, es würde irgendwo in den Schlammdörfern vor sich hinschimmeln, doch offenbar habe ich Sie unterschätzt. Es ist hier.«
Sie legte ein Pergament auf den Tisch. Es war das Pergament, das Albert heimlich abgeschrieben hatte.
»Wenn Sie das vielleicht im Leseraum zu studieren belieben . . .«, wiederholte der Chef-Abstauber.
»Schon gut«, sagte Albert und gab dem Angestellten zu verstehen, dass er sich zurückziehen konnte. »Wir werden es hier anschauen. Sie gehen am besten wieder nach draußen, für den Fall, dass jemand Ihre Hilfe braucht.«

Albert ging zu einem Tisch an einem der Fenster und setzte sich.
Elfina folgte ihm und gab den Normie-Polizisten zu verstehen neben der Tür zu warten. Sie schien Otto noch nicht wahrgenommen zu haben.
»Es handelt sich um ein sehr altes Schriftstück«, begann Albert, »und es ist extrem empfindlich. Deshalb müssen wir es in unserem klimatisierten Raum aufbewahren. Feuchtigkeit könnte ihm schaden.«
»Und weiter?«
»Es wurde vor vielen Jahren an den Wurzeln eines Baums am Fluss entdeckt und der Bibliothek zur Verwahrung übergeben. In einer normalen Umgebung würde es unglücklicherweise sehr rasch zerfallen.«
»Weiter!«
»Wie es scheint, wird hier eine Epoche dargestellt, die eventuell eintreten könnte. Eine Geschichte mit unter-

schiedlichen Möglichkeiten. Offenbar hatte irgendein Karmide eine entsprechende Vision, und wie es bei ihnen Brauch ist, hat er alles, woran er sich erinnern konnte, aufgeschrieben und aufgezeichnet, so gut es ihm möglich war, und anschließend vergraben.«

»Und?«

»Man sieht eine Frau, die auf einem Haufen von Münzen steht und die Stadt in der Hand hält. Sehen Sie?«

Otto und Elfina blickten auf das Pergament und Otto kam es so vor, als wären sie alte Vertraute und als versuchte Albert sie vor etwas zu warnen, so wie ein Freund einen Freund warnt. Auch wenn man weiß, dass der andere nicht auf einen hören wird.

»Sie muss einen Teil ihrer selbst verleugnen«, sagte er leise. »Und was geschieht, wenn wir uns verleugnen? Wenn wir unsere Herkunft vergessen? Wenn der Feind, den wir verachten, in Wahrheit in unserem eigenen Herzen wohnt?«

Sie blickte ihm in die Augen und der Panzer, der ihr Gesicht umgab, begann sich ein wenig aufzulösen.

»Da ist ja der Junge!«, rief plötzlich einer der Normies.

Elfinas Gesicht verschloss sich wieder.

»Welcher Junge?«, fragte sie. »Setz dich wieder!«

»Der Junge, der aus dem Fenster geschaut und Sachen vom Dach geworfen hat. Er hat mich fast mit einem Pflanzenkübel erschlagen. Und auf dem Boulevard ist er uns nur dank eines Magico-Tricks entkommen. Eines blöden, verrückten Magico-Tricks . . .«

»Schon gut!«, sagte Elfina genervt. »Verhaftet ihn und haltet die Klappe! Ich muss das Ende dieser Geschichte noch hören.«

Die Normies sprangen erneut auf.
»Was hat er getan?«, fragte Albert empört.
»Er ist ein Magico!«, riefen die zwei Normies im Chor.
»Rührt ihn nicht an!«, rief Miss Fringe.
»Er ist mein Sohn!«, rief Albert.
Die Normies wollten sich auf Otto stürzen, doch Miss Fringe warf sich ihnen in den Weg.
Albert machte einen Satz, riss die Tür zu den Geheimgängen auf und stieß Otto hindurch.
Otto hörte die Tür hinter sich zufallen. Er wollte sich zu seinem Vater umdrehen, doch dieser war nicht hinter ihm. Otto war allein. Er rüttelte an der kleinen Tür. Doch sie ging nicht auf. Auf der anderen Seite hörte er Elfina sagen: »Keine Bewegung, Al!«
Ein Schauer von Farben ergoss sich durch die Ritzen der Tür.
»Dad!«, rief Otto.
»Er darf uns nicht entkommen!«, hörte er Elfina fauchen.
Dann ein unglaubliches Geräusch – wie wenn ein großes Zelt im Sturm flattern würde, ein Krachen, zersplitterndes Glas. Die Normies brüllten.
Otto rüttelte erneut mit aller Kraft an der Tür. Doch sie war zugeschlossen. Er stand da, schluchzend und verzweifelt, als Welle um Welle von Farben in den engen Gang flossen. Ein bitteres Gelb, ein blutiges Rot.
Dann hörte der Lärm auf der anderen Seite plötzlich auf.
Was immer dort auch vor sich gegangen war, es war zu Ende. Otto spürte, wie sich der Türgriff wie von selbst senkte. Er konnte wieder in Alberts Büro gehen.
Doch hier war niemand mehr. Die Tische und Stühle waren zertrümmert. Auch mit dem Fenster war etwas pas-

siert. Der obere Teil war bereits offen gewesen, doch offenbar hatte das nicht gereicht, denn der untere Teil des Schiebefensters war nun kaputt. Die kleinen Scheiben und die Holzrahmen, in denen sie sich befunden hatten, waren zersplittert.

»Dad?«, flüsterte Otto besorgt.

Er ging ein paar Schritte weiter und spürte plötzlich ein Rascheln unter seinem Hemd. Der Umschlag. Der, den er immer am Leib tragen sollte, für den Fall, dass die Wohnung durchsucht würde.

Ein schreckliches Bild fuhr ihm durch den Kopf.

Das Bild, wie die Normies seine Mutter und die Zwillinge davonschleppten. Vielleicht schon jetzt, in diesem Moment.

Otto hörte Stimmen hinter der anderen Tür, die zum Leseraum führte und die einen Spalt offen stand.

». . . kam von dort drüben«, sagte jemand. »Klang nach Glas, finde ich.«

»Ich sah sie herauskommen«, sagte ein anderer. »Sie gingen dann alle zum Haupteingang, soweit ich es beurteilen kann. Sah nicht gut aus . . .«

Otto blickte sich um. Er wusste nicht, wie er durch die Geheimgänge aus dem Gebäude kommen konnte. Das Fenster sah auch zu gefährlich aus. Dann sah er eine Tür in der Ecke, auf der *NOTAUSGANG* stand.

Er zog diese Tür gerade leise hinter sich zu, als der Chef-Abstauber und etliche besorgte Bürger durch die Tür mit der Aufschrift *NUR FÜR PERSONAL* kamen.

Noch nie war ihm der Weg nach Hause länger vorgekommen als heute.

GRANNY CULPEPPER UND SHINNABAC

Alle waren in der Küche.

»Diese Frau und zwei Normies waren in der Bibliothek«, sagte Otto keuchend und lehnte sich an den Türrahmen.

»Du bist gerannt ...«

»Ja, Mama, klar. Ich glaube, sie haben Dad mitgenommen. Oder vielleicht ist er auch entkommen, aber ich denke, sie werden auf alle Fälle herkommen. Wahrscheinlich schon sehr *bald!«*

»Deinen Dad mitgenommen? Was soll das heißen?«

»Die Zwillinge, Dolores«, sagte Großmutter nervös. »Hol sie herunter. Sie dürfen nicht so hoch tanzen, das wirkt nicht ehrbar.«

Hepzie und Zeb standen kopfüber mit den Füßen an der Decke. Das war ihr neues Spiel.

Auf einmal wurde gegen die Wohnungstür gehämmert.

»Aufmachen!«, brüllte eine Männerstimme. »Normie-Polizei! Ermittlungen in unmöglichen Dingen!«

Alle erstarrten.

»Shinnabac!«, flüsterte Granny Culpepper und nahm ihre Schürze ab.

Otto sprang auf den Tisch, um die Zwillinge zu schnappen.

»Wir werden schon damit fertig werden, Dolores«, sagte Granny Culpepper, ohne zu präzisieren, wen sie mit »wir« meinte. »Lass sie herein und versuch sie so lange wie möglich von der Küche fern zu halten.«

»Aber, Mutter, wie . . .?«
»Beeil dich!«
Shinnabac kam schlaftrunken aus dem Wohnzimmer getapst und Granny machte die Küchentür zu. Die Zwillinge schwebten herunter, um sich an Ottos Hals zu hängen.
»Wir haben allen Grund zu glauben, dass dies die Wohnung von Albert Hush ist, einem Magico, der sich unmöglicher Aktivitäten schuldig gemacht hat«, sagte eine Stimme unter der Wohnungstür, die Otto nur allzu bekannt vorkam.
»Sie kennen mich, sie werden mich auf den ersten Blick wieder erkennen«, stammelte Otto verzweifelt. Wie hätte Granny ihm da helfen können?
»Überlass sie mir! Versteck dich im Schrank unter der Spüle!«, befahl sie.
Otto quetschte sich zwischen die Reinigerflaschen und das Seifenpulver und Granny machte das Türchen hinter ihm zu. An der Oberseite war ein Spalt, durch den Otto hinausschauen konnte.
Das Ganze war total verrückt. Die Zwillinge würden sich aus ihren Händen winden, das schafften sie immer. Jede Sekunde würden sie wieder losfliegen.
Shinnabac benahm sich auf einmal sehr merkwürdig. Sie sprang auf den Tisch und saß kerzengerade da.
Granny ließ die zappelnden Zwillinge los.
Wie hatte er nur so dumm sein können? Klar, sie verachtete Albert und nun würde sie sie alle verraten!
»Nein!«, rief er.
»Rühr dich nicht!«, zischte Granny.
Die Zwillinge kamen zum Unterschrank und klopften gegen die Tür. »Ottie! Ottie!«

»Ganz ruhig, Otto!«, flüsterte Granny Culpepper, während sie angestrengt auf Shinnabac starrte und den Kopf hoch erhoben hielt, während eine unglaubliche Energie aus ihren Augen strömte.
Dann hob sie den Arm und zeigte auf ihre Katze, während Shinnabac, die auf einmal majestätisch und gefährlich zugleich aussah, die Zwillinge nicht aus den Augen ließ.
Im Hintergrund hörte Otto die Normies mit Dolores reden, während sie gerade aus dem Wohnzimmer kamen.
»Sie kommen . . .«, stöhnte Otto voller Panik.
Die langen Kraushaare der Zwillinge standen wie elektrisiert von ihren Köpfen ab und kichernd begannen sie unter Großmutters und Shinnabacs hypnotischem Blick nach oben und dann rückwärts zu schweben. Sachte landeten sie Seite an Seite auf dem Küchentisch.
»Ist dort die Küche?«, fragte eine Stimme im Flur.
Noch immer machte Granny Culpepper keine Bewegung. Die Zwillinge kuschelten sich aneinander und schlossen die Augen, als lägen sie im bequemsten Bett der Welt. Und schon waren sie eingeschlafen!
Granny Culpepper und Shinnabac entspannten sich wieder und Otto beobachtete mit offenem Mund, wie seine Großmutter eine Decke aus dem Wäschekorb nahm und vorsichtig über seine kleinen Schwestern legte.
Da wurde auch schon die Küchentür geöffnet und herein trat Acht, dicht gefolgt von Dolores, die vor Panik die Hände rang.
»Guten Morgen«, sagte Granny mit ihrem vornehmsten Oberstadt-Akzent. »Kann ich Ihnen behilflich sein? Wir wollten gerade ein schönes Tässchen Zitronentee mit Zit-

ronenkuchen mit Zitronenkrem und Zitronenglasur zu uns nehmen.«
Als Dolores die Zwillinge schlafend auf dem Tisch liegen sah, fielen ihr vor Überraschung fast die Augen aus dem Kopf.
»Ich muss die Küche durchsuchen«, erklärte Acht.
»Gibt es ein Problem?«, erkundigte sich Granny mit honigsüßer Stimme.
»Ich fürchte, ja. Wir müssen die ganze Wohnung durchsuchen, wegen verdächtiger und unmöglicher Hinweise nicht ehrbarer Art.«
Acht öffnete nach und nach jede Schranktür, wobei er dem Spültisch immer näher kam. Dolores blickte sich suchend nach Otto um.
Granny Culpepper näherte sich unauffällig Ottos Versteck, ein mütterliches, warmes Lächeln auf den Lippen.
»Oh, du meine Güte, der hier ist abgeschlossen«, sagte sie. »Dolores, hol doch bitte den Schlüssel.«
»Den Schlüssel?«, wiederholte Dolores ratlos. Der Spülenunterschrank hatte ja nicht einmal ein Schlüsselloch.
»Ja, meine Liebe, hol ihn bitte. Er ist doch in der Schublade, nicht wahr?«
Shinnabac schlich um die Beine von Acht.
»Der Schlüssel . . .«, wiederholte Dolores noch einmal und begann hektisch damit, alle Schubladen aufzureißen. Otto konnte sehen, dass ihre Hände zitterten.
Shinnabac blickte zu Acht hinauf und Granny starrte auf Shinnabac.
Achts Gesicht befand sich inzwischen fast vor dem Spülenunterschrank. Acht wollte zum Griff greifen. Otto kauerte sich in die hinterste Ecke und wagte nicht mehr zu

atmen. Doch auf einmal schien der Normie-Polizist es sich anders zu überlegen. Sein Gesichtsausdruck wurde weich, er erhob sich, blickte auf die beiden schlafenden Kinder und sagte: »Na schön, dann lassen wir den Schrank eben zu. Was für entzückende kleine Mädchen.«

»Ja, nicht wahr?«, sagte Granny zärtlich.

»Ich war früher auch mal ein Baby, wissen Sie«, sagte Acht mit todernster Miene.

»Ach ja? Wie schön.«

»Und Ihre Katze ist auch sehr hübsch.«

»Das finden wir auch. Dolores, setz doch schon mal den Kessel auf.« Granny nahm Shinnabac auf den Arm und setzte sie in den Wäschekorb, gerade als Sechs die Küche betrat.

»Konnte nicht viel finden . . .«

»Ich bin hier auch fertig«, erklärte Acht fröhlich. »Und jetzt wollten wir noch ein Tässchen Tee zusammen trinken.«

»Dürfen wir im Dienst Tee trinken?«, fragte Sechs zweifelnd.

»Na schön, dann gehen wir eben in den Park!«, rief Acht und packte seinen erstaunten Kollegen an der Hand. »Was ist die Welt doch schön!«

»Hey, müssten wir nicht . . .«

»Komm, wir laufen um die Wette! Wer zuerst bei den Schaukeln ist, hat gewonnen!«, rief Acht strahlend. Im Hüpfschritt verließ er die Wohnung und zog den verwirrten Sechs hinter sich her.

Die Zwillinge waren sofort wieder hellwach. Granny Culpepper gab Shinnabac zwei Büchsen Sardinen, während

Otto und Dolores noch immer kein Wort herausbrachten und Granny nur verdutzt anstarrten.
»Alles in Ordnung, Mutter?«, flüsterte Dolores schließlich.
»Na ja, ich bin etwas müde. Ich muss noch einen Brief schreiben. Ich glaube, es wäre das Beste, wenn ihr mich jetzt für ein Weilchen allein lasst.«

Otto und Dolores gingen mit den Zwillingen ins Wohnzimmer und nun konnte Otto seiner Mutter endlich erzählen, was in der Bibliothek alles vorgefallen war.
»Willst du damit etwa sagen, dass er eine Art König ist?«, sagte Dolores verblüfft. »Und dass er und Elfina sich als Kinder kannten?«
»Er muss für sein Volk alles tun, was in seiner Macht steht, das ist eine Sache der Ehre.«
»Albert und eine Sache der Ehre? Er kann Mobiles bauen und eine Bibliothek leiten – aber sonst?«

DAS EINHORN

Etwa eine halbe Stunde später waren ungewöhnliche Geräusche zu hören.

»Mutter?«, rief Dolores erschrocken und rannte in den Flur.

In der Küche stand ein Einhorn, ein rotbraunes Einhorn.

»Granny ist verschwunden«, sagte Dolores verdutzt. »Dafür ist jetzt ein Einhorn da.«

»Ganny, Ganny!«, säuselte Hepzie und zeigte auf das Einhorn.

»Eben war Granny noch da«, sagte Dolores ganz langsam und nachdenklich, »und nun ist dieses Einhorn hier.«

Der Brief, den Granny Culpepper hatte schreiben wollen, lag auf dem Küchentisch.

Meine liebe Dolores,

ich fürchte, du wirst schockiert sein. Daddy und ich wollten, dass du es nie erfährst, aber so, wie die Dinge stehen, muss ich dir nun doch reinen Wein einschenken.

Liebe Tochter, Tatsache ist, dass meine Eltern zwar den kleinen Laden in der Nähe von Guidos Strand hatten, von dem ich dir erzählt habe, aber die Mutter meines Vaters stammte aus Tigerhaus und ich selbst bin eine Katzauberin.«

Dolores las Otto den Brief vor.

»Weißt du, was Katzauberer sind?«, fragte sie ihn.

»Eine Art Karmiden, Mum. Sie können zaubern, aber nur,

wenn ihnen eine Katze dabei hilft, glaube ich.« Er warf einen Blick auf Shinnabac, die ihre Chance erkannt hatte und genüsslich die Butterdose ausleckte.

»Ich habe meine Kräfte viele Jahre lang brachliegen lassen. Ich wollte mit deinem Vater zusammen ein normales Leben führen und dir eine ehrbare Kindheit bieten.
Vorhin, als die Normies wegen Albert hier waren, habe ich die Zwillinge verzaubert, damit sie nicht mehr fliegen konnten. Shinnabac hat mir als Verstärker gedient. Du weißt, dass sie die Mädchen sonst mitgenommen hätten.
Das Problem ist jedoch, dass Katzauberer, besonders in meinem Alter, die ihre Kräfte lange nicht benutzt haben, danach sehr erschöpft sind.
So erschöpft, dass sie, um sich zu erholen, sich erst einmal für ein Weilchen in ein Einhorn verwandeln müssen. Wir sind eng mit diesen Tieren verwandt, glaube ich, obwohl ich es nie ganz begriffen habe. Als Einhorn verbrauchen wir wesentlich weniger kosmische Energie.
Meine liebe Tochter, ich war nun lange Jahre normal und ehrbar, obwohl es in Wahrheit ungeheuer anstrengend und ermüdend für mich war, weshalb ich häufig an Kopfschmerzen litt. Doch nun, da ich meine Kräfte endlich wieder einmal einsetzen konnte, fühle ich mich so gut wie schon lange nicht mehr.
Inzwischen bin ich der Überzeugung, dass es falsch war, dich nicht gemäß deines spirituellen Erbes zu erziehen. Dein Vater hätte nichts dagegen gehabt, solange die im Rathaus und in seinem Golfklub nichts gemerkt hätten.
Ich glaube, ich spüre, dass mein Horn auf der Stirn zu

wachsen beginnt. Ich hoffe, es wird ein hübsches, spiralförmiges ...«

Nach diesen letzten Worten wurde die Schrift unleserlich. Es ist vermutlich nicht einfach, den Stift mit einem Huf zu halten ...

Schweigen herrschte in der oberen Wohnung im Haus Nummer fünfzehn. Nur der keuchende Atem des Einhorns war zu hören.

»Sie ist eine von ihnen«, flüsterte Dolores mit schwacher Stimme. »Ich bin die Tochter einer Magico-Frau, ich bin ...«

»Ganny!«, jauchzte Hepzie. Sie segelte durch die Luft und landete rittlings auf dem Rücken des Einhorns.

»Nun, es ist tatsächlich ein spiralförmiges Horn geworden«, sagte Dolores mit Tränen in den Augen.

»Soll ich ihr einen Spiegel bringen?«, fragte Otto.

»Zuerst brauche ich einen Kaffee«, seufzte Dolores.

Auch das Einhorn bekam etwas Kaffee. Und einen Kopfsalat.

Dann hörten sie ein Klopfen an der Tür.

UNERWARTETER BESUCH

Es war eine wichtig dreinschauende Mrs Thudbutton, selbstgefällig wie immer, begleitet von einer sonderbar aussehenden Dame mit einem breitkrempigen Hut mit Wachskirschen am Hutband.

»Sie haben Besuch, Mrs Hush«, sagte Mrs Thudbutton. »Und dann ist noch ein Brief für Ihren Sohn gekommen. Ich dachte, ich bringe ihn gleich mit rauf.«

Der Besuch der Normie-Polizei hatte Mrs Thudbutton in ihrem Verdacht bestärkt, dass die Familie aus der Nummer 15 nicht normal war. Nun war sie den Hushs gegenüber noch überheblicher und zudem wütend, dass sie keine Belohnung erhalten hatte.

»Bitte, treten Sie doch näher!«, sagte Dolores zu der Fremden.

»Oh nein!«, bellte Mrs Thudbutton. »Die Normie-Polizei hat gesagt, dass Sie Besuchverbot haben. Niemand darf mehr Ihre Wohnung betreten. Ich habe die Frau nur hoch gelassen, um Ihnen einen Gefallen zu tun.«

Das war natürlich nicht der wahre Grund, denn eigentlich hatte die Hausmeisterin gehofft vielleicht doch noch etwas in Erfahrung zu bringen und somit eine Belohnung kassieren zu können.

Otto stand neben seiner Mutter.

Niemand sagte ein Wort. Alle warteten darauf, dass Mrs Thudbutton endlich gehen würde. Doch diese dachte nicht im Traum daran. Sie händigte Otto einen Umschlag aus, der ganz offensichtlich schon geöffnet worden war.

Die Frau mit dem großen Hut hüstelte verlegen.
»Also, reden Sie!«, sagte Mrs Thudbutton, die ihre diebische Freude an der allgemeinen Verlegenheit hatte.
Da Otto so klein war, konnte er das Gesicht der Besucherin unter der Hutkrempe besser sehen als alle anderen. Trotz der Tatsache, dass es mit Make-up voll gekleistert und hinter einer riesigen Sonnenbrille verborgen war, hätte er schwören können, es schon einmal irgendwo gesehen zu haben.
»Ich wollte nur mal wieder vorbeischauen, Dolores«, sagte die Stimme unter dem Hut.
»Wie reizend von Ihnen«, antwortete Dolores. »Freut mich, Sie zu sehen. Tut mir Leid, dass ich nicht korrekt angezogen bin.«
»Und weiter?«, sagte Mrs Thudbutton hämisch. »Ich dachte, es ginge um etwas Wichtiges.«
Die Frau mit dem großen Hut hatte ganz eindeutig etwas Wichtiges zu sagen, wollte es vor Mrs Thudbutton jedoch nicht aussprechen.
Plötzlich drang ein Wiehern aus der Küche und sowohl Dolores als auch Otto begannen umgehend zu husten, um es zu übertönen. Otto hustete so eifrig, dass er prompt einen richtigen Hustenanfall bekam. Himmel, es konnte nicht mehr lange dauern, dann würden die Zwillinge angeflogen kommen!
»Otto«, sagte die Fremde auf einmal entschlossen. »Du erinnerst dich doch noch an die Frau mit dem großen . . . hm, Hund. Dem, der so gern Lakritze fraß?«
Otto hatte keine Ahnung, wovon sie sprach, doch er nickte vorsichtshalber.
»Nun, sie hat Geburtstag. Heute. Ich hab mir gedacht,

dass du eventuell nicht daran denkst, und deshalb wollte ich dich daran erinnern. Komm doch heute Abend zu ihrem Fest. Wir werden alle da sein. Und zur Feier des Tages werden wir ein paar Lieder aus dem neuen ›Wie schön, dass wir normal sind‹-Liederbuch singen. Und vergiss nicht ein paar Lakritzestangen für den Hund mitzubringen. Er freut sich immer so.«

Die Besucherin griff nach Dolores' Arm. »Ihr seid natürlich alle eingeladen«, fügte sie noch hinzu. »Die ganze Familie.«

»Danke«, sagte Dolores. »Wir kommen gern.«

»Aber . . .«, begann Otto.

»Hat sie nicht einen erstaunlich großen Hund, Otto?«, fiel ihm die Frau hastig ins Wort. »Ein unglaublich großes Tier.«

Man hörte Mrs Thudbuttons Telefon unten im Erdgeschoss klingeln.

»So, das reicht«, erklärte die Hausmeisterin, die eigentlich lieber Polizistin oder Gefängnisaufseherin geworden wäre – wie die im Fernsehen.

»Ich glaube nicht, dass Familie Hush heute Abend hier wegkann. Mr Hush ist verhaftet worden. Die Normie-Polizei hat mir aufgetragen sie sofort zu informieren, falls eines der Familienmitglieder versuchen sollte das Haus zu verlassen.«

»Mrs Thudbutton«, sagte Dolores und richtete sich zu ihrer vollen Größe auf. »Mein Mann ist ein ehrbarer Bürger. Falls er wirklich verhaftet wurde, so kann es sich nur um einen Irrtum handeln und er wird bald wieder frei kommen.«

Hinter ihr war ein vom Teppich gedämpftes Hufgetram-

pel zu hören. Überstürzt erklärte Dolores der Besucherin: »Bedaure, aber ich muss jetzt gehen. Ich wollte gerade ... ein Bad nehmen.«
»Wäscht all Ihre Sorgen weg«, flüsterte die Besucherin.
Dolores machte hastig die Wohnungstür zu, als auch schon das Einhorn in den Flur kam, begleitet von den herumfliegenden Zwillingen und einem feinen Regen von Rühreiern.
»Hast du eine Ahnung, was die Frau gemeint hat, Otto? Kennst du sie?«
»Ich weiß, dass ich sie schon mal gesehen habe, Mum«, sagte Otto nachdenklich und zermarterte sich das Gehirn. Hund, Lakritzestangen, Hund, Lakritzestangen, Hund ...
»Irgendwie wirkte sie verkleidet, nicht wahr? Aber nicht besonders gekonnt. Gib das her, Zebbie! Hast du ihre Hände gesehen? Die hatten eine ganz andere Farbe als ihr Gesicht.« Auch Dolores überlegte angestrengt. »Wahrscheinlich hat sie sich ihr Gesicht bemalt, die Hände aber vergessen. Oder sie hatte keine Zeit mehr dazu. Irgendetwas muss dir doch aufgefallen sein an ihrem Gesicht, Otto. Und sie wusste all unsere Namen. Meinst du, dein Vater hat sie geschickt? Könnte es vielleicht eine Nachricht von ihm sein?«
»Wäscht all Ihre Sorgen weg!«, rief Otto auf einmal aus. »Heute und immer! Sie meinte den Waschsalon! Feuerbox! Als ich letzten Freitag mit Dad dort war, ging er ins Hinterzimmer. Und dort war ein Drache, Mum, ein richtiger Drache. Er hat Dad am Bein gepackt und in die Luft gehoben. Und er fraß Lakritzestangen! Kein Hund, ein Drache! Klar, sie meinte einen Drachen und ...«

»Ein Drache? Im Waschsalon? Am Bein gepackt?«
»Ja, sie hat den Waschsalon gemeint, ganz klar!«
»Und wenn es eine Falle ist?«
Auf einmal schlug Otto sich an die Stirn. »Ha, jetzt weiß ich es! Es war Miss Fringe!«
»Miss Fringe aus der Bibliothek?«
»Ja, sie sieht mir ähnlich. Sie hat auch viele Sommersprossen. Nur dass ihre rötlich sind. Und auf ihrer Wange bilden sie eine Art Muster, so ähnlich wie ein Herz. Klar, das wollte sie verbergen, weil es Mrs Thudbutton sicher aufgefallen wäre. Hast du ihre Hände gesehen, Mum? Voller Sommersprossen. Sie hat Dad vorhin geholfen, Mum, oder zumindest ihm zu helfen versucht ...«
Er fand es plötzlich zu schwierig, diesen letzten Satz zu Ende zu formulieren, und verstummte.
»Miss Fringe aus der Bibliothek?«, wiederholte Dolores.
»Ja, ich hab dir doch schon von ihr erzählt. Sie war sehr mutig ...« Wieder machte Otto eine kurze Pause, ehe er hinzufügte: »Und Dad auch.«
Dolores und Otto schauten einander an.
»Wir müssen hier rauskommen«, sagte Dolores. »Wir müssen in den Waschsalon. Dort wird kein Geburtstag gefeiert.«
Hepzie machte einen Sturzflug und drückte Otto ein Küsschen auf die Nase. Sie roch nach Toast.

Sie verriegelten die Tür und begannen in aller Eile zu packen.
Dann erst fiel Otto der Brief wieder ein. Er war etwas zerknüllt, aber noch gut lesbar. Ah, eine Nachricht von Dante.

Toto,
wie ich erfahren habe, ist dein Vater verhaftet worden. Ihr seid offenbar alle Magicos. Kann dir meine neue Adresse leider nicht geben, bedaure. Mein Vater ist krank. Er sagt, daran seid ihr auch schuld. Und an allem anderen auch. Kam auch im Fernsehen. War eine schöne Zeit mit dir.
Dante

Mit einem der Zwillinge auf dem Kopf ging Otto in sein Zimmer und hängte sein Spinnen- und Drachenmobile ab. Doch dann hielt er unvermittelt inne und stellte sich an das natürlich geschlossene Fenster. Er musste an Mab, seinen Vater und vieles andere denken.
»Ottie weint, Ottie weint«, trällerte Hepzie traurig.
»Wir müssen dir die Haare schneiden«, sagte Dolores, als sie in sein Zimmer kam.
»Was? Nein, Mum, nie im Leben!«
»Oh doch! Denk an diese Frau und die zwei Normies, die dich ständig erkennen. Und gleich werden wir in die Südstadt gehen. Ohne deine wilde Mähne siehst du gleich ganz anders aus.«
»*Ohne* Haare? Was, sie müssen *ganz* ab?«
Dolores hatte eine Nagelschere in der einen, Alberts Rasierer in der anderen Hand.
»War der Brief von Dante?«
Otto zuckte mit den Schultern. Er hatte einen Knoten im Hals.
Die Zwillinge hüpften auf dem Bett herum und sprangen jedes Mal an die Decke hinauf. Dabei schlugen sie Saltos und Purzelbäume.

»Ihr zwei seid einfach unglaublich!«, sagte Dolores.
»Unmöglich!«, verbesserte sie Otto.
Dann mussten er und seine Mutter kichern, obwohl ihnen eigentlich mehr nach Heulen war.
Dolores schnitt dicke Büschel seiner weißen Mähne ab.
»Ottie Schaf! Ottie ist ein Schaf!«, trällerte es von der Decke.
Danach machte sich Dolores mit dem Rasierer ans Werk.
Als die Küchenuhr elfmal schlug, hielt sie erschrocken inne.
Otto hatte nur noch einen Streifen von Haarstoppeln oben auf dem Kopf.
»Fertig?«, fragte er.
»Ja.«
»Und was ist mit diesem Rest?«
»Keine Zeit mehr. Granny trampelt schon nervös herum. Je schneller wir von hier wegkommen, desto besser.«
Sie hatten es bisher nicht gewagt, zu besprechen, wie sie es schaffen könnten, das Haus zu verlassen. Mit zwei fliegenden Zwillingen und einem Einhorn. Und der aufdringlichen Mrs Thudbutton neben der Haustür, die den Befehl hatte, umgehend die Normies zu verständigen.

DER DRACHE UNTER DEM ASPHALT

Zum Glück war Mrs Thudbutton in den letzten Jahren immer träger geworden. Ihr Gehirn hatte sich in immer kleiner werdenden Kreisen gedreht, während sie unverdrossen Tag für Tag in ihrem kleinen Portierszimmerchen saß. Ihre neue Rolle als Informantin und Wächterin hatte sie zwar überheblich und hinterhältig werden lassen, ihr aber kein flinkeres Gehirn gegeben.

»Spreche ich mit Cornelia Thudbutton?«, fragte Dolores mit verstellter Stimme.
»Ja, und wer spricht dort?«, fragte die Hausmeisterin misstrauisch.
»Entschuldigen Sie, dass wir Sie zu so später Stunde belästigen, Mrs Thudbutton, aber ich rufe im Auftrag der Regierung an – Dezernat für unmögliche Sachen. Wir brauchen Ihre Hilfe.«
Es entstand eine kleine Pause, weil Mrs Thudbutton diese Information zuerst einmal verdauen musste. Deshalb redete Dolores hastig weiter, denn sie benutzte das öffentliche Telefon im Flur im fünften Stock und wusste nicht, ob Mrs Thudbutton das eventuell merken würde.
»Wir erfuhren Ihren Namen von den Bürgerschafts-Inspektoren und angeblich sind Sie für den Geheimen Magico-Aufspürpreis vorgeschlagen worden. Die Normie-Polizei äußerte sich sehr begeistert über Ihre Bemühungen.«
Mrs Thudbutton holte tief Luft und blähte sich vor Freude auf. Nun, das war nicht mehr als angemessen!

»Ganz offensichtlich sind Sie eine Bürgerin von höchster Ehrbarkeit. Sie sind sehr, sehr normal. Ein Vorbild für uns alle. Die Regierung weiß, dass sie sich auf Sie verlassen kann. Und aus diesem Grund wollten wir Sie mit einer ganz speziellen Aufgabe betrauen . . .«

»Trauen?« Ein Knistern in der Leitung, wie so häufig.

»Betrauen, mit einer Aufgabe.« Dolores wischte sich ein paar Schweißperlen von der Stirn. Sie hatte Otto mit den Zwillingen in der Wohnung gelassen und hoffte inständig, dass er sie mit den zermatschten Bananen eine Zeit lang bändigen konnte.

»Haben Sie etwas zu schreiben?«, sagte sie in den Hörer.

»Ja, Roger. Over«, sagte Mrs Thudbutton mit einer Stimme, von der sie glaubte, dass sie sich dynamisch und professionell anhörte.

»Wenn Sie Ihr Gebäude verlassen, gehen Sie zuerst nach links und dann in westlicher Richtung die Parry Street entlang, etwa fünfhundert Meter, bis Sie mitten auf der Straße einen Schachtdeckel sehen.«

Dolores erinnerte sich an diesen Schachtdeckel, weil sie einmal mit ihrem Absatz darin stecken geblieben war.

Mrs Thudbutton schrieb eifrig mit.

Otto öffnete die Wohnungstür, um zu sehen, ob seine Mutter schon fertig war. Sofort schwebte Zeborah über seinem Kopf hinaus ins Treppenhaus. Er versuchte sie noch zu schnappen, doch es war schon zu spät. Sie landete auf der Schulter ihrer Mutter und schmierte ihr Bananenbrei in die Haare.

»Was ist in Ihrem Büro los?«, erkundigte sich Mrs Thudbutton, neugierig wie immer. »Klingt fast wie ein Baby.«

»Muss am Telefon liegen«, krächzte Dolores. »Sich kreuzende Leitungen oder so. Jedenfalls glauben wir, dass sich unter diesem Schachtdeckel etwas Unmögliches verbirgt. Wären Sie so freundlich, sich darauf zu setzen, bis unsere Leute eintreffen?«

»Was soll ich?«

»Sich darauf setzen! Auf den Schachtdeckel! Damit er zubleibt. Die Polizisten werden bald eintreffen. Normalerweise betrauen wir nur Spezialkräfte mit solch anspruchsvollen Aufgaben, aber wir sind im Moment etwas schwach besetzt und dank Ihrer vorbildlichen Eigenschaften . . .«

»Mitten auf der Straße?«

»Keine Angst, nicht direkt bei den Gleisen der Trambahn, Bürgerin. Aber wenn Sie sich natürlich nicht trauen . . .«

»Doch, doch, kein Problem«, versicherte Mrs Thudbutton hastig. »Aber um was für ein unmögliches Ding handelt es sich, wenn ich fragen darf? Nur so, aus Interesse . . .«

»Wir glauben, dass es sich um einen Drachen handelt. Könnte also durchaus sein, dass Sie ein paar Rauchwolken aufsteigen sehen.«

Schweigen am anderen Ende der Leitung. Mrs Thudbuttons Mund stand zwar offen, doch es kam kein Laut heraus.

»Kein sehr großer Drache«, versicherte ihr Dolores schnell. »Jedenfalls ist es wichtig, dass Sie sich auf den Schachtdeckel setzen und nicht von der Stelle rühren. Dann kann Ihnen nichts passieren. Der Präsident wird Ihnen sehr dankbar sein, wenn er es erfährt. Sie bekommen bestimmt eine Medaille oder einen Orden . . . Falls jemand fragt, was Sie auf dem Schachtdeckel machen, erzählen Sie ihm von meinem Anruf. Und sagen Sie, dass Sie in einer offiziellen unmöglichen Angelegenheit unterwegs sind.«

»Roger, wird gemacht!«, rief Mrs Thudbutton.

»Wie schön, dass sich die Regierung auf Sie verlassen kann!«, sagte Dolores zum Abschluss des Gesprächs.

NATHANIEL CRANE

Wenige Minuten später gingen Otto, Dolores, Granny Culpepper, die Zwillinge und Katze Shinnabac an der nunmehr leeren Portiersloge vorbei und verließen das Gebäude.

Sie wandten sich nach rechts in Richtung Osten.

In der Hoffnung, dass die Leute sie für einen Esel halten würden, hatte Dolores ihrer Mutter einen Strohhut auf den Kopf gesetzt und eine Decke über den Rücken gelegt. Shinnabac thronte auf Grannys Rücken, krallte sich an der Decke fest und blickte beleidigt drein. Die Zwillinge waren in ihrem Buggy festgeschnallt und trällerten vor sich hin. Otto und Dolores waren mit Koffern und Taschen beladen.

Es war fast Mitternacht. Um in die Südstadt zu gelangen, mussten sie zuerst den Boulevard überqueren.

Dolores betrachtete die Straße, die sie schon so lange kannte und die nun voller Gefahren war.

»Hör mal, Otto«, sagte sie leise. »Falls die Polizei kommt, schnappst du dir den Buggy und versuchst zu fliehen. Wenn wir uns trennen müssen, versuch dich allein zum Waschsalon durchzuschlagen. Und verlier den Umschlag nicht, den Dad dir gegeben hat.«

Natürlich würde er den nicht verlieren!

»Ich glaube nicht, dass sie Dad verhaftet haben«, sagte Otto. »Er konnte ihnen bestimmt entkommen.«

»Hoffen wir's«, sagte Dolores ohne große Überzeugung. »Natürlich hoffe ich, dass er nicht verhaftet wurde, aber wenn doch, dann müssen wir den Umschlag und was immer auch darin sein mag, jemand anderem zeigen«, fuhr sie fort. »Dein Vater – Gott schütze ihn – ist von Natur aus kein Anführer, Otto. Ich weiß, dass er angeblich ihr König sein soll . . .«

»Er ist *unser* König«, rief Otto ungestüm. »Und er arbeitet gerade einen genialen Plan aus.«

Sie hatten den Mann nicht bemerkt, der gerade auf sie zukam, und Granny Culpepper, deren Hut ihr bis über die Augen gerutscht war, hätte ihn fast umgerannt.

Der Mann brachte sich in letzter Sekunde mit einem Satz zur Seite in Sicherheit. Es war der dünne, schäbig gekleidete Mann vom Boulevard, den die Normies neulich fast verhaftet hätten.

»Tut mir sehr Leid«, sagte Dolores, während sie den Hut ihrer Mutter wieder zurechtrückte. »Haben Sie sich wehgetan?«

»Sind Sie denn verrückt?«, sagte der Mann.

»Nein, nein, entschuldigen Sie bitte vielmals. Meine Mutter . . . ich meine das Einhorn . . . hm, der Esel konnte nicht sehen, wohin er ging.«

»Nein, ich meinte, ob Sie verrückt sind, weil sie nach der Sperrstunde mit einem Einhorn mit Hut und einer großen, auffälligen Katze herumrennen? Wer glauben Sie, fällt auf so etwas herein? Die Normies sind zwar dumm, aber so dumm nun doch nicht . . .«

Dolores starrte ihn an.

»Und dann noch dieser Junge. Sie werden ihn sofort wieder erkennen. Neulich am Karmidenturm hätten sie ihn fast verhaftet, doch zum Glück konnte Madame Nicely es verhindern. Doch das dürfte Ihnen ja bekannt sein.«

Dolores riss die Augen noch weiter auf.
»Überrascht?«, fragte der Mann.
»Das ist der Mann, von dem ich dir erzählt habe, Mama«, erklärte Otto. »Als die Frau etwas mit ihrem Spiegel gemacht hat.«
Granny schnaubte.
»Ich glaube nicht, dass wir uns schon vorgestellt wurden«, sagte Dolores etwas hochmütig zu dem Fremden.
Der Mann lachte.
»Was wissen Sie von der gelben Frucht? Sie müssen die erste Magico-Frau sein, die ich treffe, die redet, als wäre sie in der Oberstadt aufgewachsen.«
»Das bin ich in der Tat«, antwortete Dolores.
Der Fremde schaute zuerst sie an, dann Otto und schließlich das ganze Grüppchen. Dann fiel sein Blick hinter sie.
»Dahinten kommen die Normies«, sagte er drängend. »Bringen Sie den Jungen außer Sicht. Und am besten auch den Rest Ihrer Familie.«
Dolores riss den Buggy herum und eilte in eine schmale dunkle Gasse, weg von den Straßenlaternen. Alle anderen folgten ihr.
Sie suchten Zuflucht hinter ein paar großen Mülltonnen.
Granny Culpepper ließ sich auf dem Boden nieder.
Otto sah, dass die zwei Normies, an der Gasse angekommen, kurz stehen blieben, doch dann zum Glück plaudernd ihren Weg fortsetzten.
Es war erstaunlich. Schon wieder dieselben zwei Normies!
»Unglaublich«, flüsterte er, als sie sich langsam wieder aus ihrem Versteck wagten, »es sind immer dieselben zwei. Ich hab sie jetzt schon mehrmals gesehen.«

Der Mann lachte auf.
»Sechs mal acht ergibt achtundvierzig«, sagte er und wischte ein Stück Orangenschale von seinem Hosenbein.
»Was wollen Sie damit sagen?«, fragte Dolores.
Wieder lachte der Mann, doch als er ihre Miene sah, verstummte er wieder.
»Sie haben wirklich keine Ahnung, stimmt's?«, sagte er. »Sie wurden wirklich in der Oberstadt geboren und sind eine Prinzessin. Schauen Sie sich nur Ihr Kleid an! Und überlegen Sie mal, was Sie gerade tun! Sie sind eine Magico-Frau und wissen es nicht!«
Otto kam zu dem Schluss, dass er den Mann nicht mochte.
Dolores reckte ihr Kinn.
»Ich möchte nicht mit Ihnen streiten«, sagte sie würdevoll. »Meine Familie ist in Gefahr. Wir müssen in die Südstadt. Wenn Ihr Volk sich untereinander hilft, wie immer behauptet wird, sind Sie vielleicht so freundlich mir einen Rat zu geben, wie ich am besten dort hinkomme.«
»Ihr Volk . . . Ihr Volk«, spöttelte der Fremde.
»Tut mir Leid«, fiel Dolores ihm ins Wort, »aber das alles ist noch sehr neu für mich.«
»Tja, das sieht man.«
»Mum, komm, gehen wir weiter!«, sagte Otto. »Wir werden schon hinfinden.«
Das kleine Grüppchen setzte sich in Bewegung und der Fremde kam unaufgefordert mit.
»Ich bin Nathaniel Crane«, sagte er, »Uhrmacher und Katzen-Vermittler. Ich werde nicht fragen, wer Sie sind. Das kann ich riechen. Es liegt in meiner Natur. Sie sind ei-

ne Katzauberin, die nichts über Katzauberer weiß, stimmt's? Und dieses Einhorn hier ist höchstwahrscheinlich auch eine Katzauberin im Ruhezustand. Und diese Katze hier kenne ich auch von früher, ich vergesse nie eine Katze. Shinnabac, richtig?«

Shinnabac kniff die Augen zusammen. Sie hatte keine großen mimischen Ausdrucksmöglichkeiten.

Das kleine Grüppchen bog um eine Ecke und stand gleich darauf auf einer Gasse, die zum Boulevard führte.

Eine leere Trambahn fuhr vorbei.

»Hier die Antwort auf Ihre Frage«, sagte Nathaniel. »Eine Trambahn!«

»Gehen wir lieber zu Fuß!«, sagte Otto hastig.

»Ich glaube nicht, dass meine ... mein Esel in die Trambahn kann«, sagte Dolores.

»Da sitzt nur der Fahrer drin«, sagte Nathaniel. »Den überlassen Sie ruhig mir. Es muss hier eine Trambahn geben, die in die Südstadt fährt. Wo ist die Haltestelle?«

Wenig später hatten sie sie entdeckt. Hier hing ein Schild.

LISTE DER UNMÖGLICHEN DINGE
NEUE AUFSTELLUNG

HOHE BELOHNUNG FÜR KATZEN UND
SCHMETTERLINGE, DIE BEI DER POLIZEI
ABGEGEBEN WERDEN.
BESONDERE BELOHNUNG FÜR
MITTSOMMER-SCHMETTERLINGE.

Die Straße wurde etwas belebter. Etliche Passanten kamen vorbei. Sie starrten Granny Culpepper erstaunt an.

Jemand rief der kleinen Gruppe zu, sie solle gefälligst in das Schlammdorf zurückkehren, wo sie hergekommen war.
Otto rüttelte an dem Buggy. Stillzustehen war definitiv schlimmer als sich zu bewegen.
»Nette Frisur«, sagte Nathaniel zu Otto. »Etwas anders als die Frisur, mit der ich dich zuletzt gesehen habe.«
Otto ignorierte ihn.
»Komm, lass uns lieber gehen, Mum«, sagte er nun schon zum dritten Mal. »Diese Normies sind in eine andere Richtung gegangen. Und sonst erkennt mich niemand.«
»Diese Normies, *diese* Normies«, flüsterte Nathaniel spöttisch. »Schon wieder. Hör mal, sechs mal acht ist achtundvierzig. Du kennst doch Alice, nicht wahr? Alice und Fumi, die den Kindern das Lesen beibringen. Die *alle* Kinder unterrichten. Beide sind Multiple. Kapierst du? Alice ist eine Multiple. Fumi auch. Folglich sind alle Alices Alice und alle Fumis Fumi. Sie können sich beliebig vervielfachen. Nachts sind sie immer nur eine Alice und eine Fumi. Dasselbe gilt für die Normies. Eigentlich sind es nur zwei, Mr Acht und Mr Sechs. Beide sind multipel. Deshalb können sie sich genau wie Alice und Fumi beliebig vervielfachen. Sie können überall hingehen und überall zugleich sein. Gleichzeitig überall in der Stadt. Dieselben zwei. Verstehst du? Sobald Sechs etwas erlebt, wissen es sofort auch alle anderen Sechser. Dasselbe gilt natürlich auch für Acht. Sie sind Magicos, die für den Feind arbeiten. Alice ist übrigens neulich verhaftet worden.«
Während Otto noch krampfhaft versuchte diese Neuigkeit zu verdauen, kam eine Trambahn angerattert.

Nathaniel streckte einen Arm aus, damit sie anhielt. Otto sah, dass seine Fingernägel sehr kurz und extrem spitz waren.
Zwei weitere Normies kamen langsam die Straße herunter.
»Schnell, spring rein«, flüsterte Dolores Otto zu. »Sie ist ganz leer.«
Nathaniel war schon zur vorderen Tür der Trambahn hineingehüpft und unterhielt sich mit dem Fahrer. Er hatte seine ramponierte Jacke geöffnet und zeigte ihm offensichtlich etwas, was er dort verborgen hatte. Otto konnte einen kurzen Blick auf glänzende goldene Uhren erhaschen, die am Futter befestigt waren.
»Ist das ein Pferd?«, rief der Fahrer, als er einen Blick über Nathaniels knochige Schultern warf.
»Esel«, sagte Dolores hastig und fügte, so zuversichtlich sie nur konnte, noch hinzu: »Normalerweise kaufen wir zwei Tickets für ihn, weil er so viel Platz einnimmt.«
Auch im Moment nahm Granny Culpepper ziemlich viel Platz ein. Sie hatte sich durch den engen Eingang gequetscht und stand nur im Gang und schnaubte leicht erbost. Ihr Hut war schon wieder verrutscht. Otto rückte ihn schnell wieder zurecht.
»Ganny! Ganny!«, kreischten die Zwillinge, die inzwischen aufgewacht waren.
Dolores bezahlte den Fahrer, der die Augen nicht von Nathaniels Jacke abwenden konnte.
»Ein gutes Geschäft«, erklärte Nathaniel, während die Trambahn losfuhr. »Zeigt die Uhrzeit an und sagt voraus, was für einen Tag man vor sich hat. Wenn dieses Licht hier flackert, stehen Sie am besten gar nicht erst auf.«

»Wir haben letzten Monat kein Gehalt bekommen«, sagte der Fahrer. »Wenn erst die vielen Rechnungen eintrudeln, hört das Ding gar nicht mehr auf zu flackern.«
Nathaniel knurrte mitfühlend und führte ein weiteres Modell vor, das – wie er sagte, für den Fahrer äußerst nützlich sein würde.
Dolores und Otto setzten sich auf die Rückbank und nahmen die Zwillinge auf den Schoß.
». . . reagiert auf alles, was Gold ist . . .«, hörte Otto Nathaniel mit einlullender Stimme sagen, ». . . Relikte aus alten Tagen, die überall verstreut liegen. Besonders in der Südstadt, in der Nähe der alten Holzhäuser.«
Die Trambahn war inzwischen auf dem Boulevard angelangt. Sie fuhren direkt an zwei Normies vorbei.
Dann bog die Trambahn um eine Ecke und fuhr die Straße hinauf, die in die Südstadt führte.
»Gleich sind wir da«, flüsterte Otto. Er konnte hören, wie Nathaniel den Fahrer weiterhin abzulenken versuchte. ». . . billigste Modell seiner Art . . . meldet, wenn Sie ein Bad brauchen . . . doch Sie müssen es ziemlich weit oben am Arm tragen, fast in der Achselhöhle, um ganz präzise zu sein.«
»An der alten Eiche anhalten, bitte«, rief Dolores nach vorne.
Das war ihre Haltestelle. Neben dem angeblich ältesten Baum der Stadt. Er wurde einst von einem Blitz getroffen und fast bis zu den Wurzeln gespalten. Doch er war weitergewachsen, verbunden durch riesige Äste, die einander umarmten. Es war ein gewaltiger, in sich verschlungener und prächtiger Baum.
Nur mit großer Mühe gelang es Granny Culpepper, rück-

wärts aus der Trambahn zu klettern. Shinnabac klammerte sich noch immer treu und brav an ihrem Rücken fest und fauchte ab und zu wütend, um ihre Gefühle zum Ausdruck zu bringen.

»Vielen Dank«, sagte Dolores zum Fahrer, der, wie es schien, etliche neue Uhren kaufte, obwohl er schon ein gutes Exemplar hatte.

Nathaniel ging ein Stück vor ihnen her, als sie die steile, enge Straße zum Waschsalon »Die Feuerbox« hinaufgingen. Er sah selbst wie eine rötliche Katze aus, wie Otto fand. Gelbe Augen, rotgoldene Haare, geheimnisvolle Streifen von Sommersprossen. Seine Augen huschten ständig von den ruhigen Schaufenstern der Geschäfte hinauf zu den darüber liegenden Erkerfenstern, während er leise schnupperte.

»Ich sag Madame le Grey nur rasch Hallo«, sagte er, »dann muss ich weg, Prinzessin. Ich habe ihr neulich eine große, schöne Katze beschafft – ein prächtiges Exemplar, Pinfracca. Sie hat eine Schwäche für den guten Nathaniel, unsere Madame le Grey.«

Otto schnitt eine Grimasse.

Der Waschsalon war um diese Zeit natürlich geschlossen, doch im Inneren sah man mehrere Kerzen brennen.

»Wäscht all Ihre Sorgen weg«, flüsterte Dolores, als sie das Schaufenster sah. »Heute und immer.«

Otto klingelte lange und anhaltend. Er konnte es kaum erwarten, diesen aufdringlichen Nathaniel loswerden zu können.

Eine hoch gewachsene Gestalt in einem Frottee-Morgenrock tauchte zwischen den Waschmaschinen auf. Als sie die Tür öffnete, fiel der Schein der Straßenlaternen auf

ihr schwarzes Gesicht, die grauen Augen und die vielen winzigen Muscheln, die in ihren Haaren schimmerten.
»Hallo«, sagte Madame Morgan le Grey. Ihre Stimme klang so ernst und streng, wie Otto sie in Erinnerung hatte.
»Guten Abend. Ich bedauere Sie zu so später Stunde stören zu müssen«, sagte Dolores, »doch Miss Freeze bat uns herzukommen.«
»Miss Fringe«, verbesserte Otto sie.
»Fridge«, behauptete Dolores.
Doch Madame le Grey nickte Dolores und Otto nur kurz zu und ging dann auf Granny Culpepper zu, nahm ihr den Hut ab und verbeugte sich feierlich und respektvoll. Granny beugte ebenfalls graziös ihren Hals. Sie war wirklich ein wunderschönes Einhorn.
»Seien Sie mir alle herzlich willkommen«, sagte Madame le Grey. »Und seien Sie gegrüßt, Nathaniel Crane.«
In diesem Augenblick kam eine magere Katze an, in jeder Hinsicht nur halb so groß wie Shinnabac, mit Ausnahme ihrer erstaunlich großen Ohren. Sie lief schnurstracks zu Nathaniel und rieb sich an seinem Hosenbein.
»Na, Pinfracca, du alter Waschbär«, sagte er.
Otto hörte in der Ferne ein Zischen. Das Zischen der Kehrmaschine.
»Mum!«, rief er. »Sie kommen!«
Es gab keine lange Diskussion.
Blitzschnell half Madame le Grey Dolores, den schwerfälligen Buggy durch die Tür zu schieben. Granny Culpepper folgte ihnen, stolperte jedoch über die Türschwelle, was Shinnabac zu einem empörten Fauchen veranlasste.
»Aber Mr Crane . . .«, sagte Otto unwillkürlich, als Mor-

gan die Tür abschloss und ihre Besucher durch den Waschsalon winkte.

»Mach dir um ihn keine Sorgen«, antwortete sie. »Er kann für sich selbst sorgen.«

Als sie durch die Tür in der holzgetäfelten Wand gingen, warf Otto noch einmal einen Blick zurück und sah die Straßenkehrmaschine mit zwei Normies an Bord vorbeifahren. Mr Sechs und Mr Acht.

Eine rötlichbraune Katze huschte in einen Türeingang auf der anderen Straßenseite. Es musste Madame Morgans Katze sein, Pin-nochwas. Doch als sie in ein Wohnzimmer mit wunderbar einladenden Samtsofas traten, sah Otto Pinfracca auf Morgans Schulter sitzen. Also konnte sie doch nicht die Katze auf der Straße gewesen sein.

»Ich bin Dolores Hush«, sagte Dolores. »Mein Mann heißt Albert Hush.« Sie blickte Morgan durchdringend an. »Uns wurde durch Miss ... eine Kollegin meines Mannes mitgeteilt, dass wir hierher kommen sollen. Das Einhorn ist meine Mutter, das ist mein Sohn Otto und dies sind ...«

»Bitte«, fiel Morgan le Grey ihr ins Wort, »seien Sie ganz beruhigt. Sie sind hier in Sicherheit. Nehmen Sie doch Platz.«

AUFWACHEN BEI MORGAN

»Dad!«

Otto versuchte zu rufen. Er öffnete den Mund, legte sein ganzes Körpergewicht in diesen Ruf. Doch kein Laut wollte aus seiner Kehle kommen.

Zitternd setzte er sich auf und öffnete die Augen.

»Dad?«, flüsterte er.

Es war still im Raum. Seine Mutter und die Zwillinge atmeten leise. Zebbie schlief auf dem Sofa, Dolores mit Hepzie im Arm auf dem Fußboden.

Otto lag auf einem zweiten Sofa. Kissen und Steppdecken waren reichlich vorhanden. Die Wände des Raums waren pflaumenfarben, die ersten Sonnenstrahlen stahlen sich durch die Vorhänge.

»Möchtest du frühstücken?«, fragte eine flüsternde Stimme.

Otto zuckte zusammen.

Morgan le Grey war es gelungen, lautlos hinter ihm aufzutauchen.

»Komm in die Küche«, flüsterte sie weiter, »damit wir die anderen nicht stören. Deine Großmutter und ich sind schon am Plaudern.«

Otto folgte ihr, wobei er vorsichtig über die schlafenden Körper auf dem Boden stieg. Im Geiste war er noch immer bei seinem Traum von Albert.

In der Küche schien die Sonne auf blaue und weiße Fliesen. Shinnabac thronte selbstzufrieden auf einem Polsterstuhl in der Ecke.

Granny Culpepper, die ihre menschliche Form wieder angenommen hatte, saß am Tisch und hatte einen großen Becher vor sich stehen. Bei ihrem Anblick schoss Otto der Gedanke durch den Kopf, dass er sie als Einhorn eigentlich lieber mochte.

»Otto«, sagte sie entzückt. »Wie schön, dich zu sehen.«

Merkwürdig, so herzlich war sie normalerweise nicht. Aber andererseits war an diesem Morgen so vieles merkwürdig.

»Deine Großmutter hat sich im Laufe der Nacht wieder erholt«, sagte Morgan und reichte Otto eine Scheibe Toast. »Sie scheint in Hochform zu sein.« Und zu Ottos Überraschung zwinkerte sie ihm zu.

»Ich fühle mich großartig«, rief Granny Culpepper aus. »Fast wieder wie als junges Mädchen. Dass ich die vielen Jahre über versucht habe ganz normal zu sein war ein fürchterlicher Stress.« Geräuschvoll schlürfte sie ihren Tee. »Sie werden die Zwillinge lieben, Madame Morgan. Sie sind so leicht, so lebhaft, so unbekümmert.«

»Mein Vater ist verschwunden«, sagte Otto, der absolut keinen Appetit hatte.

Morgan, die hinter ihm stand, legte ihm eine Hand auf die Schulter. Ihr Griff war kräftig. Es war, als wollte sie ihn festhalten.

»Das Wichtigste ist, dass ihr alle hier und in Sicherheit seid, wie dein Vater es gewünscht hat. Ich bin mir sicher, dass er alles in seiner Macht Stehende tut. Es ist nicht seine Schuld, dass es so gekommen ist . . .«

»Er arbeitet an etwas, so ähnlich wie ein Rätsel, und er wird es lösen!« Herausfordernd blickte Otto von Großmutter zu Morgan und wartete auf Widerspruch.

Doch der blieb aus. Man hörte nur ein leises Stimmengewirr im Nebenzimmer, weil Dolores und die Zwillinge aufgewacht waren.

EIN AUSFLUG MIT DEM FLIEGENDEN TEPPICH

Nach dem Frühstück ging Otto in den Garten. Es war ein kleiner Innenhof mit hohen Mauern und vielen Blumen. Otto setzte sich an ein ruhiges Plätzchen, möglichst weit vom Haus entfernt, und dachte angestrengt über Albert, Alice und Granny Culpepper nach. Sie alle hatten sich als etwas ganz anderes entpuppt als das, wofür er sie jahrelang gehalten hatte.

Irgendwie muss ich auch ein Magico sein, überlegte er. Allerdings konnte er im Gegensatz zu seinen Schwestern nicht fliegen. Wenn er aufgeregt war, füllten keine Farben den Raum. Keine Blätter flogen von selbst in seine wartenden Finger. Ob Dolores wohl wirklich eine Katzauberin war? Katzauberer waren sonderbare Wesen. Sie konnten zaubern, wenn eine Katze ihre Energien verstärkte. Was immer das auch zu bedeuten hatte.

Nach einer Weile kehrte Otto ins Haus zurück und schlenderte in den Waschsalon. Die Waschmaschinen und Trockner standen still. Geschlossen wegen Abwesenheit des Personals. Doch auf der engen Straße vor dem Gebäude herrschte geschäftiges Treiben. Im Schaufenster des gegenüberliegenden Ladens hing ein amtliches Plakat aus.

GESUCHT!
ALBERT HUSH, GEMEINGEFÄHRLICHER BIBLIOTHEKAR
UND HOCHSTAPLER. ALLE INFORMATIONEN
WERDEN VERTRAULICH BEHANDELT.

Auf dem Plakat war auch ein zum Glück verschwommenes Foto seines Vaters abgebildet.
Einige Passanten blieben stehen und lasen das Plakat. Ein paar Schafe gesellten sich zu ihnen, gingen dann aber weiter. Auch die Passanten gingen bald schon weiter. Otto sah ein Mädchen in einem schäbigen schwarzen Mantel, das etwas unter dem Arm trug.
Dieses Mädchen überquerte die Straße und kam direkt auf den Waschsalon zu.
Es war Mab!
Otto zog den Riegel zurück.
Eine Frau mit Kinderwagen blieb neben Mab stehen, als sie gerade über die Schwelle treten wollte.
»Du kommst aus den Schlammdörfern, nicht wahr?«, flüsterte sie. »Du solltest dich besser nicht so ganz allein hier aufhalten, es sind jede Menge dummer Leute unterwegs. Wir glauben nicht an diese Sache mit den Löchern in der Straße, weißt du, aber es gibt genügend Bürger, die das tun ...«
»Mögen wir uns an einem besseren Tag wieder sehen«, erwiderte Mab.
»Wird hier Brot gebacken?«, fragte sie, sobald sie den Waschsalon betreten hatte.
Der Duft von frisch gebackenem Brot war Otto bisher gar nicht aufgefallen. Wahrscheinlich Granny Culpepper, die sich ständig mit etwas beschäftigen musste.
»Egal«, sagte Mab hastig. »Egal. Wir müssen los. Erzähl deiner Mutter schnell irgendeine Ausrede.«
»Wo müssen wir hin? Und warum? Etwa auf deinem Teppich?«
»Wird nicht lange dauern. Es ist sehr wichtig. Wir starten

vom Garten aus. Ich gehe außen herum und warte auf dich.«
»Woher weißt du, dass es hier einen Innenhof gibt? Woher weißt du von der Tür in der Mauer?«
»Beeil dich endlich! Ich bin mein Leben lang über die Stadt geflogen, das weißt du doch. Hast du schon gefrühstückt?«
Warum redete sie dauernd vom Essen? »Klar.«
»Schön, dann bis gleich!«
Otto schrieb auf einen Zettel, dass er bald zurück sein würde und seine Mutter sich keine Sorgen zu machen brauchte. Dann legte er den Zettel im Wohnzimmer auf den Kaminsims hinter eine große Glaskugel.
Mab erwartete ihn schon ungeduldig unter der großen Eberesche.
Warum war ihr Teppich nur so schrecklich klein?
Er hob sich in die Luft, drehte sich, strich über die Blüten einiger goldener Blumen hinweg und stieg dann steil hinauf. Die Gärten und Wege der Südstadt lagen unter ihnen ausgebreitet wie ein Flickenteppich. Die Stadt funkelte unter einem hochsommerlichen Dunstschleier. Kratervögel zogen majestätische Kreise. Sie ließen sich von der hochsteigenden, warmen Luft tragen und mussten kaum ihre Flügel einsetzen.
Unter ihnen lagen der Boulevard, der Karmidenturm, das Rathaus, in einiger Entfernung waren der Handelsplatz und die bunten Zelte der Straßenmärkte zu sehen.
Sie flogen über den Park, über den feucht-warmen Tropenwald, wo Papageien in den Baumwipfeln saßen, über die verschneite Schlittschuhbahn, die superelastischen Trampoline, die Rutsche, die aus dem Park hi-

naus, über mehrere Straßen hinweg und dann wieder zurückführte.
Otto konnte sogar die Parry Street ausmachen.
Und überall waren Bäume. Und grüne Dachgärten.
Doch wohin flogen sie?
Natürlich, zum Flüsterpark! Der komische Ort, an den sie ihn schon letztes Mal gebracht hatte. Das schien Jahre her zu sein.
Hilfe! Der Teppich setzte zu einem Sturzflug an! Otto kniff die Augen zusammen und wenig später landeten sie mit einem sanften Plumpser im bemoosten Gras.
»Na, hab ich's euch nicht gesagt, dass er mitkommt!«, rief Mab triumphierend.
»Warum steht er nicht auf?«, fragte eine fremde Stimme.
»Flugkrankheit«, sagte wieder eine andere Stimme.
Gelächter.
Otto kroch vom Teppich und setzte sich. Seine Beine waren noch etwas wacklig.
Mab, ein Junge und ein weiteres Mädchen, beide größer und älter als Mab und er, blickten auf ihn herunter.
»Danke, dass du mitgekommen bist, Otto«, sagte Mab cool. »Interessanter Haarschnitt.«
Der Junge hatte Muscheln in die Haare gewoben wie Madame Morgan, das Mädchen dieselben dunkelroten Schatten unter den Augen wie Mab.
»Das sind zwei meiner Freunde«, erklärte Mab. »Sie wollen unbedingt wissen, ob du einer von uns bist.«
»Warum?«, fragte Otto, so ruhig, wie es ihm möglich war.
»Wenn du einer von uns bist«, sagte nun der Junge, »kannst du uns eventuell helfen. Du bist ein Normalo. Wir nicht.«

»Wir wollen dafür sorgen, dass diese Dinge aufhören«, erklärte Mab.
»Genug geredet«, sagte das andere Mädchen. »Machen wir den Test!«
Einen Moment lang spielte Otto mit dem Gedanken, wieder auf den Teppich zu springen. Doch da es Mabs Teppich war, würde er ihn natürlich nirgendwo hinbringen.
»Der Test!«, mahnte das andere Mädchen noch einmal.
»Otto«, sagte Mab, »erinnerst du dich noch an deinen letzten Besuch hier im Park?«
Otto blickte sie an und zog die Augenbrauen hoch. Sie hörte sich an wie eine Erwachsene, die mit einem Baby sprach.
»Wir sind überall herumgelaufen«, fuhr sie leicht errötend fort. »Erinnerst du dich noch an die schwebenden Fische? Als du unter ihnen warst, haben sie sich auf einmal bewegt und du hast gedacht, es sei ein Windstoß gewesen.«
Otto blickte sie nur stumm an.
»Also, darum geht es jetzt. Geh noch einmal unter den Fischen durch, damit die anderen sehen können, was passiert. Okay?«
»Bis jetzt zeigt er sich nicht sehr hilfsbereit«, sagte das andere Mädchen.
»Otto, bitte«, flüsterte Mab. »Sie glauben mir nicht.«
Otto folgte ihr durch den Park und sie kamen zu dem in der Luft schwebenden Fischschwarm. In dem hellen Sonnenschein sahen die Tierchen wunderschön aus.
»Also, geh jetzt unter ihnen hindurch«, sagte Mab.
»Ich habe damals am Abend nicht versucht dich herein-

zulegen«, flüsterte er ihr zu. »Es war keine Falle. Ich habe versucht dich zu retten.«
»Du hast mich tatsächlich gerettet«, antwortete sie mit ruhiger Stimme. »Sogar schon zweimal.«
»Was tuschelt ihr?«, fragte der Junge.
»Also, geh schon!«, wiederholte Mab.
Otto ging unter den schwebenden Fischen hindurch. Als er direkt unter der Mitte des Schwarms war, begannen die Fische zu zittern. Und als sie sich dann abrupt drehten, funkelnd wie kleine Messer, blitzten sie im reflektierten Sonnenlicht auf. Sie drehten sich um genau einhundertachtzig Grad, blieben kurz stehen und drehten sich dann weiter, bis sie wieder an ihrem Ausgangspunkt waren.
Danach verharrten sie reglos und Otto kam auf der anderen Seite an.
»Dreihundertsechzig Grad«, sagte der Junge mit den Muscheln im Haar – Amos – sichtlich beeindruckt.
»Na, glaubt ihr mir jetzt?«, fragte Mab.
»Okay, okay, du hattest Recht.«
»Gut, Otto«, sagte Mab. »Wir haben nicht viel Zeit. Unser Volk ist in großer Gefahr. Die Normalos wollen so etwas wie Sklaven aus uns machen . . .«
»Eigentlich sollten wir einen König haben«, sagte das Mädchen trotzig.
»Richtig«, sagte Amos, der Otto nicht mehr aus den Augen ließ.
»Vielleicht wird es nicht viel nützen«, ergriff Mab nun wieder das Wort, »aber wir haben uns in den Kopf gesetzt ihn aufzuspüren, wir drei, meine ich.«
»Es ist eventuell schwer, zu verstehen«, sagte Amos,

»aber wir wollen ihm unsere Hilfe anbieten. Wir sind die einzigen Magicos mit einem fliegenden Teppich. Wir fliegen sehr häufig über die Stadt, meist abends und nachts, und deshalb würden wir uns als Spione eignen und könnten Botschaften überbringen. Außerdem haben wir uns gedacht, dass du vielleicht weißt, wo er ist.«
Alle blickten Otto gespannt an.
»Wie kommt ihr auf diese Idee?«
»Stimmt doch, oder?«, sagte Mab spröde.
»Nein, ich weiß es nicht.«
»Das ist aber merkwürdig«, sagte Amos. »Wenn man bedenkt, dass er dein Vater ist . . .«
Sie wussten also Bescheid. Klar, Otto hatte Mab gegenüber erwähnt, dass sein Vater Albert hieß, doch das war, bevor er gewusst hatte, was es bedeuten könnte.
»Sie haben versucht ihn in der Bibliothek zu verhaften«, platzte Otto auf einmal heraus. »Ich weiß nicht genau, was passiert ist, aber ich glaube, er konnte ihnen entkommen. Dann wurde unsere Wohnung durchsucht. Meine Familie musste bei Nacht und Nebel fliehen. Wir sind jetzt bei jemand anderem im Haus. Aber ich weiß, dass mein Vater an einem Plan arbeitet, dass er versucht etwas auszuarbeiten . . .«
»Mein Vater ist auch verschwunden«, sagte Amos und für einen kurzen Augenblick flackerte bläulicher Nebel um ihn herum auf, der jedoch rasch wieder verschwand.
»Als mein Vater sich von uns verabschiedet hat«, sagte Otto, »waren auf einmal ganz viele Farben im Zimmer, alle möglichen Grün- und Blautöne, bis hinauf an die Decke.«
»Manche von uns können das hervorrufen. Doch mit dem Alter lernt man es zu kontrollieren, seine Gefühle zu ver-

bergen. Wahrscheinlich hatte dein Vater keine Lust mehr dazu, sie zu unterdrücken.«

»Aber das ist doch etwas wahnsinnig Tolles. Warum sollte man es verheimlichen?«

Mab verdrehte die Augen und die anderen lachten.

»Vermutlich haben wir es früher nicht verheimlicht, ich meine, ehe die Normalos kamen«, sagte Mab. »Aber inzwischen sagt jeder, das sei primitiv. Es gibt noch mehrere ähnliche Phänomene. Zum Beispiel Energie. Darin ist Lydia eine wahre Künstlerin.«

»Eine Malerin?«

»Nein, keine Malerin, Mr Normalo. Schau genau hin! Auf, Lydia, mach schon!«

Das Mädchen blickte Otto etwas unsicher an. »Für uns ist es nichts zum Lachen«, sagte sie.

»Ich werde nicht lachen«, versprach Otto.

Lydia streckte beide Arme aus.

»Auf!«, sagte Mab.

»Ich denke an ... ah, ich weiß ... an ein Geschenk für unseren kleinen Freund hier ...«

Etwas geschah mit dem ausgedörrten Gras neben Otto. Eine braune Form, glitzernde Schuppen ... Otto konnte Rauch riechen. Rasch sprang er auf.

»Keine Angst«, rief Mab.

Die Form wuchs, krümmte sich in der Luft. Klauenfüße wuchsen nach unten. Noch mehr Rauch. Otto musste husten. Es war Feuerbox – grün, golden und dunkelrot. Er stand auf einmal direkt neben Otto. Sehr viel näher als an dem Abend im Waschsalon. Lange, dichte Wimpern umgaben seine schimmernden Augen. Auf seiner dunkelgrünen Zunge schimmerten glühende Kohlenreste.

»Super«, flüsterte Mab.

Feuerbox breitete plötzlich seine Flügel aus, bewegte sie auf und ab, legte seinen großen Kopf in den Nacken und blies eine Flamme in die Luft. Die Hitze streifte Ottos Gesicht.

Dann senkte Lydia die Arme wieder und ließ sich auf den Boden fallen.

Der Drache begann zu verblassen, wurde wieder zu einer bräunlichen Wolke. Übrig blieben nur ein paar Rauchwolken und der Geschmack von Rauch auf Ottos Lippen.

Lydia schien Ottos Blick auszuweichen. Auf einmal wirkte sie fast etwas schüchtern.

»Das war Feuerbox«, sagte Otto bewundernd in die Stille hinein.

»Ich habe keine Lust, diese Nummer Abend für Abend vor vielen Reihen von Bürgern abzuziehen«, sagte Lydia. »Ich will nicht in einer Kuriositäten-Show auftreten müssen.«

Wieder herrschte Schweigen.

»Ich habe diesen Drachen schon mal gesehen«, sagte Otto. »Als er einmal krank war, hat mein Vater ihm eine Arznei gegeben, damit er wieder gesund wurde.«

»Deshalb habe ich ihn für dich gemalt«, sagte Lydia. »Weil dein Vater sich so gut mit Tieren versteht. Besonders mit denen unserer Sorte, den wilden, unmöglichen . . .«

Bei dem Wort »unmöglich« lachten alle auf, mit Ausnahme von Otto.

»Woher weißt du das?«

»Nun, Gerüchte gab es schon immer«, erklärte Mab, »und dann war da noch diese Karmidin, die die Aufgabe hatte, ihn im Auge zu behalten, um ihn irgendwie zu beschützen, wovon er natürlich nichts wusste. Dein Vater hat sich mit *seinem* Vater verkracht, als er beschloss ein Schläfer zu werden, weißt du. Seinem Vater wäre es lieber gewesen, wenn er in den Schlammdörfern geblieben wäre. Seiner Mutter fiel dann diese entfernte Kusine ein, die sich auch so sehr für Bücher interessierte, und sie wurde auch Schläferin und arbeitet seither in seiner Bibliothek . . .«

»Miss Fringe!«, rief Otto überrascht aus. »Klar, Miss Fringe ist eine Karmidin und sie war in der Bibliothek immer bei ihm, um ihn beschützen zu können! Und Dad hatte keine Ahnung!«

Otto sah, dass die anderen drei kurze Blicke austauschten.

»Okay, wir werden dir jetzt alles erzählen«, sagte Mab. »Wir wissen, dass er entkommen ist. Miss Fringe ging mit ihm. Er übergab ihr eine Nachricht an seine Familie. Dann schickte er sie weg und sagte, das sei besser für sie. Sie war es auch, die uns verraten hat, wo wir dich finden.«

»Die Nachricht hat sie uns überbracht«, sagte Otto, »aber es war ein recht mühsames Gespräch, weil unsere Hausmeisterin nicht von ihrer Seite wich. Aber warum hast du mir nicht gleich gesagt, dass er fliehen konnte, Mab? Was wisst ihr sonst noch?«

»Nichts, das war alles«, sagte Mab.

»Und wo ist Miss Fridge jetzt?«

»Fringe! In einem Versteck. Ihre Wohnung wurde durchsucht. Sie kam nach Tigerhaus zurück. Deshalb haben wir überhaupt nur von der ganzen Sache erfahren. Aber

mehr wollte sie uns nicht verraten und inzwischen ist sie auch wieder aus Tigerhaus verschwunden.«
»Aber wenn sie ihn angeblich beschützen sollte, warum hat sie ihn dann im Stich gelassen?«
»Oh, Otto«, seufzte Mab.
»Er ist der König der Karmiden«, sagte Lydia. »Und er bat sie zu gehen.«
Otto vergrub den Kopf in den Händen.
Eine Zeit lang schwiegen alle. Amos trat zu Otto und legte ihm einen Arm um die Schulter, doch Otto schüttelte ihn ab, ohne aufzublicken.
»Und warum«, fragte er nach einer Weile, »hast du, Mab, mich noch einmal in diesen doofen Park hier gebracht und mich unter den doofen Fischen durchgehen lassen?« Er nahm die Hände vom Gesicht und in seinen Augen schimmerten Tränen.
»Weil Mab beobachtet hatte, was beim letzten Mal passiert war. Und wir mussten ganz sicher sein, dass du bist, was du bist.«
»Um ganz sicher zu sein, dass ich Otto Hush aus der Parry Street Nummer 15 bin?«
»Um ganz sicher zu sein, dass du ein Karmide bist. Und nicht nur ein beliebiger Karmide, sondern einer mit großer Energie, der Sohn eines Königs.«
»Schau her!«, sagte Mab, stand auf und ging zu den Fischen hinüber. Langsam ging sie unter dem Schwarm durch. Die Fische drehten sich, genau wie vorhin bei Otto, aber nur halb so weit.
»Ich bin eine 180erin«, sagte sie. »Wir alle drei. Doch deine Energie ist sehr viel stärker.«
»Quatsch! Ich kann doch gar nichts.«

»Manche Fähigkeiten zeigen sich nicht auf den ersten Blick, besonders die ganz seltenen aus den alten Tagen, zum Beispiel die Herzsicht«, sagte Lydia, während sie Otto eindringlich musterte.

»Was soll das denn sein?«

»Anderen Leuten ins Herz schauen zu können, Dinge zu erkennen, die sie sorgsam weggeschlossen haben. Mein Ururgroßvater soll herzsichtig gewesen sein, aber seither habe ich von niemand anderem mehr gehört.«

»Du bist ein 360er«, sagte Amos, »das ist gewaltig. Vielleicht kennst du dich einfach noch nicht gut genug.«

»Aber jetzt müssen wir gehen«, sagte Mab. »Und du, Otto, kommst mit. Und wenn der König dich eines Tages vorlädt, wirst du ihm eine Menge zu erzählen haben.«

Amos hatte einen Beutel über der Schulter hängen. Langsam und vorsichtig holte er etwas heraus. Es war ein verblichenes, staubiges und abgenutztes Stück Stoff. Behutsam legte er es auf den Boden und rollte es auseinander.

»Für dich«, sagte er.

Ottos Unterkiefer klappte herunter. »Für mich? Wirklich?«

Es war ein kleiner Teppich so ähnlich wie der von Mab, ebenfalls mit einem Schmetterlingsmuster.

»Ein Familienerbstück«, sagte Amos andächtig. »Und ab heute gehört es dir.«

»Aber ...«

»Kein Aber! Beeil dich und flieg los!«, befahl Mab.

Amos und Lydia waren bereits startbereit. Einen Moment später schwebten die drei Kinder in der Luft.

»Beeil dich!«, brüllte Mab zu Otto hinunter.

»Danke!«, rief Otto nach oben.
Ohne lange zu überlegen, setzte sich Otto auf seinen Teppich und zog an den Fransen. Mit einem Satz, bei dem sich sein Magen zusammenzog, schwang sich der Teppich in die Luft und Otto folgte seinen neuen Freunden viel zu schnell und viel zu steil.
Sie düsten über die Stadt hinweg. In Richtung der Schlammdörfer. Otto war vor Panik wie erstarrt. Er wagte es nicht, nach unten zu blicken. Hoffentlich würde er bald wieder festen Boden unter den Füßen haben!

RED MOON

Sie landeten in einer einsamen Gegend.
»Hier, nimm das«, sagte Amos und zog ein paar Sachen aus seiner Tasche. Es waren ein grün-schwarzer Flickenmantel und ein breitkrempiger Hut mit einem mit Muscheln besetzten Hutband.
»Zur Tarnung«, sagte er.
Otto zog sich den Mantel über.
»Und denk daran, dass du den Mund halten musst«, sagte Mab.
»Wohin gehen wir?«
»Wir wollen dich ein bisschen herumführen.«
Der Hut und der Mantel rochen muffig und nach verbranntem Holz. Otto erinnerte sich, dass er diesen Geruch schon einmal wahrgenommen hatte, als er Mab am ersten Abend bei ihrem überraschenden Besuch das Mobile aus dem Gesicht gepflückt hatte. Da hatte er diesen Geruch das erste Mal gerochen. Magico-Geruch. Magisch ...
»Gehen wir nicht zu dir nach Hause?«, fragte er Mab.
»Nein«, sagte sie hastig. »Ich wohne in Tigerhaus. Das hier ist Red Moon.«
Sie gingen einen Pfad am Ufer entlang. Ein Kahn fuhr vorbei, stromaufwärts, in Richtung der Berge. An Bord schien sich eine ganze Familie zu befinden, man sah Unmengen von Taschen, Schachteln und auch einige Hühnerkäfige.
Mab drehte sich zu Otto um und sagte: »Sie ziehen weg,

in die Höhlen der Berge im Norden. Dorthin haben sich schon mehrere Familien geflüchtet.«
Sie kamen bei den ersten Pfahlbauten an, die mit Schnitzereien von Tieren und Vögeln verziert waren, ganz ähnlich wie jene am Karmidenturm.
»Schau!«, sagte Lydia und deutete auf eine Anlegestelle am Ufer. Otto kam es so vor, als sei sie mit Glassplittern übersät.
»Sie waren gestern Abend hier«, erklärte Amos.
Eine Frau kam aus dem ersten Haus und stellte sich auf die Veranda, die um das ganze Haus lief. Sie trug ein etwa dreijähriges Kind im Arm.
»Ehrbare Grüße, Schwester. Was ist hier passiert?«, rief Amos ihr entgegen.
»Sie haben meinen Mann mitgenommen«, sagte die Frau traurig. »Wir haben das Geld abgelehnt.«
Sie schien kurz davor, in Tränen auszubrechen, doch dann geschah etwas. Das Kind, ein kleines Mädchen, legte den Kopf in den Nacken und auf einmal begann es, zu funkeln und zu knistern.
Es war Eis. Eis, das Kristalle bildete und sich ausbreitete.
»Gebt die Hoffnung nicht auf, Schwester!«, rief Mab. »Unser König hat uns nicht vergessen.«
»Der König!«, sagte die Frau verächtlich. »Wo steckt er? Was macht er? Schmökert er in seinen Büchern?«
Otto machte den Mund auf, um etwas zu erwidern, doch ein warnender Blick von Mab hielt ihn davon ab. Wäre nicht ratsam gewesen, sich hier als Bürger zu erkennen zu geben. Sie gingen weiter.
Die meisten der Häuser waren leer. An einigen hing eine kurze Notiz, die besagte, dass die Bewohner Hals über

Kopf aufgebrochen oder dazu gezwungen worden waren. Haustüren standen offen, Besitztümer, Schuhe, halb fertige Schnitzereien und Werkzeuge lagen verstreut herum. Kleine Drachen, vermutlich noch Babys, durchwühlten die Abfälle.

In der Mitte des Flusses befand sich eine kleine Insel aus Holz, auf der mehrere eng zusammenstehende Hütten standen. Die vier Kinder gingen über den quietschenden Verbindungssteg darauf zu.

Mehrere Leute saßen hier beisammen, einige unterhielten sich angeregt, andere waren ganz ruhig, vielleicht weil sie betrunken oder einfach nur erschöpft waren.

»Ich sage euch, nehmt ihr Geld an und geht für sie arbeiten«, sagte ein Mann mit einem Drachen-Tattoo im Gesicht.

»Für sie arbeiten? Ihnen für den Rest meines Lebens Tricks vorführen?« Das rief eine Frau. Neben ihr lag ein Einhorn, das den Kopf auf ihren Schoß gebettet hatte.

»Wenn wir uns weigern, verhaften sie uns sowieso. Und so könnten wir uns zumindest unseren Lebensunterhalt verdienen. Wir können es nicht mehr wagen, uns in der Stadt blicken zu lassen, um unsere Sachen zu verkaufen. Das ganze Geschwätz wegen der Löcher in den Straßen und den Einstürzen in den Bergwerken hat bewirkt, dass alle gegen uns sind ...«

»Hast du eine Ahnung, was passiert, wenn du Abend für Abend deine ganze Energie einsetzen musst, Woche für Woche? Dann bist du innerhalb eines Jahres am Ende. Ausgebrannt. Es würde uns umbringen ...«

»Was schlägst du dann vor? Im Gefängnis verrecken? Oder bist du verrückt genug, sie bekämpfen zu wollen, wie diese armen Kerle gestern Abend?«

»Auf diesen Normalos liegt ein Fluch. Immer wollen sie etwas und in diese Sache stecken sie ihre ganze Energie. Sie suchen, wollen, hungern danach und hassen aus voller Inbrunst. Wir hingegen sind so anders ...«

»Sechs und Acht kommen mir allerdings nicht so anders vor«, schnaubte ein anderer. »Sie sind doppelgesichtige Verräter, treiben ein falsches Spiel ...«

In diesem Moment erblickte der Sprecher Amos und Lydia und hob grüßend eine Hand. »Ehrbare Grüße, meine jungen Teppichflieger. Gibt's was Neues? Oder vergeudet ihr noch immer eure Zeit damit, nach unserem König zu suchen?« Er schnaubte abfällig und von den anderen kam sarkastisches Gelächter.

Mab zog Otto schnell weiter. Sie kamen an mehreren Leuten vorbei, die ruhelos von Haus zu Haus gingen.

»Merk dir alles, was du gesehen hast«, sagte Mab. »Damit du es unserem König berichten kannst.«

»Ist Miss Fringe hier?«

»Nein, sie war in Tigerhaus. Aber soweit ich weiß, wollte sie letzte Nacht auch zu den Höhlen gehen.«

Otto musste an seinen geheimnisvollen Großvater mit dem bitteren, steinernen Gesicht denken.

Vielleicht war er hier, in einem dieser Häuser ...

»Können wir ...«

»Psst! Sei leise, Mr Normal. Einige Bürger waren letzte Nacht hier, um uns zu helfen. Sie haben uns Essen gebracht, doch weißt du, was? Sie wurden alle in den Fluss geworfen. Kannst du schwimmen?«

Zwei Kinder spielten am Fluss. In der Luft vor ihnen tanzten ein paar Zweige.

»Höher! Höher!«, rief der Junge.

Die Zweige stiegen tatsächlich höher, begannen dann aber zu flattern und fielen zu Boden.

»Wer ist dein Freund da, Mab?«, fragte das Mädchen.

»Ein Cousin«, antwortete Mab und zog Otto schnell weiter.

Nach einer Weile blieb sie stehen und entrollte ihren Teppich. Otto blieb nichts anderes übrig, als es ihr gleichzutun.

DIE ARENA

»Sei nicht so steif, entspann dich! Stell dir vor, der Teppich wäre ein Teil von dir«, rief Mab zu ihm herüber.
Ha, sehr witzig!
Wieder flogen sie über die Stadt. Sie flogen in Richtung der Berge im Westen. Dort befand sich das Gefängnis, in weiteren Höhlen, die früher von den Karmiden bewohnt gewesen waren. In einiger Entfernung, wo der Berg zum Tal hin abfiel, konnte Otto eine Baustelle erkennen, auf einem Gelände, das früher ein Park gewesen war.
»Die Arena«, rief Mab, deren lange Haare im Wind flogen. »Geh tiefer!«
Sie lenkte ihren Teppich nach unten, als sei es das reinste Kinderspiel, doch als Otto es ihr nachzumachen versuchte, bekam er ziemliche Schwierigkeiten.
Die Arena war schon beinahe fertig gebaut. In ihrer Mitte befand sich eine riesige Bühne, wo die Magicos vermutlich auftreten sollten, und um sie herum waren unzählig viele Sitzreihen angebracht.
An den Seitenwänden hingen schon Plakate.

MAGICO-SHOWS ZWEIMAL TÄGLICH
FARBENPRÄCHTIGE REGENBOGEN!
BILDER IN DER LUFT!
EIS! FEUER! DRACHEN! EIN FLIEGENDES KIND!
UND VIELES, VIELES MEHR!

»Und hier sollen sie leben«, rief Mab zu Otto herüber und

kam an seine Seite geflogen. »Aber hör endlich auf damit, dauernd die Zähne zu fletschen.«
Die Magicos würden in einer Reihe schäbig aussehender Hütten leben, manche davon auf Rädern. Einige waren schon fertig gebaut, andere noch nicht. Handwerker eilten geschäftig hin und her.
»Flieg nicht zu tief! Schau mal hier unten!«
Familien saßen um Lagerfeuer herum. Magicos. Eingesperrt hinter einem hohen Stacheldrahtzaun, an dem Normies mit Hunden patrouillierten.
Red Moon war schon ein schlimmer Anblick gewesen, doch das hier war noch viel, viel schlimmer.
»Sie bekommen gratis Blutbeerensaft und drei Mahlzeiten am Tag«, sagte Mab. »Und dort drüben werden gerade noch mehr Hütten gebaut.«
In diesem Augenblick blickte einer der Normies an den Himmel und entdeckte sie.
»Hoch!«, brüllte Mab.
Die Normies begannen aufgeregt zu brüllen. Einer von ihnen feuerte ein Netz ab. Die Hunde bellten. Auch die Magicos begannen zu brüllen, sie freuten sich über die beiden kleinen Gestalten am Himmel. Als der Normie sein Netz ein zweites Mal abschießen wollte, stürzte sich ein Magico auf ihn und warf ihn zu Boden. Ein Handgemenge setzte ein. Weitere Normies kamen herbeigelaufen.
»Wir holen euch hier wieder heraus!«, rief Otto nach unten. Auf dem ganzen Platz explodierten Eis und Funken und Regenbögen, genau wie die Plakate bei der Arena es versprochen hatten.
»Nicht so hoch!«, kreischte Mab von irgendwo her.

Otto blickte sich hektisch nach ihr um, doch er sah nichts. Nur weiße Feuchtigkeit. Er war in eine Wolke geraten.
Mit klappernden Zähnen lenkte er seinen Teppich wieder tiefer. Immer noch in der Wolke. Er flog eine Schleife, um wieder an seinen Ausgangspunkt zu kommen. Doch die Wolke wollte kein Ende nehmen. Ottos Gedanken überstürzten sich, er bekam Panik und dann plötzlich war er draußen.
»Komm sofort wieder hierher, du dämlicher Normalo ...«
Ausnahmsweise schien sogar Mab diesmal einen Schrecken bekommen zu haben.
Wortlos flogen sie über Teile der Stadt, die Otto nicht kannte, und die warme Sonne trocknete die Wolke von seinem Gesicht.

DER BERG

»So, nun zum Höhepunkt«, sagte Mab. »Ich hab allerdings ein bisschen Angst, dass es zu viel für dich ist.«
Sie flogen wieder höher, auf die höchste Bergkette zu, dem großen und finsteren *Broken Heart*. Im Moment flogen sie über einen Wald. Otto sah ein Rudel Wölfe über eine Lichtung rennen. Er konnte auch einen teilweise überwucherten, steinernen Weg erkennen.
»Mab«, rief er. Er verspürte eine Angst, für die er keinen Namen hatte.
Die Luft wurde immer kälter, je näher sie dem Broken Heart kamen. Der Berggipfel ragte aus dem Meer von Bäumen, darüber kamen nur noch wenige einzelne Büsche, dann nur noch Heidekraut und schließlich der nackte Fels. Ein grauer Vogel mit einem hakenförmigen Schnabel glitt an Otto vorbei und stieß einen so lauten, durchdringenden Schrei aus, dass Otto fast in die gähnende Leere unter sich gestürzt wäre.
Inzwischen konnte er erkennen, dass der Berg so aussah, als wäre er der Länge nach gespalten worden. Ein schmaler Riss verlief vom Gipfel unter den Wolken bis hinunter zur Baumgrenze.

Mab ging im Spiralflug nach unten und Otto folgte ihr, wobei sich sein Teppich jedoch schiefer legte als beabsichtigt. Otto stieß einen erschrockenen Schrei aus. Das Echo warf seinen Schrei zurück und im ersten Moment glaubte er ein anderes Kind zu hören.

Ein Windstoß heulte durch die offene Wunde im Berg. Otto hatte Mühe, seinen Teppich zu lenken.
Sie sanken immer tiefer und tiefer, bis sie schließlich direkt über den Bäumen schwebten.
»Wir können nicht lange bleiben«, sagte Mab, sobald er neben ihr war. »Sonst könnten sie uns sehen.«
»Wer – sie?«
Mab winkte ihm zu ihr zu folgen und flog auf die dunkle Öffnung zwischen zwei einschüchternd aussehenden Felswänden zu.
»Da, schau! Die *andere Seite!«*
Ein erbarmungsloser Wind blies ihm ins Gesicht. Otto konnte Mab vor sich sehen, mit ihren wehenden weißen Haaren. Sie sah aus wie ein winziges Insekt, als sie sich ruckartig immer weiter in die eisige Dunkelheit hineinwagte.
Er folgte ihr.
Nach einer endlos lang erscheinenden Zeit konnte Otto unter sich in der Düsternis erkennen, dass der Zugang von einem großen steinernen Bogen versperrt war, der eine massive, zweiflügelige Holztür überspannte.
Etwas weiter weg, auf der anderen Seite, glaubte er auf dem Boden der Spalte einige Ziegen zu sehen. Oben in den Bergen, entlang der Baumlinie, hatte er auch schon welche gesehen.
Doch es waren keine Ziegen. Es waren Menschen.
Er versuchte näher zu fliegen.
Es waren Männer, vielleicht zehn, fünfzehn, mit Hacken, Schubkarren und Schaufeln …
Auf einmal packte ein Windstoß seine Matte von unten, wirbelte ihn hoch und trug ihn dann rückwärts. Sein klei-

ner Teppich drehte sich im Kreis, Otto klammerte sich mit aller Kraft an ihm fest, konnte sich schließlich wieder in die richtige Richtung drehen, hatte aber ansonsten jegliche Kontrolle verloren. Wie von Zauberkräften getragen wurde er aus dem Berg heraus und zurück ins Tal geschleudert. Er schrie nach Mab, als sein Teppich plötzlich wie ein Stein nach unten sackte, kurz über den Bäumen jedoch wieder seitlich flog.

Schon war Mab neben ihm.

»Alles okay?«, brüllte sie, um den Wind zu übertönen.

Er nickte und rang nach Luft.

»Sag dem König, dass wir auf der anderen Seite Leute gesehen haben. Sie müssen durch geheime Tunnel gegangen sein. Das Große Portal ist noch verschlossen. Sag ihm, dass es so aussieht, als säuberten sie die Straße auf der *anderen Seite*. Die Straße durch den Pass. Die Straße, die zu Aramintas Portal führt.«

Otto hatte verstanden, was sie ihm zugerufen hatte. Doch er antwortete nicht, sondern lenkte seinen Teppich zwischen den Kiefern in Richtung Erdboden.

Sie brüllte ihm zu, er solle wieder hochkommen. Doch er ignorierte ihre Rufe.

Sobald er gelandet war, taumelte er in die Schatten zwischen den Bäumen und übergab sich.

Als er sich so ausgiebig übergeben hatte, dass er glaubte, alles, was er im letzten Jahr zu sich genommen hatte, wieder ausgespuckt zu haben, rollte er seinen Teppich zusammen und ging mit zitternden Knien in den Wald hinein. Dort erst gönnte er sich eine kleine Ruhepause und setzte sich.

Ihm war im Moment nicht danach, mit jemandem zu reden.

Der Waldboden war von Streifen von Sonnenlicht durchzogen, zitronengelben, goldenen und grünlichen Lichtstrahlen. Vögel sangen in den Bäumen. Es war eine ganz andere Welt als die, die er vorhin gesehen hatte – eine Welt, in der er beinahe umgekommen wäre. Keine zehn Pferde würden ihn jemals wieder dazu bringen können, den sicheren Erdboden zwecks irgendwelcher Höhenflüge zu verlassen.
Über ihm flog Mab hin und her und rief immer wieder seinen Namen.
Nach einer Weile fühlten sich Ottos Beine endlich wieder einigermaßen normal an. Er stand auf. Er wusste, dass es ihm nicht erspart bleiben würde, sich noch einmal auf seinen Teppich zu setzen. Doch um noch etwas Zeit zu schinden, machte er sich auf die Suche nach dem mit Steinen gepflasterten Weg zum Großen Portal.
Bald schon hatte er ihn gefunden und folgte ihm. Auf einmal führte der Weg abrupt in die Schatten und dann in die Bergspalte hinein. Und dann, als die sich auftürmenden Felswände gerade über ihm zusammenzustürzen drohten und er umkehren und im Laufschritt zu Mab zurückrennen wollte, erblickte er Aramintas Portal. Es war ein wahrhaft grandioser Anblick!
Das Portal war, wie Otto fand, mindestens so hoch wie sein Wolkenblock zu Hause. Es war ein großes, zweiflügeliges Tor aus massivem Holz, das mit massiven Eisenbolzen verriegelt war. Geschmückt waren die beiden Flügeltüren mit einem mächtigen, ausladenden Baum aus geschmiedetem Eisen, der je zur Hälfte auf den beiden Türen angebracht war.
An der einen Flügeltür befand sich ein dicker, abgegriffe-

ner Türgriff, der so aussah, als sei er schon häufig angefasst worden. Abgesehen davon sprach jedoch nichts dafür, dass in letzter Zeit jemand hier gewesen wäre. Am Fuß des Portals hatte sich sandige Erde angesammelt, vermutlich vom Wind herbeigeweht.

In der Nähe des Portals sah man keine Pflanzen, kein Gras. Dafür war es hier zu düster.

Gerade als Otto wieder aus seiner andächtigen Erstarrung erwachte und einen Schritt auf das Portal zu machen wollte, hörte er Stimmen und Schritte hinter sich. Hastig blickte er sich nach einem Versteck um und rannte dann zwischen die Bäume. Er war kaum verschwunden, als auch schon zwei Männer und ein Pferd den Weg entlangkamen.

Der Schock darüber, dass er vorhin fast vom Teppich gefallen wäre, saß Otto noch in den Knochen. Inzwischen hatte er das unschöne Gefühl, überall von Gefahren umzingelt zu sein.

Die beiden Männer entpuppten sich jedoch als relativ harmlos. Ebenso wie ihr armes, geduldiges Pferd.

Es waren die Stadträte Trim und Tapper, die Präsident Krumm wieder aus dem Gefängnis entlassen hatte. Aber natürlich erst, nachdem sie ihm hoch und heilig versprochen hatten nun endlich seinen Auftrag auszuführen. Sie würden in die Außenwelt gehen und alle wichtigen Informationen über die normale Welt einholen.

Otto erkannte sie sofort und beschloss ihnen heimlich zu folgen. Er wusste, dass sie das riesige Portal sicher gleich aufmachen, hindurchgehen und wieder hinter sich schließen würden. Schließlich wusste jeder Bürger, dass man nach draußen gehen konnte, wann immer man wollte.

Otto konnte ein gelegentliches Knacken nicht verhindern, als er sich in sicherer Entfernung zu den beiden an den Bäumen vorbeischlängelte. Der Wind in der Bergspalte über ihm trug ihre Stimmen zu ihm herüber. Otto folgte ihnen auch in den Berg hinein, hielt sich dicht an der Felswand und hoffte inständig, dass sein Teppich ihn im Notfall retten würde.

»Hast du die Landkarten dabei?«, fragte Stadtrat Trim, nicht zum ersten Mal, wie es schien.

»Ja, ja, ja«, erwiderte Stadtrat Tapper bissig. »Und du – hast du an den Notproviant gedacht?«

»Ja, ja, ja.«

»Na gut.«

»Na gut.«

»Für mich ist es der absolut schlechteste Zeitpunkt für diesen schwachsinnigen Ausflug ins Ausland«, maulte Trim. »Gerade jetzt, in der Hochsaison! In den nächsten Tagen werden Hinz und Kunz in meinen Laden kommen, um Winterschuhe und Stiefel zu kaufen. Ich habe die Leitung meinem Schwager übertragen, aber der ist eigentlich nur ein guter Schuhmacher. Wenn ein Kunde sich nicht schnell genug entscheiden kann, wird er zornig ...«

»Danke für die Information, aber ich kenne deinen Schwager in- und auswendig«, knurrte Tapper. »Schließlich habe ich mir zwei volle Tage und Nächte lang in einer dunklen, miesen Gefängniszelle alle Geschichten über ihn anhören müssen. Glaub mir, ich hab auch keine Lust zu diesem Ausflug. Wir werden etliche wichtige Stadtratssitzungen verpassen. Aber was soll's? Wir können nichts daran ändern. Also, sprechen wir alles noch einmal von Anfang an genau durch.«

Da sie inzwischen vor dem riesigen Portal angekommen waren, sahen sie plötzlich winzig klein aus. Sogar ihr Pferd wirkte winzig.
»Ganz schön frostig hier, hm?«, knurrte Trim.
»Also, haben wir die Landkarten, Geld, unseren Notproviant, Notizbücher und die Liste all der Dinge, auf die wir achten müssen?«
»Ja.«
»Für den ersten Teil unserer Reise brauchen wir unseren Nostrillisimus, denn es geht ein gutes Stück durch eine Art Einöde. Sobald wir eine einigermaßen passable Straße finden, können wir sicher mit einer Trambahn in eine der großen Städte der Außenwelt fahren.«
»Manche Leute behaupten sogar, es gäbe Gefährte, die einen bis auf den Mond bringen«, sagte Trim sehnsüchtig.
»Ach was, diesen Unsinn habe ich noch nie geglaubt«, schnaubte Tapper. »Und außerdem habe ich Angst vorm Fliegen. Mir wird schon schlecht, wenn ich nur daran denke.«
»Also, was hat Präsident Krumm gesagt, als er in seiner großzügigen Herrlichkeit in unsere Zelle kam und uns erlaubt hat das schreckliche, muffige dunkle Loch zu verlassen?«
»Er hat gesagt, dass wir unsere Aufgabe mustergültig erfüllen müssen, und wenn wir nicht innerhalb von sechs Wochen mit einem Block voller wertvoller Notizen über alles, was normal und ehrbar ist, und alles, was hingegen unmöglich ist, zurückkehren, dann . . .«
»Ja, ja, schon gut.«
». . .dann werden wir wieder eingesperrt und er wirft den

Schlüssel weg. Er hat uns schon einmal losgeschickt und wir haben ihn enttäuscht.«
Beide verfielen in ein dumpfes Schweigen. Notrillisimus zog an den Zügeln.
»Aber wir können uns beide nicht daran erinnern, dass er uns den Auftrag schon einmal gegeben hätte, stimmt's?«
»Stimmt.«
Eine weitere Pause.
»Diesmal werden wir ihn auf jeden Fall nicht enttäuschen«, sagte Stadtrat Tapper. »Auf, singen wir die erste Strophe der neuen Stadthymne, bevor wir unsere Heimat verlassen.«
Lautstark begannen sie zu singen und ihre Stimmen verloren sich in der düsteren, sonderbaren Umgebung.

»Es gibt nichts so Normales wie normal sein,
normal zu sein ist alles, was im Leben zählt.
Wie sind wir stolz darauf, so normal zu sein,
und stolz singen wir deshalb dieses Lied,
normal zu sein, normal zu sein, normal zu sein,
normal zu sein ist unser einzig Ziel . . .«

Ein grauer Vogel, derselbe, der vorhin Otto angeschrien hatte, huschte am Portal vorbei und fauchte die zwei Stadträte an.
Nostrillisimus scheute und die letzten Verse der Stadthymne blieben ungesungen.
»Trim«, keuchte Tapper, während er Mühe hatte, Nostrillisimus festzuhalten, »hättest du die Güte, uns jetzt das . . . das Portal zu öffnen?«
Doch der Türgriff war zu weit oben angebracht und nach-

dem sie Nostrillisimus endlich beruhigt hatten, kletterte Trim auf den Rücken des Gauls, damit er ihn überhaupt erreichen konnte.
Otto hielt gespannt die Luft an. Gleich würde er sehen, wie sich das mächtige Portal öffnete.
Doch er wartete vergeblich.
Stadtrat Trim hängte sich mit seinem ganzen Gewicht an den Türgriff, der sich schließlich langsam zu senken begann. Doch dann ließ Trim unerklärlicherweise los.
»Mensch, mach endlich!«, brüllte Tapper.
Doch Trim dachte nicht daran. Mit betretenem Gesicht ließ er sich vom Rücken des Gauls gleiten.
»Na schön, dann mach ich es eben selber!«, schimpfte Tapper.
Genau wie sein Amtskollege hängte auch er sich mit seinem ganzen Gewicht an den massiven Türgriff. Doch auch er ließ plötzlich wieder los und stand wenig später ebenso benommen wieder auf der Erde.
Die beiden Stadträte schauten sich verdattert an. Dann blickten sie sich ratlos um. Das Portal, der hohe Berg, alles, was sie sahen, schien sie maßlos zu verwirren.
»Was machen wir hier?«, flüsterte Tapper bestürzt. »Wo sind wir?«
»Ich finde es richtig unheimlich hier«, flüsterte Trim zurück. »Wollten wir einen kleinen Spaziergang machen oder was? Gehört dieser Gaul hier zu uns? Sind das unsere Rucksäcke? Warum haben wir so viel Gepäck dabei?«
Unter Ottos erstaunten Blicken wandten sie sich schließlich vom Portal ab und kamen langsamen Schrittes in seine Richtung. Otto wagte es nicht, sich zu rühren, doch Stadtrat Trim entdeckte ihn trotzdem.

»Hallo du!«, rief er Otto zu. »Bist du ganz allein unterwegs? Das ist kein Ort für Kinder. Ich an deiner Stelle würde schnell nach Hause laufen.«
Nostrillisimus warf Otto einen finsteren Blick zu und trabte an ihm vorbei.
Je mehr sich die beiden Stadträte vom Berg entfernten, desto fröhlicher wurde ihre Unterhaltung allmählich wieder. Otto ging schweigend hinter ihnen her.
»Ich gehe gleich in meinen Laden«, sagte Trim heiter. »Warum kommst du nicht mit? Wir könnten ganz gemütlich ein Tässchen Tee trinken. Ich möchte möglichst schnell wieder in meinem Laden sein, damit mein Schwager nicht zu lange allein ist.«
»Dieses Pferd muss sich verlaufen haben, es folgt uns dauernd«, meinte Stadtrat Tapper. »Sag mal, gehen wir zwei häufig miteinander spazieren? Und warum sind wir an einen so gruseligen Ort gegangen?«
Auf einmal entdeckte Otto Mab. Sie war zwischen den Bäumen gelandet und winkte ihm zu. Er eilte zu ihr.
»Hast du die Klinke des Portals berührt?«, wollte sie als Erstes wissen.
»Nein, natürlich nicht.« Wie hätte er das auch anstellen sollen? Sie wäre viel zu hoch für ihn gewesen.
»Dem Himmel sei Dank! Ich hatte schon befürchtet, du weißt es vielleicht nicht.«
»Was weiß ich nicht?«
»Na, die Sache mit der Klinke von Aramintas Portal. Dein Vater hat dir doch sicher davon erzählt.«
Im ersten Moment war Otto versucht so zu tun, als wisse er Bescheid, doch dann überlegte er es sich anders.
»Nein, eigentlich nicht. Ich war noch nie an diesem Ort.

Die beiden Männer wollten das Portal öffnen, aber irgendwie haben sie es sich dann plötzlich anders überlegt.«

»Noch etwas, das du noch nicht weißt, du ehrbarer Bürger. Eine Karmidenkönigin, die das Mal am Körper hatte – davon hast du doch zumindest schon mal gehört, oder? – hat dieses Portal erbaut. Wenn ein Bürger das Land verlassen möchte und die Klinke berührt, vergisst er auf der Stelle, warum er überhaupt zum Portal gekommen ist. Von der anderen Seite soll das Portal gar nicht zu erkennen sein. Es sieht aus, als sei es ein Teil des Bergs.«

»Und wozu soll es gut sein?«

»Denk doch mal nach! Auf einen Schlag gab es keine Verbindung zur Außenwelt mehr. Es konnten keine Leute weggehen und keine neuen mehr ankommen. Und nach und nach hat die Außenwelt uns vergessen. Wir wurden nicht mehr entführt, um in irgendwelchen Kuriositäten-Shows auftreten zu müssen.«

»Und was passiert, wenn ein Magico, ein Karmide, die Klinke berührt?«

»Dasselbe, aber wir berühren sie gar nicht erst, weil wir Bescheid wissen. Und außerdem wollen die wenigsten von uns von hier weg. Hier ist der einzig sichere Ort für uns. Und für den Notfall gibt es ja auch ein paar geheime Tunnels.«

»Und was ist mit dem Touristenbüro?«

»Ach, die Frau, die dort arbeitet, erzählt der Regierung hin und wieder, dass fremde Besucher in die Stadt kommen. Ist alles in der Hand von Karmiden. Dasselbe gilt auch für das Hotel am Boulevard. Das war ebenfalls Aramintas Idee gewesen.«

Vor Staunen bekam Otto den Mund nicht mehr zu.
Dann wanderte sein Blick ins Leere. Und er verlor sich in sich überstürzenden Gedanken.
»Otto?«
»Ich . . . ich muss zurück. Mein Vater könnte . . .«
»Ich weiß. Bist du wieder so weit fit, dass du fliegen kannst?« Mab hatte gesehen, dass er vorhin um ein Haar vom Teppich gefallen wäre.
Er nickte, obwohl er sich kein bisschen fit fühlte. »Gehen wir, Mab.«
Der Rückflug war leichter als der Flug vorhin. Mab begleitete ihn noch ein gutes Stück und zeigte ihm den Weg in die Südstadt. Sobald Otto sich wieder allein orientieren konnte, flog sie in Richtung der Schlammdörfer davon, während Otto den Waschsalon ansteuerte.

DER KRISTALL-KOMMUNIKATOR

Otto landete im Garten, und als er zur Küchentür hereinkam, packte Dolores ihn an der Schulter und drückte ihn auf einen Stuhl.

»Oh, Ottie, wo um alles in der Welt hast du gesteckt? Du darfst nicht mehr auf die Straße gehen, verstehst du? Sonst wirst du verhaftet. Sag mal, was hast du da überhaupt an?«

»Ich war nicht auf der Straße«, sagte Otto erschöpft.

»Ottie kann fliegen, Ottie kann fliegen«, trällerte Hepzie begeistert.

»Stimmt das, Otto?«, fragte Granny Culpepper, die am Spülbecken stand und eine Kette aus Gänseblümchen um den Hals hängen hatte. Sie hatte sich auch Blumen ins Haar gesteckt. »Wie aufregend. Und was für ein schöner Hut. Er wird perfekt passen, wenn du erst einmal erwachsen bist.«

»Ist Dad . . .«, begann Otto.

Dolores schüttelte den Kopf.

Otto wollte schon weiterreden, doch da kam Morgan le Grey aus dem Wohnzimmer. Sie trug die große Glaskugel in den Händen, die Otto auf dem Kaminsims gesehen hatte.

»Drüben komme ich so schlecht durch«, sagte sie rätselhafterweise, »ich versuche es besser mal von hier aus.« Sie schob das Durcheinander von Frühstücksgeschirr, Tellern vom Mittagessen und Spielsachen aus dem Weg und legte die Glaskugel behutsam auf den Küchentisch.

»Dürfte ich um Ruhe bitten?«, sagte sie.
»Rubit«, kreischte Zeborah, die zur Abwechslung einmal nicht herumschwirrte, sondern unter dem Küchentisch saß.
Otto zog sie hervor und drückte ihr ein Küsschen auf den flammend roten Haarschopf.
Hepzie schwebte neugierig über Morgans Kopf.
»Ich rufe Madame Honeybun Nicely, ich rufe Madame Honeybun Nicely«, sagte Morgan, während sie angestrengt in die Glaskugel starrte.
»Das ist ein Kristall-Kommunikator«, erklärte Granny Culpepper fröhlich, als sie Ottos fragenden Blick sah.
»Rubit!«, trällerte Zebbie.
Morgan griff nach einem Holzlöffel und gab dem Kristall-Kommunikator einen leichten Schlag. Im Inneren der Kugel leuchtete es rosa auf.
Und dann war etwas zu sehen.
»Ziehen Sie doch bitte die Vorhänge zu, Dolores«, sagte Madame Morgan. »Es ist zu schwach.«
Jetzt konnte Otto etwas besser sehen. Was war es? Eine Krone? Ein Schloss? Nein, eine Torte. Darunter stand in recht großen Lettern geschrieben:

DIE PHANTASTISCHE KONDITOREI
VON MADAME HONEYBUN NICELY
KUCHEN UND TORTEN AUF BESTELLUNG
GÖNNEN SIE SICH ÖFTER MAL WAS BESONDERES!

»Ah, da ist sie ja«, sagte Morgan. »Der übliche, schrille Werbespruch wie eh und je.«
Gleich darauf war die Torte wieder verschwunden, dafür

aber tauchte das Gesicht der lockigen, molligen Frau auf, die Otto vor den Normies gerettet hatte.
»Madame Morgan le Grey am Apparat«, sagte Morgan.
»Ich kann Sie sehen, meine Beste«, antwortete die rundliche Frau mit ihrer weichen, trägen Stimme. »Es bedarf keiner langen Erklärungen.«
»Ich hoffe, wir stören Sie nicht«, sagte Madame Morgan resolut, »aber es geht um Feuerbox. Gestern machte er sich ganz plötzlich aus dem Staub und ist bisher noch nicht zurückgekommen. Das kam noch nie vor.«
Madame Honeybun runzelte die Stirn. Hinter ihr konnte Otto so etwas wie eine Küche erkennen. Ein schwacher, köstlicher Duft nach frisch gebackenem Kuchen schien aus dem Kristall-Dings zu strömen und sich in Morgans Küche auszubreiten.
»Nun, vorgestern Abend war er kurz bei mir. Sie wissen ja, dass er manchmal unerwartet in meinem Garten auftaucht, um sich ein paar Lakritze-Brötchen abzuholen. Vorgestern waren es genau dreißig. Ach, übrigens, er kam nicht allein. Da war auch ein Mann, der sich wohl gedacht hat, ich hätte ihn nicht gesehen. Er hatte sich im Gebüsch versteckt, sprang im letzten Moment wieder auf Feuerbox' Rücken. Mir fiel auf, dass er einen Verband an einem Bein hatte. Aber Sie wissen ja, Madame Morgan, wie es ist. In letzter Zeit wagen wir ja keine Fragen mehr zu stellen . . .«
»Würden Sie es uns wissen lassen, wenn Feuerbox wieder auftauchen sollte?«
»Ja, natürlich. Oh, meine Gute, ich sehe, dass Sechs und Acht gerade meinen Laden betreten. Wie beängstigend! Neulich musste ich Nathaniel Crane und einen kleinen

Jungen vor den beiden retten. Sie sind einfach überall. Ich überlege mir, ob ich meinen Laden vorläufig nicht einfach schließe.«
Das Gespräch ging noch ein Weilchen weiter, doch Otto hörte nicht mehr zu. Er dachte an den Mann, der sich im Gebüsch versteckt hatte, während Feuerbox die dreißig Brötchen verschlungen hatte. Der Mann mit dem bandagierten Bein. Er war sich sicher, dass es sein Vater gewesen war.

»Mr Crane wird heute vorbeikommen«, sagte Dolores zu Otto, sobald der Kristall-Kommunikator erloschen war, »er will mir eine Katze bringen.«
»Er kommt her?«, rief Otto erstaunt aus.
»Ich weiß, dass er dir nicht sehr sympathisch ist, aber er hat uns geholfen, das solltest du nicht vergessen.«
»Wir wären auch ohne ihn zurechtgekommen. Und außerdem war er dir gegenüber unhöflich. Dad würde ihn bestimmt auch nicht mögen.«
»Deine Mutter braucht eine Katze zur Verstärkung, wenn sie eine anständige Katzauberin werden will«, sagte Morgan le Grey. »Und je besser sie wird, desto besser ist es für uns alle. Katzen sind die einzigen Geschöpfe, die ihren Kopf vollständig leer machen können, sodass sich die Zaubersprüche in ihrem Kopf verstärken können. Mr Crane kennt sich mit Katzen und ihren diesbezüglichen Fähigkeiten besser aus als sonst jemand. Seit über hundert Jahren rekrutiert er die besten Katzen.«
Otto fiel keine Erwiderung darauf ein. Mehr noch, er konnte auf einmal kaum mehr denken. Er hatte am heutigen Tag schon schrecklichere Dinge gesehen als je zuvor

in seinem Leben; er wäre am Broken Heart fast ums Leben gekommen und hatte seit drei Tagen kaum eine Mahlzeit zu Ende gegessen. Er erhob sich vom Tisch, taumelte und sackte ohnmächtig in sich zusammen.

ALBERT UND NATHANIEL

Ursprünglich hatte Albert vorgehabt, seine Familie auf dem Rücken des Drachens von der Luft aus zum Waschsalon zu begleiten, doch das Risiko, sie auf ihrem Weg mehr zu gefährden als schützen zu können, zwang ihn schließlich darauf, zu verzichten.

Nachdem er Miss Fringe zu seiner Wohnung geschickt hatte, hatte er die längste Nacht seines Lebens durchlitten. Erst kurz vor Tagesanbruch hatte er erfahren, dass seine Familie in Sicherheit war. Von Nathaniel Crane. Um bei Tag nicht gesehen zu werden, hatten Feuerbox und Albert es sich auf dem weitläufigen Dach des Rathauses gemütlich gemacht, zwischen den Kuppeln, Türmchen und Giebeln.

In seiner Katzengestalt kam Nathaniel leichtfüßig über die Ziegel getapst, und als er Albert und Feuerbox entdeckte, nahm er seine menschliche Form wieder an, um sich ein bisschen – von Magico zu Magico – zu unterhalten.

Er erzählte Albert, dass er einer wunderschönen Frau, einem Einhorn, einem störrischen Jungen mit einem verrückten Haarschnitt und zwei Zwillingsmädchen auf der Flucht geholfen hatte. So, wie er die Sache schilderte, hatte er ihnen die Normies praktisch unter Einsatz seines Lebens vom Leibe gehalten.

Albert stellte keine Fragen, sagte überhaupt nur wenig. Er begriff sofort, dass es sich nur um seine Familie gehandelt haben konnte, erwähnte dies jedoch nicht.

»Eine verrückte Lady«, sagte Nathaniel, »und so stolz! Schien aber keine Ahnung von Magicos zu haben. Wirklich verrückt!«
»In der Tat«, pflichtete Albert ihm bei. Er selbst wusste natürlich Bescheid über Katzauberer und Einhörner. Und trotz seiner derzeitigen Lage musste er bei dem Gedanken, dass Granny Culpepper die ganze Zeit über eine Katzauberin gewesen war, schmunzeln.
»Das ist kein bisschen lustig«, sagte Nathaniel. »Wenn ich nicht gewesen wäre, wären sie alle verhaftet worden.«
Albert wurde natürlich sofort wieder ernst.
»Aber das Unglaublichste ist mir passiert, als ich danach noch einmal zu ihnen zurückging«, fuhr Nathaniel fort, der seine eigene Schilderung sichtlich genoss. »Auf meinem Heimweg ist mir eingefallen, dass diese Oberstadtlady, falls sie endlich die Katzauberin werden möchte, die sie in Wirklichkeit ist, da ihre Mutter ja auch eine ist – tja, dass sie den guten Nathaniel dann brauchen würde, nicht wahr? Damit er ihr eine gute Katze vermittelt. Also gehe ich zuerst zum Schaufenster des Waschsalons, doch da ist alles dunkel. Und da ich sie nicht stören wollte, falls sie schon schlief oder so, schlich ich mich hinter das Haus und warf einen Blick durch die Vorhänge. Und Sie werden nicht glauben, was ich da gesehen habe ...«
Albert erbleichte, das heißt, seine dunkle Haut wurde leicht gräulich.
»Die kleinen Mädchen flogen in der Küche herum, hüpften an der Decke und alles. Wunderschön, wie kleine Vögelchen. Kein Wunder, dass die Lady sich mit ihnen durch die Gassen geschlichen hat, als sei eine Kopfprä-

mie auf sie ausgesetzt! Diese Elfina Was-weiß-ich hat tagelang in den Schlammdörfern herumgeschnüffelt, sie und Sechs und Acht, und nach fliegenden Kindern gefragt. Oje, ich möchte nicht in der Haut dieser Oberstadtlady stecken. Danach ging ich dann schnurstracks nach Hause. Dachte mir, ich sollte lieber ein andermal bei ihr vorbeischauen.«

»Sind Sie sich ganz sicher, dass sie geflogen sind?«, fragte Albert nach einer Weile. »Vielleicht hat Madame le Grey sie nur verzaubert, einfach so zum Spaß, bevor sie ins Bett mussten.«

»Kann sein«, antwortete Nathaniel, dem diese weniger aufregende Variante seiner Geschichte allerdings nicht sonderlich zu gefallen schien. »Aber was ich gesehen habe, habe ich gesehen.«

»Ich glaube nicht, dass es seit sehr, sehr langer Zeit etwas Derartiges gegeben hat«, sagte Albert. »Ich frage mich, ob es überhaupt noch möglich ist.«

»Was ich gesehen habe, habe ich gesehen«, wiederholte Nathaniel missmutig. »Und was ist mit diesem König, den wir angeblich haben sollen? Er müsste doch für uns da sein, wenn wir ihn brauchen! Und wo steckt er? Was sagen Sie dazu? Albert den Bibliothekar nennt man ihn.«

Nathaniel lachte abfällig. Albert rang sich ein Lächeln ab. Nathaniel leistete ihm noch ein paar Minuten Gesellschaft. Um sie herum dämmerte der Morgen. Die letzten Sterne verblassten im Mysterium des Himmels.

»Bleiben Sie noch länger hier?«, fragte er und streckte sich genüsslich, um sich für den Heimweg bereitzumachen – wie eine Katze, die sich am Morgen streckt.

»Schon möglich«, antwortete Albert. »Ich bin für morgen Abend mit jemandem verabredet.«
»Ehrbare Grüße dann«, sagte Nathaniel. Er schien in sich zusammenzufallen und zu verschwimmen. Albert kam es so vor, als würde er ihn wie durch ein vom Regen gepeitschtes Fenster sehen. Und schon im nächsten Augenblick hatte Nathaniel sich in eine Katze verwandelt und verschwand.

NATHANIEL UND ELFINA

Obwohl Nathaniel sich flink über die Hausdächer in Richtung des Steilufers bewegte, war er in Wirklichkeit sehr müde und sehnte sich nach einem Nickerchen in seinem Schaukelstuhl.
Als gerade die ersten Trambahnen durch die Straßen zu rattern begannen, kam er vor seiner kleinen Werkstatt an.

NATHANIEL CRANE
UHRMACHER

stand über der Tür. Durch das staubige Schaufenster konnte er seine Werkbank und sein Handwerkszeug sehen. Seine Kunden fanden es beruhigend, Mr Crane bei der Arbeit zuschauen zu können. So etwas schafft Vertrauen. Und Vertrauen ist gut fürs Geschäft.
Als Nathaniel wieder in seine menschliche Gestalt schlüpfte, ging er jedoch davon aus, dass niemand durch das Schaufenster in die im Dunkeln liegende Werkstatt schaute. Er öffnete die Tür zu seinem Hinterzimmer.
Hier war es sehr gemütlich. In der Ecke tickte eine große Standuhr mit einem vergoldeten Baum auf der Front. Es gab einen Kachelofen und jede der Kacheln war mit einem Muster von Blättern verziert.
Nathaniel machte das Licht an, holte einen kleinen Gegenstand aus der Tasche seines abgewetzten Samtmantels und stellte ihn behutsam auf die Standuhr. Dann erst zog er seinen Mantel aus. Sein Wams bestand nur aus Stoffstreifen und Flicken.

Er machte den Herd an, um sich einen Himbeertee zu kochen.
Bald würde er sich in eine Katze zurückverwandeln und es sich für ein herrliches Nickerchen auf seinem Schaukelstuhl gemütlich machen. Ein Bett brauchte er nicht. Katzen schlafen besser und tiefer als Menschen.
Der Kessel begann zu dampfen, die Standuhr begann leise zu schnurren, ehe sie in Aktion trat.
»Ding, dong«, begann sie. »Ding, dong. Ding...« Es war sechs Uhr in der Früh.
»Hallo, Mr Crane«, sagte da auf einmal eine leise Stimme hinter ihm. Fast nur ein Flüstern. Dann kam der letzte Schlag der Uhr. »Dong.«
Nathaniel, der gerade am Herd stand, war im ersten Moment so verblüfft, dass er zu keiner Bewegung fähig war. Doch in diesem winzigen Bruchteil einer Sekunde hörte er ein fast unhörbar leises Knarren der Holzdielen. Er schnappte sich einen leeren Topf und drehte sich abrupt um.
Hinter dem Schaukelstuhl stand Elfina Crink. Auch sie hielt etwas in der Hand. Den kleinen schwarzen, schimmernden Gegenstand, den er vorhin auf die Standuhr gelegt hatte.
Langsam ließ Nathaniel den Topf sinken. Sie registrierte es mit einem zufriedenen Lächeln.
Noch immer lächelnd, warf sie den merkwürdigen Schatz in die Luft.
Nathaniel machte einen Satz, um ihn aufzufangen. Fast an der Decke angekommen, außerhalb seiner Reichweite, verlangsamte sich sein Flug und man konnte erkennen, dass es sich um eine kleine Katzenfigur aus Stein handelte.
Als enger Verwandter der Katzenwelt, auch in seiner

menschlichen Gestalt, konnte Nathaniel sehr hoch springen.
Elfina konnte jedoch noch höher springen. Sie war auch größer, hatte längere Arme als er. Mühelos fing sie die Katzenfigur wieder auf und umklammerte sie.
»Tja, Pech gehabt, Nathaniel«, sagte sie.
Seine gelbbraunen Augen huschten von ihrem Gesicht zu ihrer Hand und dann wieder zum Gesicht.
»Du bekommst es wieder zurück«, sagte sie. »Du musst mir nur zuerst einen Gefallen tun.«
»Wie sind Sie hereingekommen?«
»Mein Vater war ein berühmt-berüchtigter Einbrecher, er hat mir beigebracht, wie man Schlösser knackt. Außerdem war es einen Moment lang ziemlich laut, ding, dong«, spöttelte sie und lachte hämisch auf. »Uhren und Bäume, wohin das Auge auch fällt. Hat diesmal allerdings nichts genützt. Ich war nicht immer Ministerin, Nathaniel, ich kannte dich schon, als ich noch ein Kind war und hier am Steilufer wohnte, mit meinem Vater, im Haus gegenüber. Von meinem Fenster aus habe ich dich immer kommen und gehen sehen. Kommen und gehen und dich verwandeln, wie du es vielleicht nennst. Erinnerst du dich an meinen Vater? Er konnte Katzen nicht ausstehen.«
Nathaniel kramte in seinen zweihundertjährigen Erinnerungen. Das Bild eines hungrig aussehenden Mädchens und eines ständig betrunkenen Manns tauchte vor seinem geistigen Auge auf. Der Mann traktierte ihn immer mit Fußtritten, wenn er ihn als Katze sah, und erzählte ihm seine Probleme mit Geld und den Frauen, wenn er ihn als Mann traf. Mit einem Schlag wusste Nathaniel, wen er in Elfina vor sich hatte.

»Das ist jedoch mein kleines Geheimnis«, fuhr Elfina fort. »Oder zumindest ein Teil davon. Man würde es nicht merken, nicht wahr? Ich erzähle allen, ich stamme aus der Oberstadt. Und jeder glaubt mir. Und das ist also dein Geheimnis«, sagte sie und öffnete ihre Faust ein Stückchen, damit die Katzenfigur durchschimmern konnte. »Ohne sie kannst du dich nicht zurückverwandeln, stimmt's? Während meiner Kindheit habe ich alles über Leute wie dich erfahren. Dies ist nicht nur eine banale Steinfigur, nicht wahr? Sie birgt ein Geheimnis, das Geheimnis deiner Katzenenergie. Ein ebenso großes Geheimnis wie der Ort, an dem du sie aufbewahrst, während du ein Mensch bist. Familiaris nennt ihr diese Figürchen. Es fühlt sich sogar warm an, Nathaniel. Als wäre es lebendig. Was wirst du tun, wenn ich es dir nicht zurückgebe? Du wirst für immer und ewig ein Mensch bleiben müssen. Und sehr schnell altern.«
Nathaniel fuhr sich mit der Zunge über seine trockenen Lippen und seine Augen funkelten vor Zorn.
»Vor der Tür stehen zwei meiner Polizisten«, fuhr seine Peinigerin genüsslich fort. »Wenn du auch nur eine Bewegung machst, schreie ich und sie sind schneller hier, als du mit den Schnurrhaaren zucken kannst. Ach so, das kannst du ja gar nicht mehr. Also, hör gut zu, was ich von dir will. Ich will ein fliegendes Kind. Du treibst dich doch überall herum und kennst alle Welt. Ich bin mir sicher, dass es irgendwo eines gibt. Vielleicht auch mehrere. Also, finde mir eins!«
»Sie wollen, dass ich ein Kind seiner Familie entreiße? Und was haben Sie mit diesem Kind vor?«
»Ich brauche ein fliegendes Kind für die geplante Magie-

Show. Das wäre doch ein hübsches Finale, meinst du nicht auch?«
Mit ein paar schnellen Schritten durchquerte sie den Raum, öffnete das Türchen des Ofens und hielt die steinerne Katze über die Flammen.
»Sie brennt nicht«, sagte Nathaniel mit heiserer Stimme.
»Oh doch, die meisten Sachen verbrennen irgendwann«, erwiderte Elfina. »Oder man kann sie zerschmettern. Oder sie landen auf dem Grunde eines Flusses. Hab dich nicht so, Nathaniel, Katzen sind uns Menschen im Grunde genommen doch gar nicht ähnlich. Deshalb würde es dir bestimmt nicht viel ausmachen, oder? Jedenfalls bist du selbst dafür verantwortlich. Denk nur an die langen Nächte, wenn der Mond lockt, an den Wind und das Plätschern des schimmernden Flusses, während du in deiner ungelenken, plumpen Menschengestalt hier sitzt. Mit den Jahren wird deine Sehkraft schwinden und deine Knochen werden steif. Denk daran, Nathaniel. Alles vorbei. Für immer und ewig.«
Er blickte sie nur stumm an. Er hatte das Gefühl, sie hätte soeben sein Todesurteil ausgesprochen.
»Ich bekomme stets, was ich will«, sagte sie. »Auf die eine oder eben eine andere Art.«
»Ich weiß von so einem Kind«, flüsterte Nathaniel.
»Gut, dann hol es mir!«
Sie ging zur Tür und schritt durch seine Werkstatt. Nathaniel konnte Sechs und Acht vor dem Schaufenster stehen sehen. Unsanft schlug Elfina die Ladentür hinter sich zu und das Bimmeln der Türglocke echote leise und schrecklich in der Stille, die sie zurückgelassen hatte.
Erst nach einer geraumen Weile war Nathaniel dazu in

der Lage, sich mühsam durch sein Zimmer zu schleppen. Er setzte sich in seinen Schaukelstuhl, um endlich eine Runde zu schlafen, doch wenn er in seiner menschlichen Gestalt war, war dieser sehr unbequem. Als die Mittagssonne zarte Streifen über den Teppich zu seinen Füßen malte, sprang er schreiend auf. Seine Augen blickten ins Leere und noch immer im Halbschlaf rief er entsetzt aus: »Otto! Hinter dir! Lauf! Lauf! Lauf!«

SKULL

Otto schlief den ganzen Nachmittag. Als er wieder aufwachte, setzte Dolores ihm ein schönes Essen vor. Otto wollte sich unbedingt alles von der Seele reden, doch seine Mutter ließ ihn nicht zu Wort kommen.

»Iss erst mal in Ruhe«, sagte sie und setzte sich zu ihm an den Tisch. »Hier, nimm davon doch mehr!«

»Ich habe ein paar Leute kennen gelernt, die sagten, dass Dad in der Bibliothek entkommen konnte, und ich denke, dass Dad die Person war, die mit Feuerbox unterwegs ist«, sagte er mit vollem Mund, während Dolores ihm nachschöpfte.

»Keine schlechte Idee«, sagte Morgan. »Du erinnerst dich sicher noch an den Abend, als ihr beide hier wart – dem Abend, als diese schreckliche Frau zum ersten Mal im Fernsehen kam. Feuerbox war ein Stück Kohle in der Flammendrüse stecken geblieben. Albert schaffte es, das Stück zu entfernen. Drachen sind sehr dankbar und anhänglich, wenn ihnen jemand mal geholfen hat. Sie möchten sich unter allen Umständen erkenntlich zeigen. Und außerdem kam dein Vater ja immer schon hervorragend mit allen möglichen Kreaturen aus. Er hat eine besondere Beziehung zu ihnen.«

»Diese Seite seines Wesens ist mir fremd«, sagte Dolores mit versteinerter Miene. »Er hat so vieles vor mir geheim gehalten.« Sie seufzte und blickte wieder auf ihren Sohn. »Otto, wer hat dir das erzählt? Du weißt doch, dass du dich nicht mit Fremden unterhalten sollst.«

Morgan seufzte. »Das Volk der Karmiden hatte es in den letzten Jahren nicht einfach. Ständig mussten wir uns verstellen«, sagte sie. »Sogar Menschen gegenüber, die wir lieben.«
Bei dem Wort »lieben« kniff Dolores die Augen zusammen. »Er hat mich getäuscht«, sagte sie leise. »Er hat uns alle getäuscht und hinters Licht geführt.«
Es folgte ein betretenes Schweigen.
»Vorhin, als Sie am Kochen waren, war diese Frau wieder im Fernsehen«, ergriff Dolores erneut das Wort. »Neuerdings hat sie es auf Schmetterlinge abgesehen. Sie will, dass alle Schmetterlinge ausgerottet werden. Alle, ohne Ausnahme. Wer einen Sack voller Schmetterlinge im Rathaus abliefert, darf ein ganzes Jahr lang umsonst mit der Trambahn fahren. Schmetterlinge stehen jetzt auch auf der Liste der unmöglichen Dinge. Und das Mittsommernachts-Schmetterlings-Festival soll abgesagt werden. Zu schade! Schon als Kind fand ich es immer so herrlich, wenn am Abend der Mittsommernacht die vielen Schmetterlinge vom Blauen Fluss angeschwirrt kamen, um nach ihrem Liebsten zu suchen. Schmetterlinge tun sich fürs Leben zusammen und finden einander immer wieder.«
»Dieses Jahr wohl nicht, wie es aussieht«, sagte Dolores spröde.

Otto wollte endlich von der Arena und Aramintas Portal erzählen. Doch in diesem Moment kamen Pinfracca und Shinnabac aus dem Garten herein, gefolgt von einer lächelnden Granny Culpepper. Otto sprang auf, um die Tür hinter ihnen zu schließen.
»Schon gut, Ottie. Madame le Grey und Pinfracca waren

so nett, einen Zauber über die Tür zu legen. Die Zwillinge können nicht hinausfliegen«, erklärte ihm Dolores.

»Pinwackie«, trällerte Zeborah und streckte eines ihrer stämmigen Beinchen aus, um einen Zeh in Ottos Teller mit dem Reispudding zu tunken.

»Sind sie nicht süß, unsere zwei Herzchen?«, rief Granny entzückt aus.

»Während du unterwegs warst, hatten wir ein langes Gespräch, Otto«, sagte Dolores. »Und wir kamen zu dem Schluss, dass wir den Umschlag öffnen sollten, den Dad dir anvertraut hat.«

Eben noch hatte Otto sich ruhig und stark genug gefühlt, um essen zu können und dann endlich zu erzählen. Doch Dolores' Worte trafen ihn wie ein Fausthieb. Er legte den Löffel weg.

Morgan und Dolores blickten ihn gespannt an. Zeborah stürzte sich auf Ottos Pudding.

»Nein«, sagte Otto, ohne auch nur eine Sekunde zu zögern.

»Ich finde, wir sollten wissen, was er dir gegeben hat. Sollte es unverständlich oder unleserlich sein, müssen wir es jemandem geben, der etwas damit anfangen kann. Es könnte sich um einen alten Zauberspruch handeln. Vermutlich weiß Al selbst nicht genau, was es ist. Ich persönlich glaube sowieso, dass es sich bei dem Mal und dem ganze Gerede von wegen König um eine Verwechslung handelt . . .«

»Nein«, wiederholte Otto resolut. Albert hatte ihm aufgetragen den Umschlag immer unter seiner Kleidung zu tragen und nie wegzulegen. Nicht einmal nachts, wenn er schlief.

»Dad sagte, er fände einen Weg, um mit mir Kontakt aufzunehmen«, sagte er störrisch. »Dann wird er uns sagen, was er uns zu sagen hat. Und bis dahin soll ich den Umschlag immer am Leib tragen.«

»Aber, Ottie . . . Ich glaube nicht, dass er wollte, dass du . . .«

»Das waren seine Worte, Mum. Und ich werde mich daran halten.«

»Albert ist kein Dummkopf«, sagte Granny Culpepper in das nun folgende Schweigen hinein. »Er wird sich schon etwas einfallen lassen.«

Dolores und Morgan schwiegen weiter.

»Dad hat gesagt, ich muss es ständig bei mir tragen. Und er *ist* wirklich der König der Karmiden«, sagte Otto und warf einen missmutigen Blick auf seinen Teller. »Mir ist der Appetit vergangen, danke.«

Ihm war auch die Lust vergangen, von seinen Abenteuern zu erzählen.

Nach einem ruhelosen Schlaf wachte Albert etwa um diese Zeit auf dem Dach des Rathauses auf und bemerkte, dass er seinen Kopf auf Feuerbox' schuppigen Hals gebettet hatte. Doch er rührte sich nicht. Er wartete.

Wenig später, nachdem die Straßenlaternen angegangen waren und als die Rathausuhr neunmal schlug, breitete Feuerbox seine Flügel aus und hob ab. Auf seinem Rücken saß Albert, der sich krampfhaft an seinen Hals klammerte. Er holte ein kleines, knöchernes Pfeifchen aus der Tasche und pfiff einen einzelnen, durchdringenden Ton in die sich ausbreitende Nacht hinaus.

Als die Zwillinge endlich eingeschlafen waren, setzten sich Granny Culpepper, Morgan und Dolores ins Wohnzimmer. Sie unterhielten sich – wie so häufig – über Katzen.
Otto saß am Küchenfenster und blickte hinaus auf den schattigen, kleinen Garten. Er dachte über Knieverbände nach, über Beinverletzungen. Und er zählte die vielen Mahlzeiten, die Albert bisher entgangen waren.
Auf einmal sah er eine Bewegung auf der Mauer. Noch eine Katze? War es Nathaniel, das seltsame Wesen – halb Mensch, halb Katze – mit dem viel zu losen Mundwerk?
Nein.
Ein großer Wolf sprang von der Mauer ins weiche Gras. Reglos stand er dann da und blickte zum Haus.
Otto hatte noch nie einen Wolf aus der Nähe gesehen. Wölfe blieben normalerweise in den Bergen. Allerdings sollen sie auch schon unten in der Nähe der Schlammdörfer gesehen worden sein.
Der Wolf hatte sehr blasse blaue Augen, in denen sich das Mondlicht spiegelte. Als sein Blick auf Ottos Gesicht hinter dem Küchenfenster fiel, zögerte er kurz, ging dann aber auf die Hintertür zu.
Er hob die Pfote und drückte dagegen.
Da blieb er wieder stehen, silbern und grau, sehr still, sehr real. Um seine Augen lagen dunkle Ringe, die Otto unwillkürlich an einen Totenschädel denken ließen.
... dein Vater versteht sich so gut mit Tieren, besonders mit denen unserer Sorte, den wilden, unmöglichen ...
Das hatte Lydia gesagt.
Der Wolf legte seinen Kopf schief. Genau, wie Hunde es manchmal tun.

Das musste es sein! Kein Zweifel!

Otto rannte ins Wohnzimmer.

»Dad hat jemanden geschickt, der mich zu ihm bringt«, rief er aufgeregt. »Bitte, kann ich was zu essen für ihn mitnehmen? Und gibt es so etwas wie einen tragbaren Kristall-Kommunikator? Wäre doch gut, wenn Dad einen hätte.«

»Was meinst du mit ›Dad hat jemanden geschickt‹? Wo ist dieser Jemand?«

»Im Garten. Ich muss gleich los.«

Morgan, Dolores und Granny Culpepper eilten ans Fenster.

»Das ist kein menschliches Wesen«, keuchte Dolores entsetzt. »Lass es ja nicht herein, Otto. Verriegle die Tür!«

Doch Morgan le Grey war schon auf dem Weg in die Küche und kam gleich darauf mit einem Leinenbeutel zurück. Darin befanden sich Brot und andere Lebensmittel.

»Geh an die Kommode, Otto«, sagte sie hastig. »In der obersten Schublade links findest du einen kleinen Kristall-Kommunikator.«

»Mein Sohn wird auf keinen Fall mit einem *Wolf* durch die Nacht rennen«, brüllte Dolores. »Ich habe ihn nicht all die Jahre großgezogen, nur damit . . .«

»Ist schon in Ordnung, Dolores«, versuchte Granny sie zu beruhigen. »Wölfe waren schon immer Freunde der Karmiden.«

»Um Himmels willen, Mutter! Hör auf dich einzumischen! Du warst schon schlimm genug, als du noch ehrbar warst! Inzwischen bist du nur noch unmöglich, absolut unmöglich!«

»Es ist Skull«, sagte Morgan le Grey mit ruhiger Stimme. »Ich denke, Otto hat Recht. Ihr Mann muss ihn geschickt haben.«

»Tschüss«, rief Otto.

Als er schon zur Küchentür hinausging, hörte er seine Mutter gleichzeitig brüllen und weinen. »Mutter, warum hast du mir nie erzählt, wer ich bin? Ich weiß nicht, wer ich bin, verflixt noch mal! Ich bin weder das eine noch das andere, weder Fisch noch Fleisch . . .«

Otto warf sich den Beutel über die Schulter. Darin befanden sich ein paar Sachen zum Essen, ein kleiner Kristall-Kommunikator und seine eng zusammengerollte Matte.

»Ehrbare Grüße«, flüsterte Otto, als er vor dem Wolf stand.

Durch die kleine Tür in der Mauer schlichen sie aus dem Garten. Die Straßenlaternen waren in Nebelschwaden gehüllt.

Skull ging in flottem Tempo dicht an den Schaufenstern entlang und Otto hatte Mühe, an seiner Seite zu bleiben. Sechs mal acht ist achtundvierzig«, dachte er immer wieder und im Takt zu seinen Schritten. Er streckte einen Arm aus und berührte vorsichtig das dichte Fell in Skulls Nacken. Da es den Wolf nicht zu stören schien, hielt Otto sich daran fest.

Die engen Straßen und Gassen waren ungewöhnlich belebt.

Sie kamen an einen kleinen Platz, wo sich ein paar Händler eingefunden hatten. Unter aufgeklappten Schirmen und behelfsmäßigen Kartons waren Schmuckstücke und andere Wertsachen ausgebreitet.

Otto versuchte niemandem in die Augen zu schauen.
»Die machen die Minen im Leben nicht mehr auf«, hörte er eine Stimme sagen. »Ich packe alles zusammen und versuche mein Glück unten am Fluss. Die Pfahlbauten in den Schlammdörfern sollen angeblich alle abgerissen werden, wie ich gehört habe. Und dann werden da richtig schöne Gebäude gebaut. Die Magicos müssen von dort verschwinden.«
»Wurde auch höchste Zeit«, sagte ein anderer. »Wenn sie nicht wären, hätten wir unsere Arbeit nicht verloren.«
Aha, diese Leute mussten Grubenarbeiter aus den Mondsteinminen sein.
Auf dem Nirgendwo tauchte plötzlich eine Horde von Kindern auf, die sich drohend um Otto und Skull stellte. Sie waren alle älter und größer als Otto.
»Warum solche Eile? Würde zu gern wissen, was du da in deinem Beutel hast!«
Otto versuchte wortlos weiterzugehen, doch sie ließen ihn nicht. Er spürte, wie sich Skulls Nackenhaare sträubten. Der gesamte Körper des Wolfs schien sich unter dem Fell zu versteifen.
»Kommt mal her!«, brüllte einer der Jungen über den Platz. »Ich glaube, wir haben da einen kleinen Magico geschnappt. Riecht wie einer, sieht aus wie einer, mal sehen, ob er auch eine Tätowierung hat . . .«
»Wenn er nur endlich den Mund aufmachen würde, wüssten wir Bescheid. Können wir uns vielleicht ein bisschen unterhalten – über Obst? Äpfel, Orangen und . . . wie heißen diese sauren gelben Dinger noch gleich?«
»Nehmt euch vor dem Hund in Acht«, warnte ein Mäd-

chen, dem jedoch kein Gehör geschenkt wurde. Ich müsste nur den Mund aufmachen, dann würden sie sofort hören, dass ich ein Normalo bin, dachte sich Otto. Doch er schwieg.

Plötzlich kamen Schritte herbeigerannt.

»Lasst mal sehen . . .«, sagte eine Stimme und die Gruppe teilte sich.

Es war ein groß gewachsener Junge in einem abgetragenen Ledermantel. Er sah zwar jünger aus als einige der anderen, doch das schien keine Bedeutung zu haben. Er musste ihr Anführer sein.

Als er Otto erblickte, blieb er unvermittelt stehen.

Die beiden blickten einander an.

Alle warteten gespannt darauf, was als Nächstes passieren würde.

Der Junge streckte die Hand aus und schob Ottos Flickenmütze ein Stück weiter nach hinten.

»So sieht's besser aus«, sagte er mit ruhiger Stimme. »Hat mehr Stil.«

»Was ist denn jetzt los?«, rief einer der Umstehenden.

»Zeig mir, was du in deinem Beutel hast«, befahl der Junge.

Otto reichte ihm den geöffneten Beutel.

Skull knurrte leise.

Der Junge hielt sich den Beutel vors Gesicht und blickte hinein. Darin befanden sich Brot und Käse für Albert, der fliegende Teppich und die Kristallkugel. Zwar hätte kein Normalo genau gewusst, wozu die beiden letztgenannten Dinge gut waren, doch sie hätten ausgereicht, um Otto zu verraten.

»Nur Papier und Zeug«, sagte der Junge und gab Otto sei-

nen Beutel zurück. »Nichts Essbares, nichts von Wert. Lasst ihn in Frieden.«
»Und was ist mit seinen Klamotten, Dante? Du kannst doch nicht sagen, wir sollen ihn laufen lassen!«
»Doch, ich habe gesagt, wir lassen ihn laufen!«
»Was? Spinnst du? Er ist ein dreckiger, kleiner Magico und . . .«
»Ich habe gesagt, wir lassen ihn laufen! Oder willst du hier neuerdings das Kommando übernehmen, Si?«
Der Junge namens Si zögerte.
»Dann wollen wir das gleich mal klären«, fauchte Dante.
Keiner sagte ein Wort.
Schließlich wandte Si den Blick ab und einige der anderen kicherten nervös.
Skull setzte sich langsam in Bewegung und die vor ihm Stehenden wichen zur Seite.
Der Wolf blieb stehen und blickte zu Otto hinauf. Mit der Schnauze berührte er ihn am Bein, Otto begriff und sprang auf seinen Rücken. Ein kurzes, empörtes Knurren, dann stürmte der Wolf mit einem gewaltigen Satz davon.
Otto drehte den Kopf, um dem Jungen im Ledermantel noch einen letzten Blick zuzuwerfen. Doch es war schon zu spät.
Der Wolf bog bereits um eine Ecke und rannte durch viele Gassen, bis sie in einen Stadtteil kamen, den Otto noch nie gesehen hatte und der noch merkwürdiger und älter war als der Rest.

DER KÖNIG DER KARMIDEN

Sie kamen in eine Sackgasse, an deren Ende ein großes, mit Brettern vernageltes Gebäude stand.

Die Eingangstür war früher von zwei Lampen auf gewundenen Haltern beleuchtet gewesen. Halbrunde Stufen führten hinauf zu der zweiflügeligen Tür, die einst vermutlich recht prachtvoll gewesen war. Über dem verblassten Eingang, von dem der meiste Lack abgesplittert war, konnte Otto eine Art Schriftzug sehen. Doch es war schon zu dunkel, um die Buchstaben entziffern zu können.

Über seinem Kopf hörte Otto ein knarrendes Geräusch. Der Wind?

Das Knarren wurde lauter. Die Luft über dem Dach schien irgendwie lebendig zu werden. Skull knurrte, und als Otto und er nach oben schauten, sahen sie Feuerbox schwerfällig und mit ausgestreckten Krallenfüßen vom Himmel herunterkommen. Rauchwolken und Flammen schossen aus seinem Maul und seine großen, lederartigen Flügel klapperten und knarrten. Als das riesige und wild dreinschauende Tier auf dem mit Abfall übersäten Boden landete, stieß es mit seinem stachelbesetzten Schwanz gegen einen Laternenpfahl.

Otto fielen fast die Augen aus dem Kopf, als er seinen Vater auf dem Rücken des Drachen erblickte.

»Dad!«, rief Otto mit lauter Stimme, um das Getöse zu übertönen.

»Bleib, wo du bist!«, rief Albert zurück.

Feuerbox stieß ein triumphierendes Knurren aus, wobei er einen Teil der Mauer versengte und alles in seiner unmittelbaren Nähe mit einem feinen Ascheregen besprühte. Dann endlich war er sicher gelandet und verpasste dem Laternenpfahl, der ihm im Weg gewesen war, einen wütenden Schwanzhieb. Albert stieg von seinem Rücken.

»Dad!«

»Psst!« Albert legte einen Finger an die Lippen. Was angesichts des Lärms, den Feuerbox machte, relativ überflüssig war.

»Warte, bis wir drinnen sind.«

»Wo?«

»Hier drin.«

Albert machte sich mit einem Nagel an dem Vorhängeschloss der dicken Eisenkette zu schaffen.

»Ich hatte schreckliche Angst, sie hätten dich verhaftet. Doch dann habe ich erfahren, dass du entkommen konntest.«

»Albert der Bibliothekar lässt sich nicht so leicht festnehmen. Komm, hilf mir mal!«

Gemeinsam versuchten sie nun das Schloss zu öffnen. Doch ihre Mühe war vergebens. Das Schloss war total eingerostet und gab keinen Millimeter nach.

Feuerbox konnte es sich nicht länger mit ansehen. Entschlossen hob er eine seiner violetten Pranken, packte das Vorhängeschloss und riss es ab, wobei der Türgriff gleich mitkam.

»Danke, mein Freund«, sagte Albert.

Feuerbox stieß eine Rauchwolke aus und alle mussten husten.

»Nein!«, rief Albert erschrocken aus, als der Drache sich aufrichtete, ganz offensichtlich wild entschlossen die Tür mit seinen massigen Schultern einzudrücken.

»Danke, lieb von dir. Aber wir kriegen die Tür jetzt alleine auf!«, rief Albert. »Wir wollen sie nämlich nachher wieder zumachen können.« Dann beugte er sich zu Otto und flüsterte ihm ins Ohr: »Nichts als Herz und Muskelpakete, der Gute.«

Sachte drückte er gegen eine der Türen, die sich nun bereitwillig einen Spalt breit öffnete.

»Skull, wärst du so nett Otto zu begleiten?«

Skull drückte sich als Erster durch den schmalen Türspalt.

»Geh ruhig mit ihm, Ottie.«

»Du kommst doch auch mit, oder?«

»Natürlich komme ich nach. Ich muss nur erst Feuerbox kurz erklären, was wir vorhaben. Geh schon vor!«

Otto folgte Skull ins Innere und stand plötzlich in einer rabenschwarzen Dunkelheit.

Hinter sich hörte er die Scharniere quietschen und dann von draußen das unverwechselbare Klappern von Flügeln, als Feuerbox sich für den Abflug bereitmachte.

»Geh einfach immer geradeaus«, hörte er Alberts Stimme.

Also ging Otto mit Skull immer geradeaus. Durch Türen und Gänge. Skull, der vor ihm ging, schnaubte hin und wieder, um zum Ausdruck zu bringen, dass ihm auch nicht so ganz wohl in seiner Haut war.

»Du müsstest nun bald an einer Tür zu deiner Linken ankommen«, sagte Albert. »Aber pass auf! Da hängt ein Vorhang, der staubig sein könnte.«

Otto verfing sich in einer Wand aus Samt. Es war, als würde sich eine riesige Hand um ihn schließen.
Zum Glück gingen plötzlich die Lichter an.
»Herzlich willkommen«, sagte Albert, als er hinter einer mit geschnitzten Blättern geschmückten Säule hervortrat. »Willkommen hier im Pearly Oak Schauspielhaus, dem Theater der Karmiden, das vor dreißig Jahren im Auftrag der Behörden geschlossen wurde. Und unter neuer Leitung in Bälde wieder eröffnet wird. Aber erzähl, wie geht es Mum und den Zwillingen?«
Otto kämpfte sich gerade aus dem Gewirr des Vorhangs hervor.
»Ihnen geht es gut. Granny Culpepper war eine Zeit lang ein Einhorn. Stell dir vor: Sie ist eine Magico-Frau.«
Albert nickte. Das hatte ihm Nathaniel Crane schon erzählt.
»Hier ist dein Umschlag, Dad. Ich habe gut auf ihn aufgepasst.«
»Fein«, sagte Albert und nahm ihn entgegen. »Ich wusste, dass ich mich auf dich verlassen kann.«
»Ich hab dir was zu essen und einen Kristall-Kommunikator mitgebracht. Was macht dein Bein? Tut es noch weh?«
Albert hatte ein Stück Stoff um sein Bein gewickelt, direkt unterhalb des Knies. Es war einer der Ärmel seines Hemds, wie Otto nun erkennen konnte.
»Als Feuerbox mich aus der Bibliothek gerettet hat, habe ich mich an einer Glasscheibe geschnitten. Hm, du hast was zum Essen mitgebracht! Wie schön!«
Sie setzten sich auf den Fußboden. Hungrig holte Albert das Brot und die Bananen aus dem Leinenbeutel.

Erst jetzt schaute Otto sich um und sah, dass sie auf der Bühne saßen. Zwei riesige Vorhänge, die irgendwo in dem Dunkel über ihm aufgehängt sein mussten, trennten sie von dem Saal, in dem normalerweise das Publikum saß.

»So«, sagte Albert, während er sich ein paar Krümel von der Hose wischte. »Jetzt möchte ich erzählen, was du die ganze Zeit mit dir herumgetragen hast.«
Er öffnete den Umschlag und zog einige Blätter heraus. Obwohl sie für ihn auf dem Kopf standen, konnte Otto auf dem obersten Blatt lesen: »Pearly-Oak-Schauspielhaus. Herbstprogramm.« Die Blätter sahen sehr alt aus.
»Das habe ich in der Bibliothek entdeckt«, begann Albert, »und aus diesem Grund wollte ich mich hier mit dir treffen. Hab noch ein bisschen Geduld, gleich erfährst du alles. Jedenfalls gibt es eine gewisse Art von Karmiden, die heutzutage sehr selten geworden ist, die so genannten Zwielinge. Sie können sich nach Belieben von ihrer Menschengestalt in ein Tier verwandeln und umgekehrt. Doch natürlich immer nur in dasselbe Tier.«
»Auch in eine Katze?«
»Ja. Der Ausdruck Zwielinge leitet sich von Zwielicht ab. Sie sind weder ganz das eine noch das andere, weißt du. Zwielicht gibt es zur Zeit der Dämmerung, wenn die Nacht auf den Tag trifft. Dann ist weder ganz Tag noch ganz Nacht. Nun, die Zwielinge sind so ähnlich, eine Art Zwischenwesen. Sie können sehr, sehr alt werden. Manche von ihnen leben mehrere Jahrhunderte lang, aber nur so lange es ihnen möglich ist, sich nach Belieben in ihre Tiergestalt zu verwandeln.«

»Ist dieser Nathaniel Crane auch so ein Zwie-Dings?«
»Ja, aber es wäre unhöflich, ihn darauf anzusprechen.«
»Ich fand ihn jedenfalls nicht sehr sympathisch.«
»Na ja, mag sein. Aber im Moment geht es darum, dass die Zwielinge nicht so sehr in Zeit und Raum verankert sind wie der Rest von uns. Manchmal haben sie Visionen, sehen Bilder aus der Zukunft, eventuell sogar mehrere, unterschiedliche Möglichkeiten, wie die Zukunft aussehen könnte. Oft ist es nur eine Art flüchtiger Einblick. Manchmal jedoch ist es wesentlich komplizierter, denn es kann um Personen oder Orte gehen, die sie nicht kennen. Manche Visionen können sehr verwirrend und erschreckend sein. Sie nennen es *Weitsicht* und im Allgemeinen sind sie nicht besonders glücklich über diese Gabe.«
»Weißt du das alles von diesem Nathaniel Crane, Dad?«
»Nein, ganz bestimmt nicht. Ich weiß es, weil ich in Tigerhaus aufgewachsen bin.«
»Und es hat etwas mit dem Umschlag zu tun?«
»Ja.« Albert nahm ein Blatt in die Hand, auf das etwas gemalt war. »Das hier wurde vor langer, langer Zeit vergraben. Das war bei ihnen so Brauch. Wenn einer von ihnen eine Vision hatte, einen Blick in die Zukunft geworfen hatte, malten sie das Gesehene auf ein Blatt Papier und vergruben es unter den Wurzeln eines Baums. Und genau an einer solchen Stelle ist es auch gefunden worden.«
»Sie vergraben es?«
»Ja. Weißt du, sie glaubten – und glauben wohl noch heute, die wenigen, die es noch gibt, meine ich –, dass Bäume eine sehr große Bedeutung haben. Bäume bleiben

immer an derselben Stelle. Sie sind in der Erde verwurzelt. Sie wachsen langsam und bedächtig. Frühling, Sommer, Herbst und Winter. Nichts kann ihnen etwas anhaben. Genau wie Uhren. Als die Stadt gegründet wurde, gab es noch sehr viele Zwielinge unter uns. Deshalb stehen in der Stadt auch so viele Bäume. Die Zwielinge haben sie gepflanzt.«

»Und auf diesem Blatt da geht es um die Zukunft?«

»Immer langsam, mein Sohn. Zuerst möchte ich dir erzählen, wie dieses Bild gefunden wurde.«

Otto konnte sich nicht daran erinnern, wann sein Vater zuletzt so lange mit ihm gesprochen hatte.

»Es war Elfina, die diese Vision hier entdeckt hat. Ich war bei ihr.«

»Elfina?!«

»Ja, wir waren mal enge Freunde.«

»Freunde?!«, rief Otto ungläubig aus.

»Ja. Sie wohnte auf einem Schleppkahn in Red Moon. Ihr Vater war ein Normalo, ein ziemlich unangenehmer Zeitgenosse. Ihre Mutter ist ihm davongelaufen. Sie war eine Magico-Frau.«

Nicht zum ersten Mal in letzter Zeit hatte Otto das Gefühl, als würde ihm der Boden unter den Füßen weggezogen.

»Also ist Elfina auch zur Hälfte eine Magico-Frau.«

»Genau.«

»Und warum hasst sie sie dann so, ich meine uns? Warum hat sie es auf die Magicos abgesehen?«

»Wahrscheinlich aus genau diesem Grund. Sie hasst ihre Mutter, weil diese sie im Stich gelassen hat. Das war natürlich sehr schlimm für Elfina. Sie war damals erst sechs. Und ihr Vater war ein sehr verbitterter, herzloser Mensch, der die meiste Zeit betrunken war.«

»Warum wolltest du nie ein Magico sein, Dad?«

»Mein Fall liegt etwas anders, Otto. Es war nie so, dass ich kein Magico sein wollte. Doch ich war schon immer ein Büchernarr und hatte es mir schon in jungen Jahren in den Kopf gesetzt das Erbe der Karmiden, ihre Schriftstücke, zu sammeln und für die Nachwelt aufzubewahren. Was wäre da geeigneter gewesen als eine Anstellung in der Bibliothek? Erinnerst du dich, wie Elfina da aufgetaucht ist?«

Otto verdrehte die Augen, genau wie Mab es gern tat. Wie hätte er diesen Tag jemals vergessen können?

»Nun ja, jedenfalls hat Elfina lange nach genau diesem Schriftstück gesucht – und nach mir. Allerdings nur unten in den Schlammdörfern. Auf die Idee mit der Bibliothek ist sie nicht gekommen, denn so einen Job hätte sie mir nie zugetraut. Doch wie dem auch sei – ich habe die aufgezeichnete Vision hier in der Bibliothek aufbewahrt. Das Pergament musste unter geeigneten Umständen aufbewahrt werden, sonst wäre es längst zerfallen.«

»Sieht aber noch ganz gut aus«, merkte Otto an.

»Das hier ist nur eine Kopie. Ich habe sie abgemalt, denn als diese Hetzjagd auf die Magicos begann, dachte ich mir gleich, dass sie mich irgendwann aufspüren würde und ich mich verstecken müsste.«

»Und warum ist sie so versessen auf diese Zeichnung?«

»Wenn die Karmiden etwas Derartiges finden, versuchen sie es gar nicht anzuschauen, sondern möglichst rasch wieder zu vergraben. Sie geben es quasi dem Baum zurück, damit er es weiterhüten kann. Alles zu seiner Zeit, weißt du. Doch nachdem Elfina einen Blick darauf geworfen hatte, war alles zu spät.«

Otto betrachtete die Zeichnung. Es waren eigentlich mehrere einzelne Bilder mit hin und wieder ein paar Worten. Ganz oben war eine Frau gemalt, die so etwas wie eine Miniaturausgabe der Stadt in den Händen hielt. Sie schien auf einem Haufen Geld zu stehen. Ihr Gewand war mit Zahlen versehen.

»Sie will, dass es wahr wird, Otto. Sie will diese Frau sein. Die Frau, die auf einem Berg von Geld steht und – wie es aussieht – die Stadt in ihren Händen hat.«

Otto betrachtete das Bild genauer. Die Zahlen auf ihrem Gewand kamen ihm irgendwie vertraut vor.

»Die Erklärungen sind in der alten Schrift der Karmiden geschrieben, siehst du? Hier steht:

Sie wird die reichste Bürgerin aller Zeiten sein. Doch dafür muss sie einen hohen Preis bezahlen. Um ihre ehrgeizigen Pläne zu verwirklichen, muss sie einen Teil ihrer selbst verleugnen. Und was geschieht, wenn wir uns verleugnen? Wenn wir unsere Herkunft vergessen? Wenn der Feind, den wir verachten, in Wahrheit in unserem eigenen Herzen wohnt?«

Beide blickten auf das Blatt.

»Und hier«, fuhr Albert fort, »diese Worte hier, siehst du? Ich glaube, dass sie von einer anderen möglichen Zukunft sprechen. In dieser Zukunft wurde sie daran gehindert, ihre Pläne durchzuführen. Doch dann kommt eine sehr rätselhafte Stelle . . .

Wir müssen uns alle wieder vereinen, am selben Ort und zur selben Zeit. Damit aus den beiden, die getrennt waren, wieder eins werden kann.

Hier siehst du diese beiden Hälften eines Baums. Zwei Schmetterlinge. Zwei gestreifte Katzen und dann dieses zweigeteilte Herz. Was immer diese Dinge auch symbolisieren sollen, sie alle müssen wieder vereint werden.«

»Und sie weiß, dass du dieses Schriftstück hast, Dad, nicht wahr? Und dass du vielleicht die Lösung für dieses Rätsel finden wirst?«

»Ja, das weiß sie. Und deshalb läuft mir die Zeit davon.«

»Sie ist also aus zwei Gründen hinter dir her. Zum einen wegen dieses Schriftstücks und zum andern, weil du der König bist.«

Albert nickte.

Skull, der inzwischen eingeschlafen war, reckte sich im Traum. Albert erhob sich leise und gab Otto zu verstehen ihm zu folgen. Sie traten vor den dicken Vorhang und standen vorne am Bühnenrand. Erst jetzt konnte Otto das prunkvolle Theater mit seinem großen Kuppeldach, den Galerien, Logen und den vielen, vielen verstaubten Sitzreihen sehen.

»Schau dir den Vorhang an!«, sagte Albert.

Otto folgte seinem ausgestreckten Arm. Zuerst hatte er Mühe, etwas zu erkennen, weil sie direkt vor dem Vorhang standen und dieser so verstaubt war. Doch dann erkannte er die auf den Samtvorhang eingestickte Perlmutt-Eiche, dieselbe wie auf der Zeichnung vorhin. Die eine Hälfte auf dem linken Vorhang, die andere auf dem rechten.

»Die beiden Hälften des Baums«, sagte Albert nachdenklich. »In dem Programm, das in deinem Umschlag war, ist auch eine zweigeteilte Eiche abgebildet. Die Eiche auf dem Vorhang hier lässt sich öffnen und schließen. Aus einem wird zwei und aus zwei werden wieder eins. Dieses Theater hier wurde geschlossen, noch ehe Elfina geboren wurde. Folglich wette ich, dass sie nichts davon weiß.«

Der große Theatersaal um sie herum war sehr groß und sehr still.

»Die Karmiden verachten mich, Ottie«, fuhr Albert fort. »Ihrer Meinung nach war Araminta die einzige Herrscherin, die etwas für sie getan hat. Noch heute ist sie in aller Munde. Aber vielleicht kann ich meinem Volk doch noch irgendwie helfen.«

»Es stimmt nicht, dass dich alle Karmiden verachten, Dad«, widersprach Otto. »Ich habe eine Freundin – Mab. Sie hat einen fliegenden Teppich. Und auch zwei andere Freunde, Amos und Lydia. Sie glauben an dich.«

Albert schmunzelte.

»Wir waren im Flüsterpark«, fuhr Otto hastig fort. »Und jetzt weiß ich, dass ich ein 360er bin.«

Albert zog die Augenbrauen hoch und lächelte anerkennend. »Tatsächlich?«

»Ja, aber das muss ein Irrtum sein. Denn ich kann ja gar nichts. Ich kann nicht fliegen wie die Zwillinge, ich kann keine Farben hervorrufen, keine Tiere herbeizaubern ...«

»Wart's ab«, sagte Albert. »Skull hatte sofort Zutrauen zu dir. Bisher hat er nur mir vertraut.«

»Wirklich?«

»Wirklich!«

Otto griff nach der letzten Scheibe Brot und machte sich gierig darüber her.
Dann erzählte er seinem Vater alles. Er erzählte von Red Moon, von der Arena, den fliegenden Teppichen, dem Wind und den Arbeitern, die den Weg auf der anderen Seite frei räumten.
»... und dann will sie noch, dass alle Schmetterlinge getötet werden«, fügte er hinzu. »Das hat sie im Fernsehen gesagt.«
»Wenn sie den Weg freilegen lässt, dann hat sie die Absicht, das Große Portal zu öffnen«, flüsterte Albert. »Sie plant, Menschen aus der Außenwelt herzulocken, damit sie sich die Magie-Shows und die Stadt anschauen können. Unsere Stadt ist voller total unmöglicher Dinge. Dinge, die die Menschen aus der Außenwelt noch nie gesehen haben. Doch zuerst muss sie es schaffen, den Bann zu brechen, der über dem Portal liegt. Gib mir die Kristallkugel, die du mitgebracht hast. Wir müssen unser Volk sofort warnen. Und wir müssen Araminta finden, ehe Elfina es tut.«
»Sie finden? Hat Araminta nicht schon vor Jahrhunderten gelebt?«
»Ja, vor genau dreihundert Jahren. Aber das spielt keine Rolle. Nach dem Bau des Großen Portals kündigte sie an, dass sie sich eine Weile ausruhen müsse. Sie verschwand von der Bildfläche und wenig später wurden weitere Karmiden mit dem königlichen Mal geboren. Doch du musst wissen, dass Araminta ein Zwieling ist.«

GESPRÄCH MIT DEM WASCHSALON

»Ich rufe den Waschsalon Feuerbox, ich rufe den Waschsalon . . .«

»Wäscht alle Ihre Sorgen weg«, stand plötzlich in eigenwilligen, spitzen Buchstaben im Kommunikator zu lesen. Dann erlosch der Schriftzug wieder und Granny Culpepper tauchte auf. Sie trug ein grünes Hütchen mit einem Gänseblümchen am Hutband auf dem Kopf.

»Albert!«, rief sie aus und klatschte vor Freude in die Hände. »Moment, ich hole Dolores. Sie sind alle im Garten. Mr Crane hat eine Katze für Dolores gebracht und . . .«

»Dad ist in Sicherheit«, fiel Otto ihr ins Wort.

»Ich möchte, dass du alle herholst. Ich habe euch etwas Wichtiges zu sagen«, sagte Albert mit einer für ihn ungewöhnlichen Bestimmtheit. »Aber sag Dolores, sie soll Mr Crane vorher wegschicken. Ich möchte nicht, dass er mithört.«

»Schickt ihn weg!«, wiederholte Otto zur Bekräftigung.

Granny Culpepper nickte und verschwand von der Bildfläche. Am oberen Rand tauchte plötzlich ein kleines Händchen auf, das sich gegen das Glas presste. Ein Kichern war zu hören.

Albert und Otto schmunzelten.

Dann waren gedämpfte Stimmen zu hören, die näher zu kommen schienen.

Schließlich tauchten Dolores, Morgan le Grey und Gran-

ny Culpepper gleichzeitig auf und drückten die Köpfe aneinander.
»Ehrbare Grüße«, sagte Albert.
»Ist mit Ottie alles in Ordnung?«, erkundigte sich Dolores mit kühler Stimme.
»Ja, Mum. Dad hat einen tollen Plan.«
»Seid ihr allein? Ist Mr Crane fort?«, erkundigte sich Albert.
»Ja, er ist fort«, sagte Morgan.
»Als König der Karmiden bitte ich euch alles, was ich euch jetzt sagen werde, vorläufig für euch zu behalten. Es muss ein Geheimnis bleiben.«
»Ein ehrbares Verlangen, das ich respektieren werde«, versprach Morgan.
»Ich auch«, sagte Granny.
»Du bist hier derjenige, der so meisterhaft Geheimnisse für sich behalten kann, Al«, fauchte Dolores.
»Mum, es ist sehr wichtig«, sagte Otto eindringlich. Obwohl er im Moment alles sehr spannend fand, fiel es ihm auf, wie schrecklich und anstrengend es war, dass seine Eltern sich neuerdings nicht mehr lieb hatten.
»Elfina ist eine Magico-Frau, eine Schläferin. Sie plant sehr reich zu werden, indem sie Leute aus der Außenwelt hierher lockt, um sich die Stadt und die geplanten Magie-Shows anzuschauen. Mit ihrer Liste der unmöglichen Dinge will sie nur alle Magicos ausfindig machen. Alle wirklich unmöglichen Dinge sollen natürlich so belassen werden, wie sie sind – als Touristen-Attraktion.«
Im Inneren des Kristall-Kommunikators herrschte einen Moment lang schockiertes Schweigen.
»In anderen Worten«, fuhr Albert fort, »sie plant uns alle zu verkaufen, uns und auch die Normalos.«

»Fremde, hier bei uns?«, flüsterte Madame le Grey. »Das wäre unser sicheres Ende.«
»Erinnert ihr euch noch an die Geschichten, die man uns erzählt hat, als wir noch Kinder waren?«, sagte Granny Culpepper, deren Fröhlichkeit mit einem Schlag erloschen war. »Von fremden Soldaten, die dachten, dass Katzauberer und ihre Katzen als Waffen eingesetzt werden könnten?«
Irgendwo hinter den drei Köpfen ertönte ein Sausen und Brausen.
Morgan und Granny schossen davon.
Dolores blieb stehen. Ihr Gesicht war unbewegt. Bernsteinfarbene Augen, bernsteinfarbene Haut. Sie wirkte wie ein von der Kristallkugel eingerahmtes Gemälde.
»Schön, dich zu sehen«, sagte Albert nach einer Weile.
»Sorge dafür, dass Otto nichts passiert«, sagte sie, als wäre dies das Einzige, was zählte.
»Dad hat sich am Bein verletzt«, sagte Otto.
In diesem Moment kehrte Morgan le Grey zurück.
»Feuerbox ist gerade im Garten gelandet«, wusste sie zu berichten. »Zum Glück hat er nur einen einzigen Baum lädiert.«
»Ich möchte morgen Abend im alten Theater, dem Pearly-Oak-Schauspielhaus, ein Konzert veranstalten«, sagte Albert. »Es muss sich natürlich möglichst schnell herumsprechen, damit viele Normalos kommen. Und natürlich auch Magicos, wenn möglich. Ich kenne eine Jazzband, die uns helfen wird. Es sind zwar Normalos, doch Musiker scheren sich nicht darum, ob die Leute Magicos sind oder nicht. Dolores, du musst eine Tanztruppe organisieren. Ich werde eine Rede halten. Ich werde enthüllen,

was vor sich geht. Alle müssen informiert werden. Es ist von höchster Wichtigkeit, dass alle Bescheid wissen.«
»Haben Sie Übung darin, vor einem großen Publikum zu sprechen?«, wollte Morgan le Grey wissen.
»Nein, aber Dad wird es schaffen«, sagte Otto im Brustton der Überzeugung.
Albert und Morgan begannen organisatorische Einzelheiten zu besprechen. Sie alle, natürlich auch Morgan, sollten sich möglichst rasch im Theater einfinden.
»Da ist noch etwas«, sagte Albert. »Und dabei muss Otto mir helfen. Ich muss Grandpa Culpepper sprechen.«
»Ach ja?«, sagte Dolores schnippisch. »Mein Vater ist deinetwegen ohnehin schon in großer Gefahr. Mutter schlich neulich aus dem Haus, obwohl ich es ihr verboten hatte, um mit ihm zu telefonieren. Er hat ihr erzählt, dass die Normie-Polizei bei ihm war und sich nach dir erkundigt hat. Deshalb ist er vorläufig untergetaucht. Er meinte, Granny könne sich schon denken, wohin er gehen wollte.«
»Und wohin?«
Granny Culpepper tauchte wieder auf, eine zappelnde Zebbie im Arm. »Ich glaube, er meinte Guidos Strand.«
»Ich will nicht, dass mein Vater an einem Strand schlafen muss!«, rief Dolores empört aus. »Er würde so viel lieber auf dem Golfplatz sein. Ich finde es unerträglich, dass er auch in diese Sache verwickelt wurde.«
Plötzlich wurde das Bild in der Kristallkugel weiß.
Etwas schien von oben herabzutropfen.
»Oh, verflixt, der Reispudding«, schimpfte Granny Culpepper. »Was für ein kleiner Teufelsbraten du doch bist, Zebbie!«

»Gib sofort her!«, brüllte Dolores.

Doch es war schon zu spät.

Das Bild, beziehungsweise das, was noch davon übrig war, kippte seitlich, flackerte kurz auf und dann wurde alles schwarz.

GUIDOS STRAND

Otto flog über die Wälder leuchtender Laternenbäume hinweg, die Guidos Strand von der Stadt trennten. Er konnte den Strand in der Ferne schon sehen. Die Luft war angenehm warm, Palmen wiegten sich in einer sanften Brise. Das Mondlicht spiegelte sich im Fluss, der unerklärlicherweise gegen den Sandstrand plätscherte, genau wie ein richtiges Meer.

Otto landete genau zwischen zwei Strandhütten.

Sofort tauchte ein hoch gewachsener junger Mann auf. Er war barfuß und hatte lange Haare, und als er den Mund öffnete, war der Akzent der Schlammdörfer unverkennbar. Er stellte sich als Guido vor.

»Kann ich helfen?«, fragte er, als hätte Otto ein Geschäft betreten.

»Ich suche jemanden«, antwortete Otto. Er wusste, dass der Strand ein bekannter Zufluchtsort der Magicos war, obwohl ihm absolut schleierhaft war, wo man sich hier verstecken konnte.

»Ach, tun wir das nicht alle?«, sagte Guido fröhlich. »Wir alle suchen jemanden. Oder etwas. Obst zum Beispiel, diese gelben Früchte, die schmecken, als hätte einem eine Wespe auf die Zunge gespuckt.«

»Ich weiß, dass ich wie ein Normalo klinge«, sagte Otto und hielt sich an seinem Teppich fest. »Ich komme aus der Parry Street. Doch meine Mutter hat neulich erfahren, dass ihre eigene Mutter eine Katzauberin ist. Und mein Vater ist ein Magico. Und mein Großvater soll irgendwo hier sein. Ich muss ihn unbedingt finden, es ist sehr, sehr wichtig . . .«

»Ich möchte dir nicht zu nahe treten, mein Freund«, sagte Guido. »Aber immer ist alles sehr, sehr wichtig. Woher soll ich bitte schön wissen, dass du nicht für die Normies arbeitest?«

»Nun, ich bin auf diesem Teppich gekommen, nicht wahr?«

»Den könntest du gestohlen haben. Bist du ein Katzauberer? Wo ist dann deine Katze?«

»Meine Großmutter hat eine Katze, Shinnabac. Und ich war schon mal im Flüsterpark und weiß jetzt, dass ich ein 360er bin.«

»Wie hast du von dem Park erfahren?«

»Eine Freundin namens Mab hat mich hingebracht.« Otto holte die Streichholzschachtel aus seiner Tasche und zog sie auf. Der Käfer rührte sich verschlafen im sanften Schein des Monds. »Sie hat mir diesen Käfer hier geschenkt. Wenn ich sie brauche, muss ich nur diesen Käfer losschicken.«

»Wenn du ein 360er bist, dann verrate mir doch bitte, wie sich deine Energie manifestiert.«

Otto wurde es mulmig. Das war die heikelste Frage von allen. Er war sich nicht einmal sicher, ob er sie richtig verstanden hatte.

»Ich weiß nicht«, gestand er schließlich kleinlaut. »Ehrlich gesagt, kann ich nichts Besonderes, aber meine Schwestern . . .« Erschrocken verstummte er. Um ein Haar hätte er das Geheimnis preisgegeben.

»Was ist mit deinen Schwestern?«

»Nichts«, sagte Otto und zuckte mit den Schultern.

Guido musterte ihn neugierig.
»Die kleine Mab«, sagte er mit einem Lächeln. »Kleine Motte nenne ich sie immer. Sie ist ein ganz zähes Ding. Hat letzte Nacht ihren Arm gebrochen, als sie gegen einen Baum flog und musste ins Städtische Krankenhaus gebracht werden. Außerdem wurde ihr Teppich beschlagnahmt.«
»Wo ist sie???«, rief Otto erschrocken aus. »Ich muss sofort zu ihr. Sie wird Hilfe brauchen. Ich muss sie sofort dort rausholen. Sagen Sie mir . . .«
»Okay, okay. Das waren ehrbare Worte. Entschuldige, aber ich musste dich auf die Probe stellen. Soweit ich weiß, geht es Mab gut. Obwohl ich finde, dass sie von Tag zu Tag dünner wird, seit ihre Großmutter verhaftet worden ist. Sie lebt jetzt ganz allein. Das ist nicht gut für ein kleines Mädchen.«
»Sie lebt allein?«
»Seit Monaten schon. Da siehst du's wieder mal, wie stolz sie ist. Hat dir vermutlich nichts davon erzählt. Unglaublich stolz, unsere kleine Motte. Ihre Großmutter hat den Flüsterpark entworfen, weißt du. Also gut, gehen wir jetzt zu deinem Großvater. Ich erwarte noch ein paar Gäste heute.«
Otto blickte auf und sah in der Ferne auf einem Waldweg eine kleine Gruppe von Leuten mit einem schwer bepackten Esel zum Strand kommen.
»Komm mit!«, sagte Guido.
Und Otto folgte ihm. Ihm schwirrte der Kopf, aber dennoch freute er sich kurz darüber, dass Guido ihn kein einziges Mal Mr Normalo genannt oder ihn darauf hingewiesen hatte, wie jung er noch war.

»Wohin gehen wir?«, fragte er.
»Nicht weit«, antwortete Guido lachend und öffnete auch schon die Tür der ersten Strandhütte zu seiner Linken.
Otto folgte ihm ins Innere.
In der Hütte brannte Licht, aber es schien keine Hütte zu sein, eher eine Art Eingang. Sie gingen eine lange Treppe hinunter. Die Luft wurde immer heißer und feuchter. Otto sah einen sehr langen Tunnel, der seiner Einschätzung nach zu den Laternenbäumen zurückführen musste. Aus der anderen Richtung hörte er Stimmen, Plantschen und fließendes Wasser.
»Zieh die Schuhe aus«, sagte Guido.
Sie standen vor einer großen Holztür.
Otto zog seine Schuhe aus, band sie an den Schnürsenkeln zusammen und hängte sie sich um den Hals.
»Gut«, sagte Guido mit einem Nicken. »Pass auf, dass du nicht ausrutscht.«
Er öffnete die Tür und sie betraten einen riesigen Raum oder vielmehr eine unterirdische Halle. Hier gab es einen großen, gekachelten Swimmingpool mit Springbrunnen, eine spiralförmige Rutschbahn, einen Mosaikfußboden und zahlreiche Statuen. Im flacheren Teil des Beckens spielten grüne und blaue Kinder, die ihnen fröhlich zuwinkten, in der Mitte des Pools gab es eine kleine Insel, auf der sich Meerjungfrauen aalten.
»Hast du noch nie von den Städtischen Bädern gehört?«, fragte Guido, als er Ottos verdutztes Gesicht sah. Er führte Otto um den Pool herum zum anderen Ende der Halle. »Die Höhlenmenschen haben sie vor langer Zeit für ihre Freunde, die Wassermenschen, erbaut. Die Normalos

wissen nichts davon. In den letzten Wochen ist eine Menge Wassermenschen neu zu uns gekommen. Sie haben Angst, weiter im Fluss zu wohnen, besonders die mit den Schwimmhäuten an den Füßen.«

Otto sah ein paar kleine Mädchen, etwa so groß wie Hepzie und Zeb, in einem kleinen Sprudelbecken spielen.

»Ich bringe ihnen zu essen und alles«, erklärte Guido. »Ich kümmere mich um den Untergrund. So, jetzt geht's hier lang . . .«

Sie waren bei weiteren Türen angekommen und Otto zog seine Schuhe wieder an. Wieder gingen sie durch etliche Korridore, von denen mysteriöse Türen abgingen, auf denen Dinge standen wie »Mook-Höhle«, »Jakobs Schafe – Winterlager« oder »Papageien-Pflegeraum«.

Schließlich blieben sie vor einer Tür stehen, auf der »Billardraum« stand.

»Also, bevor wir hineingehen«, begann Guido mit leiser und sehr ernster Stimme, »muss ich dir noch sagen, dass die Höhlenmenschen sehr schreckhaft sind. Normalerweise leben sie oben im Vulkan, weil sie es gern warm haben. Doch in letzter Zeit tauchten dort immer wieder Normies auf mit Lampen und ähnlichen Gerätschaften, die versuchten sie einzufangen. Ein paar von ihnen konnten sie austricksen. Wenn es sehr hell ist, können sie nichts sehen, doch das weißt du vermutlich schon, stimmt's?«

Otto nickte. Er hatte nicht die leiseste Ahnung, wovon Guido da sprach.

»Die Normies haben ihnen in einem der Tunnels aufgelauert und sie mit ihren grellen Taschenlampen geblendet. Dann konnten sie sie fesseln und gefangen nehmen.

Sie wurden in einer Schürfkolonne zu Grabungsarbeiten gezwungen. Ein paar von ihnen konnten entkommen und haben sich hierher geflüchtet. Die anderen sind da, weil sie wissen, dass hier im Moment der einzig sichere Ort für sie ist. Und dein Großvater, ein höchst interessanter Typ, scheint mit allen auszukommen. Jedenfalls ist er jetzt bei ihnen. Aber sei vorsichtig, sie sind wirklich sehr nervös. Und wenn sie zu aufgeregt sind, kann es schon mal vorkommen, dass sie zu Menschenfressern werden, das stimmt. Wäre aber in deinem Fall sehr schade ...«

Nach diesen Worten gab Guido Otto einen aufmunternden Schlag auf den Rücken, stieß die Tür auf und schob Otto hinein. Unversehens stand Otto vor einer langen Treppe, die in die Tiefe führte.

Er schluckte. Am Fuß der Treppe sah er einen großen, nur schwach beleuchteten Raum voller Tische, über denen je eine mit Fransen behängte Lampe hing.

Es war heiß und stickig. Die bunten Billardbälle rollten und stießen klackend aneinander.

Es waren jedoch keine Menschen, die hier Billard spielten.

Kreaturen, wie Otto sie noch nie gesehen hatte, bewegten sich in dem rauchigen Licht gemächlich hin und her. Sie gingen aufrecht, trugen mit Knöpfen verzierte Wamse und schienen auch miteinander zu reden, genau wie Menschen. Ihre Stimmen waren tief und krächzend.

Doch abgesehen davon war nichts an ihnen menschlich. Sie sahen eher aus wie Riesenechsen, und wenn sie sich vornüber beugten, um eine Kugel abzuschießen, schnalzten sie mit ihrer gespaltenen Zunge.

Otto hielt nach seinem Großvater Ausschau.

Er entdeckte ihn mitten im Raum. Es sah so aus, als wäre sein Spiel bald zu Ende.
Etwas ängstlich setzte Otto einen Fuß vor den anderen, schlich an den Tischen vorbei und war froh, dass er so klein war.
Als einer der Höhlenmenschen sich abrupt umdrehte, stieß er mit Otto zusammen und stellte sich ihm in den Weg. Er sah so alt und zäh aus wie ein Berg.
Otto wagte es nicht, den Mund aufzumachen. Er verbeugte sich nur und nahm seinen großen Magico-Hut ab. Zu seiner Erleichterung verbeugte sich der Höhlenmensch ebenfalls. Er kaute Blutbeerenblätter und seine Lippen waren mit dem roten Saft beschmiert. Zumindest hoffte Otto, dass es nur Blutbeerensaft war.
Grandpa Culpepper hatte ihn zwar schon entdeckt, war aber noch mit seinem Spielgegner im Gespräch.
Als Otto an seinem Tisch ankam, hörte er den Höhlenmenschen sagen: »Gut gespielt, Isidor.«
»Schon, aber letzten Endes hast du gewonnen, Megrafix. Übrigens, das ist mein Enkelsohn. Was für eine Überraschung, Otto. Und was für einen schönen, großen Hut du hast! Darf ich vorstellen? Megrafix, das ist Otto. Otto, das ist mein Freund Megrafix, einer der Ahnherren und ein großer Held. Es ist ihm gelungen, der berüchtigten Schürfkolonne zu entkommen.«
Wieder machte Otto eine tiefe Verbeugung. Megrafix nickte ihm zu. Die Erwähnung der schrecklichen Schürfkolonne hatte ihm die Laune verdorben.
»Ursprünglich waren wir zu fünft«, knurrte er. »Zuerst wurden wir gezwungen ein Bergwerk zu zerstören. Steinschlag, einstürzende Decken. Dann wurden wir in die Ka-

nalisation verbannt. Wir, die Erbauer der Höhlendörfer! Kannst du dir vorstellen, was für eine Erniedrigung das für uns war? Wir mussten Gräben nach oben bauen, bis hinauf zu den Straßen. Und ständig dieses schreckliche Licht, das unsere Augen nicht vertragen! Wir, die Höhlenmenschen, die Ahnherren, mussten uns wie Ratten durch einen Haufen Knochen buddeln!«

Unwillkürlich kroch Otto eine Gänsehaut über den Rücken.

Mit seiner klauenartigen Hand griff Megrafix nach einem der riesigen Mondsteine, die an sein Wams angenäht waren und riss ihn ab. Er reichte ihn Otto.

»Dein Großvater hat mir schon von dir erzählt«, sagte er. »Gib das hier deinem Vater. Und sag ihm, dass wir bereit sind für ihn zu sterben.«

Otto blickte zu ihm hinauf und sah in den alten, müden Augen Tränen schimmern.

»Mach ich«, versprach er.

Grandpa Culpepper und Otto verabschiedeten sich von Megrafix.

Glücklicherweise hatte Guido Grandpa einen kleinen Lageplan mitgegeben.

Führer durch die Gänge und den Untergrund. Vereinfachte Ausgabe: Nur die südlichen Abteilungen. Von den orange markierten Durchgängen wird abgeraten. Brunnen mit Trinkwasser sind mit kleinen Wasserhähnen eingezeichnet.

Obwohl Grandpa Culpepper sein Heim überstürzt hatte verlassen müssen, sah er so sauber und adrett aus wie eh und je. Er trug einen leichten Dreiteiler, die Weste war

mit einem wunderschönen cremefarbenen Brokatmuster bestickt und seine Schuhe waren wie immer auf Hochglanz poliert. Er trug eine mit Kratervögeln bestickte, kleine Reisetasche bei sich.
Ottos Großvater ging voraus und sie kamen ohne Zwischenfälle ein gutes Stück voran. Doch dann bogen sie um eine Ecke. Plötzlich standen sie vor einem Höhlenmenschen, der verzweifelt, schmutzig und gefährlich aussah.
Er packte Grandpa Culpepper am Kragen und hob ihn mühelos mit einer Hand hoch.
»Na, was haben wir denn da?«, krächzte er. »Kaum habe ich mich hiervon befreit . . .« Er hob eine Handschelle hoch, die von seinem anderen Handgelenk baumelte, und seine Augen verengten sich zu schmalen Schlitzen. »Stell dir vor, ich habe mir geschworen den nächstbesten Normalo umzulegen, der mir über den Weg läuft.«
Der Lageplan fiel aus Grandpa Culpeppers Händen auf den Steinfußboden. Otto griff hastig danach. Er wusste nur, dass sie zu einer Tür unterwegs waren, auf der »Erfrischungsraum« stehen musste. Im Moment konnte er nur zwei Türen sehen.
»Ich bin ein Freund von Megrafix, Held und Ahnherr«, gelang es Grandpa, mit einiger Mühe zu stammeln.
»Bist du in deinem Leben jemals hungrig gewesen?«, wollte der Höhlenmensch wissen. »Sieht mir nicht danach aus.« Er deutete auf die elegante Brokatweste, unter der sich eine leichte Wölbung abzeichnete. »Und wenn du ein Magico bist, dann zeig mir doch mal deine Tätowierung!«
»Die kann ich dir erst zeigen, wenn du mich runterlässt.«

Otto hatte die richtige Tür entdeckt. Er stieß sie auf. Sein Großvater gab ihm heimlich zu verstehen dahinter zu verschwinden. Doch falls er erwartet hatte, Otto würde ihn im Stich lassen, so hatte er sich getäuscht!
Der Höhlenmensch setzte Grandpa Culpepper endlich wieder auf eigene Beine und dieser rollte seinen Ärmel zurück.
»Und du rührst dich auch nicht von der Stelle!«, zischte der Höhlenmensch Otto zu.
»Hier«, sagte Grandpa Culpepper und zeigte seinen nackten Unterarm vor. »Mein Familienwappen: zwei fliegende Kratervögel.«
»Ich seh gar nichts«, krächzte der Höhlenmensch misstrauisch. Otto, der sich wieder ein Stück näher gewagt hatte, wusste genau, dass da garantiert nichts zu sehen war.
»Nun ja, es ist schon recht alt«, sagte Grandpa Culpepper seufzend. »Und meine Haut ist extrem dunkel . . .«
»Ihr Humanoiden seht für mich alle gleich aus«, fiel ihm der Höhlenmensch ins Wort. »Keine Schuppen, echt schaurig . . .«
»Außer hier«, beharrte Grandpa Culpepper und drehte seine Hand, um die Handfläche vorzuzeigen. »Hier ist meine Haut rosa und bildet einen interessanten Kontrast zum übrigen Körper. Hab ich von meinem Vater geerbt.«
Dann griff er in seine Brusttasche und zog seine goldene Taschenuhr heraus. »Wir müssen nun leider weiter«, sagte er freundlich. »Doch zum Abschied würde ich dir gern diese Uhr schenken. Du hast schon viel gelitten und kannst sie sicher brauchen.«
Verdutzt nahm der Höhlenmensch die Taschenuhr ent-

gegen. Seine Hände sahen faszinierend aus. Sie waren mit Schuppen übersät, die so hart wie Felsgestein aussahen.

»Ich will nichts von dir haben«, erklärte er mit ruhiger Stimme. »Ich bin kein Räuber.«

»Aber nein, es ist ein Geschenk«, versicherte ihm Grandpa Culpepper. »Und es kommt von Herzen. Megrafix hat mir erzählt, was ihr alles durchmachen musstet.«

Dann ging er rückwärts auf die offene Tür zu. Otto hielt sich dicht an seiner Seite.

Der Höhlenmensch ließ sie gehen und blinzelte mit seinen müden Augen.

BESUCH BEI MADAME HONEYBUN

Sie gelangten zu einer Wendeltreppe, die nach oben führte und kein Ende zu nehmen schien. Grandpa Culpepper war ganz außer Atem, als er schließlich seinen Kopf durch eine Falltür stecken konnte. Ihm und Otto, der ein paar Schritte hinter ihm war, schlug ein verlockender Geruch entgegen, bei dem ihnen das Wasser im Mund zusammenlief.

Ein vertrauter, herrlicher Duft.

»Ehrbare Grüße«, sagte eine warme Stimme. Es war die Stimme von Madame Honeybun Nicely und sie waren in ihrer Phantastischen Konditorei gelandet.

Madame Honeybun hatte ihre goldenen Haare auf dem Haupt aufgetürmt und trug einen Morgenmantel aus dunkelblauem Satin. Darin wirkte sie noch kurvenreicher als sonst.

»Verehrte Dame, ich bedauere . . .«, begann Grandpa Culpepper.

»Meine Falltür steht vierundzwanzig Stunden am Tag offen«, versicherte sie ihm mit einem honigsüßen Lächeln. »Und ich freue mich immer, wenn ich jemandem helfen kann.«

Otto erklärte ihr alles.

»Ah, ich kenne deine Großmutter Isabella gut«, rief Madame Honeybun aus. »Wir haben als Kinder zusammen gespielt.«

Grandpa Culpepper schmunzelte.

»Was für eine Schönheit sie war, so stark und wild. Doch

dann, nach der Geburt ihrer Tochter, wollte sie unbedingt eine ehrbare Bürgerin werden. Dabei passte das gar nicht zu ihr. Hat sie irgendwie verkrampft gemacht.«
»Neuerdings ist sie wieder ziemlich wild«, sagte Otto.
»Fein, das freut mich. Man muss sich selbst immer treu bleiben, das ist das ganze Geheimnis.«
Wäre vielleicht ganz leicht, wenn man wüsste, wer man überhaupt ist, dachte sich Otto im Stillen.
»Jedenfalls könnte ich vielleicht behilflich sein, was die Sache mit Araminta betrifft«, ergriff Grandpa Culpepper nun wieder das Wort. »Ihr müsst wissen, Madame, dass ich meine Gemahlin, als sie noch jung und wild war, etliche Male aus dem Polizeirevier retten musste . . .«
»Aus dem Polizeirevier? Granny in einem Polizeirevier?«
»Oh ja«, antwortete Grandpa schmunzelnd. »Einmal wollte sie ein neues Fluggerät testen, musste dann aber ausgerechnet auf dem Dach des Rathauses notlanden. Ein andermal haben sie und ihre Shinnabac eine Trambahn in einen Elefanten verzaubert . . .«
»Ah, daran kann ich mich noch gut erinnern!«, rief Madame Honeybun entzückt aus. »Es stand in allen Zeitungen.«
»Damals habe ich mir jedenfalls vorsichtshalber einen Satz Ersatzschlüssel machen lassen, die ich seither stets bei mir trage. Doch das war, bevor die Normie-Polizeitruppe gegründet wurde. Es war schon wesentlich früher, als wir noch das alte Polizeirevier hinter dem Rathaus hatten.«
»Aber wie bist du an die Schlüssel gekommen, Grandpa? Ich dachte, du hättest mit den Finanzen zu tun gehabt.«
»Ich war Chef-Buchhalter im Rathaus, ehe ich in Pension

ging, Otto. Doch wenn die eigene Frau ständig in Gefahr schwebt, im Gefängnis zu landen, kommt man auf die absurdesten Ideen, glaub mir. Ich kannte jemanden vom Wartungsdienst, dessen Urgroßmutter eine Katzauberin gewesen war, weshalb er Verständnis für meine Lage hatte. Jedenfalls werde ich dir einen genauen Plan zeichnen und mit Hilfe deines fliegenden Teppichs und deiner Freundin Mab, denke ich, wirst du es schaffen, einen Blick in die Polizeiakten zu werfen. In den Akten des Polizeiarchivs ist alles aufgezeichnet, was sich in den letzten Jahrhunderten zugetragen hat.«

IM POLIZEIARCHIV

Otto und Mab standen inmitten eines Labyrinths von Aktenschränken, die alle mindestens doppelt so hoch waren wie sie. Für den Fall, dass sie überstürzt das Weite suchen müssten, hatte Mab vorsichtshalber schon ein Fenster geöffnet. Es war fast völlig dunkel. Die einzigen Lichtquellen, die sie hatten, waren der Mondschein und Mabs Augen.

Vor lauter Nervosität ließ Otto seine Skizze nun schon zum dritten Mal fallen.

»Mann, oh Mann!«, flüsterte Mab. »Ich wette, du hast genauso viel Schiss wie vorhin beim Herflug.«

»Und ich wette, dass du noch immer ganz allein lebst.«

Schockiert hörte er sie nach Luft schnappen.

»Entschuldige«, stammelte er verlegen. »Weiß ich von Guido. Warum hast du es mir nicht selbst erzählt? Ich dachte, wir wären Freunde. In letzter Zeit muss ich immer wieder feststellen, wie viel andere vor mir verheimlicht haben.«

In der Dunkelheit neben ihm herrschte weiterhin Schweigen.

»Ich hätte dir was zu essen bringen können«, sagte Otto kleinlaut.

»Such nach den Fächern mit dem Buchstaben A«, sagte Mab, ohne auf seine Worte einzugehen. »Ich unterstütze dich, weil es dem König weiterhilft.«

Ehe Mab ihre Augen zu dem Aktenschrank vor ihnen

schweifen ließ, konnte Otto einen Blick auf den Fußboden erhaschen. Es war ein Mosaikfußboden.

»Wow! Schau mal!«, rief er unwillkürlich aus – lauter, als er beabsichtigt hatte. »Hier sind Kratervögel, Blumen und Bäume auf dem Fußboden.«

Sie lachte, doch es war kein fröhliches Lachen. »Ihr Typen glaubt noch immer, dass ihr diese Stadt gegründet habt, nicht wahr? Erst die Normalos machten aus diesem Gebäude hier ein Polizeirevier. Aber vor ihrer Zeit war es kein Polizeirevier. Wir Karmiden haben nämlich keine Polizei.«

»Was war es dann?«

»Einfach nur ein weiteres, verrücktes, wunderschönes Gebäude. Unsere Vorfahren haben eben gern gebaut. Würden wir wahrscheinlich noch immer gern tun, wenn man uns lassen würde. Mit magischer Energie geht das sehr viel leichter, aber das verstehst du wahrscheinlich nicht.«

»Okay, schon gut. Schau mal, da oben. Schau mal hoch! Kannst du die mittlere Schublade dort mal anstrahlen?«

»Du sagst nicht gern Bitte, stimmt's, Mr Normalo?«

Er fuchtelte mit seinem Lageplan herum und stieß mit dem Arm an einen Aktenschrank hinter sich. Am liebsten hätte er losgebrüllt, doch er schaffte es, seine Stimme zu einem gequälten Flüstern zu senken: »Hör mal, es tut mir *Leid*, dass ich erwähnt habe, dass du alleine lebst. Es tut mir *Leid*, dass ich anders bin als du, nicht in einem Schlammdorf aufgewachsen bin und einen anderen Akzent habe als Amos und Lydia, aber so bin ich nun mal. Ich bin ich. Also hör gefälligst auf damit, mich Mr Normalo zu nennen. Ich bin *Otto.*«

So, das war's dann. Er hatte alles kaputtgemacht. Die zwei Lichtstrahlen erloschen. Sie wanderten kurz über sein Gesicht, dann wieder zu den Aktenschränken. Doch sie waren verschwommen, als würden sie durch eine Nebelwand scheinen.

»Das verstehst du nicht«, sagte sie mit leiser Stimme. »Du hast eine Mutter und einen Vater und Großeltern und Schwestern oder was auch immer und sie alle lieben dich. Und was Hunger bedeutet, weißt du auch nicht. Du weißt gar nicht, wie sich das anfühlt. Du hast alles . . .«

»Aber . . .«

Otto verstummte wieder. Etwas passierte mit ihm. Er konnte zwar noch immer die dunklen Schränke an den Wänden sehen und Mab – als schwachen Umriss im Schatten –, deren Augen nicht mehr leuchteten. Doch er konnte noch etwas anderes sehen, eine andere Szene, einen anderen Raum, einen kahlen Raum mit einem Holzfußboden und einem Stück Stoff im Türrahmen. Er sah Sechs und Acht, wie sie eine Frau zu dieser Tür schleppten. Sie hatte lange graue Haare, die ihr wirr ins Gesicht hingen, und versuchte verzweifelt den Kopf zu drehen, um jemanden zu sehen, der hinter ihr stand.

Das war Mab, die eine Decke um die Schultern gewickelt hatte.

»Sei stolz auf dich, kleine Motte«, rief die alte Frau. »Und sei tapfer. Wir werden uns wieder sehen.«

»Aus dem Weg, Kleine!«, knurrte Sechs und trat nach Mab, während er und Acht die Frau ins Freie schleppten. Dann verblasste die Szene wieder, bis nur noch die Aktenschränke und die Dunkelheit übrig blieben.

Otto musste sich an einen der Schränke lehnen. Er konn-

te nur noch Mab sehen, genau da, wo sie vorhin schon gestanden hatte.
»Sei tapfer, kleine Motte«, sagte er, ohne zu überlegen. Die beiden Lichter blitzten auf wie Flammen.
»Was?«
»Ich ... ich habe nur gesagt, dass du Recht hast. Ich weiß nicht, wie es ist, wenn man Hunger hat. Du hast Recht.«
Dann schwiegen sie beide.
»Ist das die Schublade, nach der wir suchen?«, fragte Mab dann unvermittelt. »AR bis CR?«
Mit vereinten Kräften zogen sie die schwere Schublade auf und fanden rasch die Akte, nach der sie gesucht hatten.
Es war eine lange, dünne Akte und wie alles in dieser Schublade war auch sie völlig verstaubt. Otto zog sie heraus und klappte sie auf. Mabs Augen tanzten über die Seite.
Es waren nur wenige Zeilen, in verschnörkelten Buchstaben geschrieben, die schon so verblasst waren, dass man sie kaum noch lesen konnte.

»Aramanta Karmidin, Geburtsdatum unbekannt. Wird stadtfeindlicher Aktivitäten verdächtigt. Soll von den Magicos für eine Art Führerin gehalten werden, deren Rolle jedoch nicht ganz klar ist. Hat lange Zeit allein in Red Moon gelebt, könnte mittlerweile jedoch umgezogen sein. Keine Verwandten bekannt. Wurde seit Jahren nicht mehr gesehen.«

Das Datum am Ende war dreihundert Jahre alt. In spinnenartigen Buchstaben stand darunter noch geschrieben: *Fall abgeschlossen.*

Otto legte das Blatt wieder in die Akte zurück. Er stellte sich auf die Zehenspitzen, um die Akte wieder zurückzulegen, und da Mab ihm über die Schulter schaute, entdeckte er im Boden der darüber befindlichen Schublade etwas, das sich dort verklemmt hatte.

»Schau mal«, flüsterte er. Es war eine weitere Akte. Vielleicht war sie oben auf die anderen gelegt worden und hatte sich beim Schließen der Schublade dort verkeilt.

»Hat wahrscheinlich nichts mit unserem Fall zu tun«, zischte Mab.

»Ich schau kurz rein. Aber besser, du holst es.«

Noch ehe Mab Zeit gehabt hätte zu widersprechen, hatte er sie auch schon um die Taille gepackt und hielt sie hoch. Er kam ins Wanken, doch sie streckte auch schon den Arm aus und zog die eingeklemmte Akte heraus.

»Schnell«, flüsterte Mab. »Wir sind sowieso schon viel zu lange hier.«

Otto starrte auf die Buchstaben auf der verstaubten Akte.

»Mach schnell!«, sagte Mab drängend.

Otto zeigte auf den Namen auf der Akte und holte dann die darin befindlichen Blätter heraus. Etwas Hartes fiel zu Boden. Otto entdeckte mehrere Seiten mit unterschiedlichen, maschinengeschriebenen Notizen: Diese Akte war sehr viel neueren Datums als die erste.

Es ging um eine gewisse Annalisa Crink – die des Diebstahls und der Urkundenfälschung beschuldigt wurde. Körpergröße: groß, braune Haare, olivenfarbene Haut, ein deutlich sichtbares Muttermal auf dem linken Handrücken. Sie war vor fünfundzwanzig Jahren verhaftet worden. Ihr Ehemann hatte dem Präsidenten eine Liste

ihrer Vergehen zugeschickt. Dieses Schreiben lag ebenfalls bei. Ihr Mann war auch Hauptzeuge bei dem Prozess gewesen und ihrer Aussage, dass nur er diese Vergehen begangen haben konnte, wurde offensichtlich kein Glaube geschenkt. Sie hatte mit ihm auf einem Schleppkahn in der Nähe der Schlammdörfer gelebt und war Mutter einer Tochter gewesen.
Unten auf der Seite stand eine Notiz. Es war eine kurze Mitteilung der Gefängnisleitung.

Bei Antritt ihrer Haftstrafe wurde der Gefangenen ein Ziergegenstand abgenommen, bei dem es sich höchstwahrscheinlich um Diebesgut handelt. Es wird ihrer Akte beigefügt, für den Fall, dass jemand es einfordern sollte.

»Das kann nur Elfinas Mutter sein«, flüsterte Otto. »Sie ist gar nicht weggelaufen. Sie wurde verhaftet.«
»Lebenslänglich«, sagte Mab leise. »Wer weiß, vielleicht lebt sie noch. Was meinst du mit weggelaufen?«
»Das erzähle ich dir später. Aber das hier nehmen wir mit. Moment mal, da ist noch etwas ...«
Otto hatte noch ein weiteres Blatt entdeckt. Wie es schien, handelte es sich um ein Schreiben eines Gefängniswärters, das an jemanden im Rathaus gerichtet war, der sich Minister für Magico-Bekämpfung nannte.

Sehr verehrter, ehrbarer Herr Minister,
unter den Gefangenen geht das Gerücht, dass es sich bei der inhaftierten Annalisa Crink, die wegen mehrfacher Verbrechen lebenslänglich einsitzt, um Aramince han-

delt, eine Art Magico-Anführerin, die unter den Magicos als sehr bedeutend gilt.
Die Betreffende leugnet dies und behauptet weiterhin die ihr zur Last gelegten Verbrechen nicht begangen zu haben. Ich dachte mir, das könnte eventuell von Interesse für Sie sein.
Mit großer Hochachtung und voller Bewunderung für Ihre nützliche Tätigkeit zum Schutze unserer Stadt, Ihr . . .

Es folgte ein völlig unleserliche Unterschrift.
Darunter hatte jemand, vermutlich ein Beamter des Ministeriums, gekritzelt:

Man könnte fast annehmen, dieser Dummkopf bezieht sich auf Araminta, die legendäre Karmiden-Königin, die vor über dreihundert Jahren gelebt haben soll. Ganz offensichtlich haben die Gefangenen sich einen Spaß daraus gemacht, ihm einen Bären aufzubinden.

Plötzlich war ein Knarren zu hören und Mab und Otto erstarrten. In der Nähe der Tür war der Lichtschein einer Taschenlampe zu sehen. Jemand hatte sich lautlos hereingeschlichen. Und dieser Jemand schien nicht daran interessiert zu sein, das Licht anzumachen, damit jemand auf ihn aufmerksam wurde.

ELFINA

Hastig stopfte Otto die Papiere in die Akte zurück. Er drückte sie Mab in die Hand, die damit zum Fenster rannte. Otto wollte nur noch schnell die Schublade schließen und ihr dann folgen. Doch er trat auf etwas Glattes und stolperte. Es war der kleine Gegenstand, der vorhin aus der Akte gefallen war. Er hing an einer Kette. Rasch hob er ihn auf und winkte Mab zu, sie solle verschwinden, wobei er ihr lautlos THEATER, THEATER zu verstehen gab. Und schon im nächsten Moment hörte er hinter sich ein Geräusch und wurde von einem unerträglich grellen Licht angestrahlt. Von kräftigen Händen wurde er gepackt und gegen einen der Aktenschränke gedrückt.

Wild um sich schlagend, brüllte Otto: »Lauf! Geh endlich!« Das galt natürlich Mab.

Aus der Lichtquelle ertönte eine weibliche Stimme.

»Ich gehe nirgendwohin, Kleiner. Und wenn ich gehen werde, dann wirst du mit mir kommen.«

Nun erst wandte sie den grässlichen Lichtstrahl von seinem Gesicht ab. Er konnte noch immer nicht sehen, wen er vor sich hatte, weil seine Augen geblendet waren, doch er hatte die Stimme erkannt. Es war Elfina.

Sie packte ihn am Ohr und drückte es so fest, als wollte sie es zerquetschen. Mit der anderen Hand wühlte sie in der noch offen stehenden Schublade.

Otto schlug mit Armen und Beinen um sich und bohrte seine Zähne in ihr Handgelenk. Doch er zuckte vor Schmerz zusammen, als sie sein Ohr noch weiter verdrehte, ohne sich die Mühe zu machen, ihn anzuschauen.

Otto schaffte es, den Kopf so weit zu drehen, dass er zum Fenster blicken konnte. Mit Schrecken sah er, dass Mab noch immer vor dem Fenster schwebte. Ihr Gesicht wirkte leichenblass in dem fahlen Mondlicht.

Wieder versuchte er ihr begreiflich zu machen, sie solle sich endlich aus dem Staub machen.

»Halt still!«, fauchte Elfina und drehte sich um, da sie Aramintas Akte nun endlich gefunden hatte. »Ich weiß, wer du bist – Alberts Sohn, nicht wahr? Was für ein toller Fang! Ich werde dich als Geisel nehmen. Solange du in meiner Gewalt bist, wird er sich hüten sich mir in den Weg zu stellen, hab ich nicht Recht?«

Sie las den Eintrag in der Akte.

»Spurlos verschwunden, vor 300 Jahren. Ha, Araminta war die erste Schläferin! Die Gute ist vor ihrer Verantwortung davongerannt. Na ja, das ist man von euch Magicos ja gewöhnt.«

Sie musterte ihn neugierig. »Dein Vater hat dich hergeschickt, stimmt's? Hat er sich nicht selbst getraut? Zum Glück kam ich gerade noch rechtzeitig hier vorbei, sonst hättest du diese Akte hier verschwinden lassen? Nun weiß ich wenigstens, dass es sinnlos wäre, weiter nach ihr zu suchen. Es muss doch eine Möglichkeit geben, die Magie dieses dämlichen Portals zu brechen. Und ich werde es schaffen, mach dir da keine Sorgen!«

Otto blickte wieder zum Fenster.

»Vergiss es!«, schnaubte Elfina. »Du kannst nicht fliehen. Du kommst jetzt mit mir.«

Otto war heilfroh – Mab war verschwunden!

AUFREGUNG IM THEATER

Albert hatte einige der Künstlergarderoben hinter der Bühne für seine Familie leer geräumt. Nach Einbruch der Dunkelheit kam der kleine Trupp an, als Schafherde getarnt. Diese optische Illusion verdankten sie Madame Morgan und natürlich Pinfracca.

»Wo ist Ottie?«, wollte Dolores als Erstes wissen.

»Er ist unterwegs, um etwas für mich zu holen. Er wird jeden Moment zurück sein«, erklärte Albert. In Wirklichkeit machte Albert sich große Sorgen. Otto hätte längst zurück sein müssen.

Wenig später kam Morgan mit einem kleinen, dürren Magico-Mädchen an, das sehr aufgeregt schien.

»Das ist Mab«, sagte Morgan. »Sie und Ottie waren im Polizeiarchiv. Sie hat etwas für Albert mitgebracht. Doch leider muss ich Ihnen mitteilen, dass Otto von Elfina gefangen wurde.«

Es herrschte ein feindseliges, schmerzhaftes Schweigen.

»Du verdammter Narr«, fauchte Dolores ihren Gatten an. »Du dummer, nutzloser, scheinheiliger Narr! Du hast deinen eigenen Sohn auf dem Gewissen!«

Albert zitterte am ganzen Leib.

»Otto ist nichts passiert«, versuchte Morgan die Eltern zu beruhigen. »Mab hat gehört, wie Elfina zu Otto sagte, sie würde ihn als Geisel nehmen, um Albert davon abzuhalten, sich ihr ›in den Weg zu stellen‹, wie sie sich ausdrückte. Mab hat etwas für Albert mitgebracht, das sie unter vier Augen übergeben möchte. Sie glaubt, dass es in Ottos Sinne ist.«

»Holt mir sofort diesen Nathaniel Sonst-was in die Glaskugel!«, brüllte Dolores. »Ich will *auf der Stelle* die Katze haben, die er mir versprochen hat. *Hier und jetzt! Noch heute Abend!* Ich werde dafür sorgen, dass Ottie heil wiederkommt. Schließlich bin ich eine Katzauberin oder etwa nicht? *Und ich werde dieses Miststück von einer Hexe in einen Wurm verwandeln und sie zertrampeln,* das schwöre ich!«

OTTO UND ELFINA

Otto saß neben Elfina in ihrem Regierungsgefährt mit dampfbetriebenem Motor. Sechs und Acht kamen auch mit.

»In meine Wohnung!«, befahl Elfina dem Chauffeur, ehe sie Otto anfauchte: »Versuch ja nicht aus dem Wagen zu springen oder sonst wie den Helden zu spielen. Du würdest dich nur in Gefahr bringen und wir wollen schließlich nicht, dass sich dein armer Vater aufregt, oder?«

Die Türen waren sowieso verschlossen. Langsam fuhren sie über den Boulevard. Die Kaffeehäuser waren noch geöffnet und Otto sah einen Mann, der silberne Luftballons – so genannte »Flugballons« – verkaufte. Ein Pärchen kaufte sich einen und dann hielten sich der Mann und die Frau an der Schnur fest und schwebten ein Stück weit durch die Luft. Fröhlich miteinander plaudernd, hüpften – und schwebten – sie über den Boulevard. Otto hatte den leisen Verdacht, dass diese Ballons vermutlich auch zu den unmöglichen Dingen gehörten, aber ganz sicher war er sich nicht.

Elfina wohnte in einer sehr eleganten Gegend am Boulevard, in einem sehr teueren Gebäude, direkt gegenüber den Wintergärten. Ihr gehörte die Wohnung im obersten Stock. Zu viert fuhren sie mit dem Lift hinauf und erst jetzt bemerkte Otto mit Schrecken, dass er seinen fliegenden Teppich im Polizeiarchiv vergessen hatte.

Die Fenster ihres Salons waren so riesig, dass man das Gefühl hatte, es wären gläserne Wände. Auf der anderen

Seite des Boulevards lagen die schneebedeckten Wintergärten, die im Mondlicht funkelten. Im Wohnzimmer standen ein paar Ledersessel und ein Couchtisch aus Marmor. Sechs und Acht zogen sich endlich zurück.
»Meine Stadt«, sagte Elfina mit einer ausladenden Handbewegung und mit sichtlichem Stolz. »Ein toller Ausblick, findest du nicht auch?«
Auf dem Couchtisch lag das Karmiden-Dokument mit der Vision, auf das Elfina so versessen gewesen war. Es war schon am Zerfallen, genau wie Albert vorausgesagt hatte.
»Hat dein reizender Vater schon alles entschlüsselt? Der in zwei Hälften gespaltene Baum stellt Aramintas Portal dar. Es ist zwar noch verschlossen, doch ich werde es öffnen lassen und dafür sorgen, dass es nie wieder verschlossen sein wird. Ursprünglich hatte ich geplant eure Heldin Araminta ihren Zauberspruch selbst brechen zu lassen, doch da sie leider unauffindbar ist, muss ich mir etwas anderes ausdenken.«
Sie seufzte. »Und dieses zweigeteilte Herz, das ist der Berg, der Broken Heart. Im Moment ist er noch gespalten, doch bei einem weiteren Erdbeben könnte er sich wieder schließen. Ich glaube nicht, dass ich mir da große Sorgen machen muss.«
Sie fixierte Otto mit ihrem stählernen Blick, ehe sie fortfuhr: »Dann hätten wir hier noch diese schönen Schmetterlinge. Die berühmten Schmetterlinge, die in den Bergen leben und nur am Abend des Mittsommertags herunterfliegen, um sich mit ihrem Geschlechtspartner auf Lebenszeit zu vereinigen. Auch dieses Problem wäre gelöst. Ich habe alle Schmetterlinge ausrotten lassen.«

Nach einem weiteren triumphierenden Blick auf Otto sagte sie: »Und dann wären da noch die beiden gestreiften Katzen. Ich glaube, auch dieses Problem ist aus der Welt geschafft. Ich wollte ohnehin alle Katzen vernichten lassen, damit dieses ganze Theater mit dem Verstärken aufhört, wenn du begreifst, was ich meine. Wirklich erstaunlich, wie tief die Menschen sinken, wenn man ihnen eine Belohnung in Aussicht stellt. Klar, finanziell geht es vielen schlechter denn je, besonders seit den mysteriösen Steinschlägen in den Bergwerken ...«
Otto saß reglos und steif da. Ihre Worte prasselten wie kleine Pfeile auf ihn ein.
In diesem Moment klingelte das Telefon.
»Ein Konzert?«, rief Elfina entzückt aus. »Morgen Abend? Aber warum erfahre ich das so spät, Cedric? Es ist so kurzfristig ... na schön, wenn der Eintritt gratis ist, können wir wohl schlecht Nein sagen, nicht wahr? ... Nein, den Namen dieses Theaters habe ich noch nie gehört ... Moment mal, mir dämmert gerade, früher gab es mal eins ... Tatsächlich? In Pearly Oak? Höchst erstaunlich ... ja, natürlich begleite ich dich, mein Zuckerschnütchen ... Oh, da fällt mir ein: Ich habe morgen einen Besucher, kann ich den mitbringen? Und außerdem kümmere ich mich gerade um den Sohn eines alten Bekannten von mir ... nur für ein paar Tage ... ich wusste, dass es dir nichts ausmachen würde, mein Schatz ...«
Sie legte den Hörer wieder auf.
»Höchst interessant«, murmelte sie. Dann blickte sie Otto gespannt an. »Weißt du davon? Klingt für mich so, als hätten die Magicos ihre Finger drin.«

»Glaube ich nicht«, sagte Otto ängstlich. »Die Magicos haben zurzeit andere Sorgen.«
Doch Elfina wollte kein Risiko eingehen. Sie ließ Sechs und Acht antreten und teilte ihnen mit, dass sie morgen Abend mit ihr zu diesem Konzert gehen müssten, um anschließend die Organisatoren und Teilnehmer festzunehmen und hinter Schloss und Riegel zu bringen.
Anschließend stellte sie sich ans Fenster, blickte lange hinaus und ließ ihre Fingerknöchel knacken. Abrupt verließ sie dann den Raum und Otto war endlich allein.
Er griff in seine Tasche und seine Finger schlossen sich um den tragbaren Kristall-Kommunikator.
Doch leider kam Elfina schnell wieder zurück. Sie brachte ein Tablett mit, auf dem zwei Becher standen und ein paar belegte Brötchen lagen.
»Ich habe nichts davon, wenn ich dich hungern lasse«, sagte sie. »Du nützt mir nur etwas, wenn du lebendig bist.«
Otto hatte keine Absicht, etwas zu sich zu nehmen, obwohl sein Mund wie ausgedörrt war. Er misstraute ihr. Vielleicht wollte sie ihm ein Schlafmittel verabreichen. Oder etwas noch Schlimmeres ...
»Kein Hunger?«, fragte sie spöttisch. »Na schön, dann esse ich eben allein.«
Noch nie hatte Otto jemanden so gierig essen sehen wie sie. Er hatte den Eindruck, als würde sie diese Brote in Stücke reißen, wie ein wildes Tier seine Beute. Es war, als hätte sie wesentlich schärfere Zähne als andere Menschen.
Danach leckte sie sich über die Lippen und gähnte hinter vorgehaltener Hand.

»Ich brauche nicht viel Schlaf«, erklärte sie. »Du kannst dich aufs Sofa legen, wenn du möchtest. Das Bad ist dort drüben, aber mach dir keine falschen Hoffnungen. Es hat kein Fenster.«

Einzuschlafen schien ebenso gefährlich zu sein wie etwas zu essen, weshalb Otto lieber sitzen blieb.

»Wie du willst«, meinte sie gleichgültig. Sie setzte sich an ihren Schreibtisch am Fenster, studierte ein paar Akten, unterzeichnete ein paar Briefe und blickte immer wieder zum Fenster hinaus, auf die Stadt, die sie als die ihre bezeichnet hatte.

Verzweifelt kämpfte Otto gegen seine aufsteigende Müdigkeit an.

»Was schlägst du vor, was ich mit deinem Vater tun soll, wenn ich ihn erst mal geschnappt habe?«, fragte sie auf einmal unvermittelt und schwang sich auf ihrem Drehstuhl zu Otto um. »Früher wurden etliche Karmiden hingerichtet, wusstest du das schon? Andere wurden verbannt, in die Außenwelt geschickt.«

Otto schwieg.

»Du hängst sehr an ihm, nicht wahr? Und er offensichtlich auch an dir, wenn man bedenkt, was für einen Aufstand er gemacht hat, als Sechs und Acht dich in der Bibliothek schnappen wollten.«

Wieder blieb Otto ihr die Antwort schuldig.

»So etwas ist mir ein Rätsel. Dieses ganze Theater von wegen Familie, Vater, Mutter, Liebe und so weiter.«

Otto hielt ihrem Blick stand, schwieg jedoch eisern weiter.

»Ebenso Begriffe wie Loyalität und Ehre. Warum bist du so loyal deinem Vater gegenüber? Sitzt da wie ein kleiner

Felsbrocken, dabei lässt er es zu, dass seine Leute verkauft werden wie Vieh. Das weiß niemand besser als ich. Denn schließlich bin ich es, die hier verkauft.«

»Das tut er nicht!«, rief Otto empört. »Er ist der König der Karmiden und er . . .«

»Und was, mein Kleiner?«

»Nichts. Sonst nichts.«

»Ich erzähle allen Leuten einen Haufen Mist über meine Kindheit. Dabei war sie ganz schrecklich. Mein Vater hat mich gehasst und meine Mutter hat uns im Stich gelassen. Ist einfach weggegangen. Aus diesem Grund fällt es mir so leicht, das zu tun, was ich vorhabe. Ich stecke das viele Geld ein und verschwinde von hier, genau wie meine Mutter. Ich habe noch nie geliebt, weißt du. Und bin noch nie geliebt worden, abgesehen vom ehrbaren Herrn Präsidenten natürlich, aber der ist ein total sentimentaler, gefühlsbetonter Dummkopf.«

Auf einmal packte es Otto wieder. Die *Herzsicht!* Er schaute Elfina an, doch sie begann zu verblassen. Das spärlich eingerichtete Wohnzimmer mit den kalten Möbelstücken verschwand und ein anderes Bild nahm seinen Platz ein.

Otto klammerte sich an die Kanten seines Sessels.

Er sah einen kleinen, schmalen Raum vor sich. Es roch nach Fluss. Es musste auf einem Schleppkahn sein. Eine langhaarige Frau beugte sich über ein kleines Mädchen.

»Du bist alles, was ich habe«, sagte die Frau. »Mein einziger Schatz.« Zärtlich strich sie über die Wange des Mädchens. »Du bist mein Schatz und deshalb bin ich sehr reich. Geld kommt und geht, aber die wahre Liebe bleibt ewig bestehen.«

Das kleine Mädchen lächelte.
Dann schienen die beiden etwas zu hören und drehten den Kopf. Otto wurde auf einen Schlag klar, wer die beiden waren.
Und schon verblasste diese Szene wieder, genau wie vorhin das Bild von Mab und ihrer Großmutter.
»Du bist mein Schatz«, sagte Otto leise. *»Und deshalb bin ich sehr reich. Geld kommt und geht, aber die wahre Liebe bleibt ewig bestehen.«*
»Was hast du da gesagt?«
»Nicht ich habe das gesagt. Es war jemand anders, vor langer, langer Zeit, als Sie noch ein kleines Mädchen waren.«
»Was redest du da für einen Unsinn?«
Otto hatte das Gefühl, den Käfig einer sehr gefährlichen Bestie zu öffnen. Elfina starrte ihn an, mit ihren wunderschönen, eiskalten Augen, als würde sie durch Gitterstäbe starren.
»Es war Ihre Mutter. Sie hat diese Worte gesagt. Du bist mein Schatz, hat sie gesagt.«
Elfina sprang auf die Füße und fegte dabei ein paar Blätter vom Schreibtisch.
»Meine Mutter hat mich schnöde im Stich gelassen!« Sie spuckte diese Worte förmlich aus. *»Hat mich einfach sitzen lassen! Für mich ist es, als hätte es sie nie gegeben!«*
»Ich sage nur, was sie damals gesagt hat«, wiederholte Otto störrisch. »Könnte es nicht sein, dass sie Sie gar nicht freiwillig im Stich gelassen hat? Vielleicht ist etwas passiert, das sie am Heimkommen gehindert hat?«
»Moment mal!«, rief Elfina. »Ich zeig dir etwas!«
Sie stürmte aus dem Zimmer. Mit zitternden Fingern ver-

suchte Otto den kleinen Kommunikator aus der Tasche zu holen, doch sie war so schnell zurück, dass er gar keine Chance hatte.
Sie riss sich ihren Mantel vom Leib, wobei ein wunderschönes schwarzes Kleid mit silbernen Streifen zum Vorschein kam. Dann knallte sie ein Buch vor Otto auf den Tisch.
»Da siehst du, wie ich die Türen des Portals öffnen werde!«
Das Buch trug den Titel *Erfindung des Schießpulvers.*
»Ich weiß schon, wie ich an Schießpulver komme. Dann werde ich ein gewaltiges Feuerwerk veranstalten, direkt am Großen Portal und dieses Pulver wird ein riesiges Loch ins Portal reißen, so groß, dass eine Doppeldeckertrambahn durchfahren könnte.«
Für Otto jedoch war das Bild von vorhin vom Schleppkahn, das Bild mit dem spärlich beleuchteten Raum mit der Frau und dem kleinen Mädchen wie ein Schild und eine Waffe gegen Elfina.
Er hatte zwar Angst, dass sie vor Wut auf ihn einprügeln würde, doch er nahm allen Mut zusammen und sagte noch einmal, diesmal laut und deutlich: »Du bist mein Schatz und deshalb bin ich sehr reich. Geld kommt und geht, aber die wahre Liebe bleibt ewig bestehen.«
Mit großen Schritten stürmte Elfina an ihm vorbei.
»Gute Nacht«, flüsterte sie, »du dummer, kleiner Junge.«
Sie schnappte sich das Buch, knipste das Licht aus und ließ Otto im Dunkeln sitzen.

DOLORES UND WISHTACKA

Im Pearly-Oak-Schauspielhaus machte in dieser Nacht niemand ein Auge zu. Morgan le Grey hatte Nathaniel Crane kommen lassen, der eine Katze für Dolores mitgebracht hatte. Wenig später waren Honeybun und Grandpa Culpepper eingetroffen, mit dem rot-goldenen Dampfgefährt, mit dem Honeybun normalerweise ihre Torten und Kuchen auslieferte.

Im Moment waren die erfahrene Katzauberin und ihre Schülerin auf der Bühne und übten sich in Magie. Dolores' Katze hieß Wishtacka.

»Also«, sagte Morgan le Grey mit großer Geduld, »versuchen wir es noch einmal. Dolores, Sie müssen an die Worte des Zauberspruchs denken und Wishtacka ganz fest in die Augen schauen. Sie hingegen muss das Objekt fixieren, in unserem Fall dieses Kuchenstück. Bist du bereit, Wishtacka?«

Wishtacka blickte gelangweilt von einem zum anderen. Es sah wirklich ganz so aus, als hätte sie ihren Kopf völlig leer gemacht.

Dolores hatte sich mehrere Schals aus dem Kostümfundus in die Haare gebunden, darunter auch einen, der mit kleinen silbernen Glöckchen besetzt war. Sie trug ein langes violettes Kleid mit einer silbernen Schärpe, ebenfalls aus einer Kostümkiste, und sah umwerfend schön aus.

Sie starrte angestrengt auf Wishtacka und beide wirkten auf einmal äußerst konzentriert.

»Jetzt!«, flüsterte Morgan.
Der Kuchen begann zu zittern. Dann stand er auf einmal in Flammen. Als die Flammen erloschen, war der Kuchen noch da. Er hatte sich allerdings in Stein verwandelt.
Zufrieden blickte Dolores zu Morgan.
»Höchst erstaunlich!«, sagte diese. »Ich habe es noch nie erlebt, dass jemand diesen schwierigen Trick so schnell erlernt hätte. »Mein Kompliment! Der Zauber legt sich zwar bald wieder, doch unter den gegebenen Umständen würde ich vorschlagen, dass wir diesen Kuchen besser nicht mehr essen.«
»Gut, dann werde ich mich jetzt auf die Suche nach Otto machen!«, sagte Dolores entschlossen.
Honeybun und Morgan hatten schon die ganze Nacht über alle Mühe gehabt, Albert und Granny Culpepper davon abzuhalten, einfach loszustürmen, um nach Otto zu suchen. Und nun auch Dolores!
»Dolores, Sie haben doch nicht die leiseste Ahnung, wo er sein könnte. Und außerdem werden Sie verhaftet, noch ehe Sie einen Fuß aus Pearly Oak gesetzt haben«, gab Honeybun zu bedenken.
»Wehe, jemand wagt es, mich verhaften zu wollen!«, schnaubte Dolores, die inzwischen wirklich kein bisschen mehr wie eine ehrbare Bürgerin wirkte.
»Elfina hat Otto als Geisel genommen. Sie wird sich garantiert melden«, sagte Morgan mit Bestimmtheit. »Erst dann können wir in Aktion treten.«
Dolores nahm Wishtacka auf den Arm und hielt sie so, dass ihre Gesichter dicht nebeneinander waren. Die anderen sahen sich mit zwei ungnädig dreinblickenden Augenpaaren konfrontiert.

»Nein! Ich kann keine Sekunde länger warten!«, erklärte Dolores mit finsterer Entschlossenheit.

Granny Culpepper und Mab kümmerten sich um die Zwillinge. Mab hatte von Madame Honeybun einen ganz besonderen Kuchen namens Himbeer-Stärkungskuchen bekommen, den sie in kleinen Bissen essen und lange und gründlich kauen sollte.

Nathaniel Crane war noch geblieben, nachdem der Katzenhandel abgeschlossen war. Im Moment turnte Zebbie auf seinem Kopf herum.

»Haben Sie Fieber, Mr Crane?«, erkundigte sich Granny Culpepper. »Sie sehen etwas blass aus und zittern. Sollten Sie nicht besser nach Hause gehen? Außerdem wäre es besser, wenn Sie jetzt gleich und nicht erst morgen früh von hier weggingen. Das könnte uns verraten.«

»Machen Sie sich keine Sorgen, Madame«, erklärte er lachend. »Nathaniel Crane wird von niemandem gesehen, wenn er es nicht möchte.«

Allerdings hatte er dabei spontan an seine andere Gestalt gedacht. An den Teil von sich, den er verloren hatte. Seine Hände schlossen sich um Zebbies Knöchel.

Albert und Grandpa Culpepper kamen aus der Garderobe, wo sie eine Krisensitzung abgehalten hatten, und alle außer Dolores blickten ihnen erwartungsvoll entgegen.

»Wir holen Elfinas Mutter aus dem Gefängnis«, sagte Albert. »Denn wir vermuten, dass sie Araminta ist.«

Ausgerechnet in diesem Moment blitzte der Kristall-Kommunikator auf.

»Otto!«, riefen Albert und Dolores einstimmig aus.

Und tatsächlich – sie erblickten Otto, der in einem schrecklich dunklen Raum saß.
Dolores riss Albert die Kristallkugel aus den Händen.
»Ottie! Geht es dir gut? Wo bist du?«
»In ihrer Wohnung«, flüsterte Otto. »Hör mal, Dad, sie kommt zu dem Konzert. Mich bringt sie auch mit. Aber danach will sie euch verhaften lassen. Und der Präsident . . .«
»Wir holen dich da raus«, sagte Albert.
»Ich tue es!«, rief Dolores.
»Und Dad, da ist noch etwas . . . wegen des Portals . . .«
Das Bild im Inneren der Glaskugel wurde auf einmal gleißend hell.
Otto wandte den Kopf und die anderen im Theater sahen, wie sich seine Finger beschützend um die Kristallkugel schlossen. Das Bild verschwamm. Plötzlich ein entsetzter Aufschrei im ganzen Theater. Ottos Gesicht war verschwunden. Dafür starrte Elfina sie nun mit zornfunkelnden Augen an.
»Ich kann dich sehen, Albert Karmide«, fauchte sie. »Ich sehe dich und dein lieber, kleiner Sohn ist hier bei mir. Solltest du ihn jemals wieder sehen wollen, so komm morgen Abend zu dem Konzert im Pearly-Oak-Theater. Ich bin zu einem Austausch bereit. Dich gegen ihn.«
»Wishtacka!«, befahl Dolores.
»Aus der Ferne können Sie nichts bewirken«, flüsterte Morgan bedauernd. »Es geht nur, wenn Sie direkt vor ihr stehen.«
»Gute Nacht, alle miteinander«, sagte Elfina. »Und träumt schön!«
Der Kommunikator verdunkelte sich.

Betroffen starrten alle noch eine geraume Zeit darauf.

»Okay, geh und hol Araminta, wenn du willst«, sagte Dolores zu Albert, ohne aufzublicken. »Tu, was du willst, diese Vision auf dem Pergament ist nur Mist. Befreie Araminta, fang zwei Schmetterlinge, finde zwei Katzen, tu, was immer du willst, aber sorge dafür, dass du rechtzeitig zum Konzert wieder da bist, damit ich dich gegen Otto austauschen kann. Das ist das Mindeste, was du für deinen Sohn tun kannst.«

DIE KATZE AUS STEIN

»Was ist das für ein Gerät?«, wollte Elfina wissen.
»Ein Kristall-Kommunikator«, antwortete Otto.
»Und wie funktioniert er?«
»Weiß ich nicht. Man spricht hinein.«
Damit verriet er schließlich kein großes Geheimnis.
Sie hielt die Glaskugel zwischen ihren langen Fingern und drehte sie hin und her.
»Interessant«, sagte sie dann.
»Viele Magico-Dinge sind interessant«, sagte Otto, den die Müdigkeit etwas leichtsinnig werden ließ. »Damit arbeiten Katzauberer.«
»Dem werde ich bald ein Ende setzen«, entgegnete sie und schloss die Kugel in ihre Schreibtischschublade ein. »Versuch zu schlafen. Morgen früh bekommen wir wichtigen Besuch.«
Als Otto wieder allein in dem spärlich möblierten Raum war, streckte er sich auf dem kalten Ledersofa aus. Nach einer Weile stand er wieder auf und holte sich einen kleinen Teppich. Er wollte sich schon hineinwickeln, als er bemerkte, dass es ein Wolfsfell war. Ihm wurde schwer ums Herz und er ließ das Fell wieder auf den Boden fallen.
Auf einmal fühlte er etwas Warmes an seiner Brust. Es war der kleine Gegenstand, der aus der Akte gefallen war. Obwohl er nicht gerade klein und ziemlich uneben war, hatte Otto ganz vergessen, dass er ihn um den Hals hängen hatte.

Otto ging ans Fenster, wo der Himmel sich allmählich grau zu verfärben begann, und hielt den Gegenstand hoch, um ihn zu betrachten. Es war ein Katzenfigürchen, gemeißelt aus einem sehr harten schwarzen Stein, den man bisweilen in den Bergwerken fand – Obsidian. Die Pfoten waren mit Mondsteinen verziert, zwei Rubine bildeten die Augen. Merkwürdigerweise fühlte sich das Figürchen sehr warm an. Wärmer als er. Es kam Otto fast so vor, als sei es lebendig.

MR SLEIGHT

Ein lautes Hämmern an der Wohnungstür weckte Otto auf. Elfina eilte durch das Wohnzimmer in den Flur. Offenbar trug sie ihren Regenmantel sogar schon zum Frühstück.

»Aufstehen, kleiner Magico!«, rief sie ihm zu.

Otto war völlig verkrampft. Sein Kopf tat weh. Heute war der Tag, an dem seine Familie verhaftet werden würde.

»Sei tapfer«, sagte er sich und hoffte, dass Mab heil im Theater angekommen war.

Mr Sechs trat ein, in Begleitung eines fremden Mannes, der eine Aktentasche bei sich trug und sonderbar gekleidet war. Er sah aus, als wäre er schon lange nicht mehr bei sich zu Hause gewesen. Seine Hose war fleckig und zerrissen, seine Schuhe waren verdreckt und eine Rasur hätte ihm auch nicht geschadet.

»Mr Sleight, welche Freude, Sie zu sehen! Treten Sie näher!«, sagte Elfina mit einem breiten Lächeln. »Ich hoffe, Sie hatten eine angenehme Reise!«

Der Fremde ließ sich auf einen Sessel plumpsen und verkniff sich eine Antwort, die unzweifelhaft »Nein« gelautet hätte.

»Mr Sleight ist eigens aus der Außenwelt angereist, um unsere bezaubernde Stadt zu besichtigen«, sagte Elfina, noch immer zufrieden lächelnd. »Er war tagelang unterwegs. Meine Normies haben ihn in den Bergen abgeholt. Sechs hat ihn durch die Tunnels hergeführt. Acht ist ver-

mutlich noch mit Ihrem Zelt und Ihrem Gepäck unterwegs, nicht wahr, Mr Sleight?«
Nach einem Blick auf sein erschöpftes Gesicht fragte sie: »Sie möchten sicher eine Tasse Kaffee haben. Auch ein paar Brötchen? Oder wäre Ihnen ein Steak lieber?«
»Nein, ein Kaffee reicht«, antwortete Mr Sleight, der ganz offensichtlich am Rande der Erschöpfung stand. Langsam öffnete er seine Aktentasche.
Neugierig blickte Otto auf die mysteriösen Dinge, die sich darin befanden. Ein schwarzes Kästchen mit kleinen Knöpfen, auf denen Zahlen standen. Dann noch ein weiteres, etwas schmaleres Kästchen, an dem oben ein kleiner Stöpsel herausragte. Wahrscheinlich eine winzige kleine Schreibmaschine.
»Ich muss mal kurz . . .«, sagte Mr Sleight.
»Das Badezimmer ist dort drüben.«
». . .telefonieren.«
»Ah, mein Telefon steht da!«
»Nein, nein, hiermit«, erklärte der Fremde und hielt eines der kleinen Kästchen hoch.
»Oh, natürlich«, sagte Elfina. »Natürlich, mit Ihrem Handy.«
Ihr Besucher drückte auf einige der Knöpfe und hielt sich das kleine Ding dann ans Ohr.
So ein Unsinn! Otto sah weder einen Draht noch ein Kabel.
Genau, wie er erwartet hatte, funktionierte es natürlich nicht.
»Muss an den Bergen liegen«, sagte Elfina hastig. »Modernere Einrichtungen bauen wir demnächst. Aber gehen wir doch gleich los, sobald Sie Ihren Kaffee getrun-

ken haben. Ich werde Ihnen die Stadt zeigen. Du kommst mit, Otto. Geh noch kurz ins Bad. Wissen Sie, Mr Sleight, ich habe versprochen mich heute um Otto zu kümmern. Er ist der Sohn eines alten Bekannten von mir.«

Wenig später wurden Mr Sleight, dem der Kaffee nur halbwegs wieder zu neuen Kräften verholfen hatte, und ein widerspenstiger Otto zum Aufzug geführt.
Sie setzten sich in das große Dampfgefährt. Sechs setzte sich ans Lenkrad, Acht nahm neben Otto Platz.
»Mr Sleight besitzt in der Außenwelt mehrere Casinos und Freizeitparks«, erklärte Elfina Otto mit gespielter Freundlichkeit. »In mehreren Ländern. Als ich nach einem Geschäftspartner suchte, bin ich auf ihn gestoßen. Er wird Busreisen für Touristen organisieren, sobald das Große Portal geöffnet ist. Wohnen können sie in den neuen Hotels, die wir demnächst bauen werden. Als besondere Attraktion können die Touristen unsere Magie-Shows besuchen und unsere Stadt besichtigen.«
»Geld kommt und geht«, sagte Otto.
»Mr Sleight ist ein sehr erfolgreicher, zielstrebiger Geschäftsmann. Genauso erfolgreich und zielstrebig wie ich«, fuhr Elfina unbeirrt fort. »Otto ist ungewöhnlich klein für sein Alter, wissen Sie, Mr Sleight. Vielleicht wächst er gar nicht mehr.«
Im Moment sah Mr Sleight weder besonders erfolgreich noch zielstrebig aus. Doch auf einmal kam wieder Leben in ihn. Er beugte sich fasziniert vor und bekam den Mund nicht mehr zu.
»Das ist ja unglaublich! Da drüben schneit es! Und auf der anderen Seite, schauen Sie nur! Da sitzen tropische

Papageien auf Palmen! Wie schaffen Sie das? Wow, was für ein Riesenvogel! Wahnsinn! Er hat einen Autoreifen im Schnabel! Fallen diese Vögel immer um, wenn sie landen?«

»Ziemlich häufig«, antwortete Elfina. »Das ist ein Kratervogel, das Wappentier unserer Stadt.«

»Oh, das sehe ich zum ersten Mal, dass Wasser bergauf fließt. Und diese durchsichtige Fahrbahn da drüben, was ist das? Befindet sich darunter ein Aquarium? Und das Gebäude dort dreht sich, das gefällt mir! Das könnte man vielleicht wegtransportieren und woanders aufstellen. Ihr seid ja ein komisches Volk. Mir fallen spontan sechs Millionäre ein, die bereit wären, mit mir zusammen die ganze Straße hier aufzukaufen. Alles, was hier fehlt, sind ein paar Hamburger-Restaurants. Doch die vielen Bäume können stehen bleiben, sie sehen ganz gut aus.«

»Freut mich, dass Ihnen die Stadt gefällt.«

»Gefällt? Sie ist umwerfend! Dürfen alle Schafe hier unbehütet durch die Gegend laufen? Die dort haben eine Goldkette um den Hals hängen. Was? Sie betreten ein Geschäft? Müsste da nicht die Gesundheitsbehörde einschreiten?«

Mr Sleight konnte natürlich nicht ahnen, dass er im Moment einige Mitglieder des vierhörnigen Hebriden-Schaf-Clans vor sich hatte, eine der mächtigsten Schaffamilien der Stadt, mit denen man sich auf keinen Fall anlegen sollte.

»Natürlich müssten ein paar Dinge hier geändert werden«, fuhr er aufgeregt fort. »Ich nehme an, es gibt noch keine Schulen, hab ich Recht? Wow! Was für eine Riesenschnecke! Dort, wo ich herkomme, sind Schnecken alle

ganz winzig. Und auf der Schnecke dort reitet jemand! Schauen Sie nur! Der helle Wahnsinn! Was für unglaubliche Schnitzereien überall! Und die Kleidungen, so viele verschiedene Gewänder! Ihre Leute werden sich daran gewöhnen müssen, sehr viel fotografiert zu werden ...«
Und so ging es endlos weiter.
Als Otto aus dem Fenster schaute, sah er etwas, mit dem er allerdings nicht gerechnet hätte. Es war Grandpa Culpepper, der sich ganz offensichtlich einen falschen Bart umgehängt hatte. In seiner Begleitung war ein ebenfalls bärtiger Mann. Und dieser Mann, dessen war sich Otto ganz sicher, war niemand anderer als Albert.

IM GEFÄNGNIS

Otto hatte sich nicht getäuscht. Ausgestattet mit einem gefälschten Brief, den Madame le Grey und Madame Honeybun mit magischen Kräften geschrieben hatten, waren Grandpa Culpepper und Albert auf dem Weg zum Gefängnis. Sie hatten etliche Male umsteigen müssen und das ganze Unternehmen war ein einziges Spießrutenlaufen, besonders wenn sie an den Fahndungsplakaten vorbeikamen, auf denen Alberts Kopf abgebildet war. Leider hingen diese Plakate auf dem ganzen Boulevard an jedem dritten Baum.

Trotzdem kamen die beiden Männer letzten Endes unbehelligt an ihrem Zielort an.

Die vergitterten Tore des Gefängnisses waren wie erwartet hoch und beängstigend. Ein Wächter ließ sie zu einer kleinen Seitentür hinein.

Grandpa Culpepper räusperte sich und zückte seinen vom Rathaus ausgestellten Dienstausweis. Das Foto war schon einige Jahre alt, von damals, als er noch dort gearbeitet hatte. Damals hatte er noch einen Bart getragen, der allerdings nicht so dicht und kratzig gewesen war wie der, mit dem er sich heute geschmückt hatte.

»Chef-Buchhalter«, murmelte der Wächter, während er die beiden Besucher mit einem Seitenblick beäugte.

»Jawohl, Isidor Culpepper, Chef-Buchhalter des Präsidenten, und hier habe ich eine Sondergenehmigung, ausgestellt von der Ministerin für Modernisierung persönlich – Elfina Crink. Sie verlangt, dass Sie uns die Inhaftierte mit der Nummer G2YWJG3AXY umgehend übergeben. Sie wird zwecks Überprüfung einiger Dokumente gebraucht.«

»Und wer ist der andere Mann da?«, fragte der Wächter.

»Professor Copperplate, unser Sachverständiger für Grafologie. Die Ministerin für Modernisierung glaubt, dass Sträfling Nummer G2YWJG3AXY uns dabei helfen kann, herauszufinden, ob es sich bei gewissen Unterlagen im Rathaus um Fälschungen handelt. Wenn ich richtig informiert bin, soll die Betreffende selbst als Fälscherin aufgetreten sein.«

Grandpa Culpepper zog ein Schreiben aus der Tasche. Es war mit Wappen und Kratervögeln verziert und die Unterschrift nahm fast die halbe Seite ein.

»Eine derartige Anfrage ist mir noch nie untergekommen«, sagte der Wächter skeptisch. »Ich frage besser mal meinen Chef. Er hat schon öfter Schreiben vom Rathaus bekommen und kann das hier sicher besser beurteilen als ich.«

Albert biss die Zähne zusammen. Grandpa Culpepper hingegen zauberte plötzlich, mit der Geschicklichkeit eines Taschenspielers, ein Bündel Banknoten aus der Tasche.

»Ich bin befugt Sie für eventuelle Unkosten zu entschädigen«, sagte er in leisem, verschwörerischem Ton. »Unter uns gesagt – ich habe den Verdacht, dass die Ministerin diese spezielle Inhaftierte aus sentimentalen Gründen freizulassen gedenkt. Sie haben denselben Nachnamen, sehen Sie, vielleicht ist es eine entfernte Verwandte. Aber das ist natürlich eine reine Vermutung meinerseits.«

Der Wächter wollte gierig nach den Scheinen greifen.
»Geben kann ich Ihnen das Geld natürlich erst, wenn die Strafgefangene *hier* ist«, sagte mit einem charmanten Lächeln Grandpa Culpepper, dessen Handfläche plötzlich auf mysteriöse Weise wieder leer war.
Der Wächter marschierte davon und zog die Tür hinter sich zu.
»Keine Bange«, sagte Grandpa Culpepper. »Er ist scharf auf das Geld.«
In Sachen menschlicher Natur täuschte er sich nur sehr selten. Und tatsächlich, nach etwa einer Viertelstunde kam der Wächter zurück. In seiner Begleitung befand sich eine hoch gewachsene, grauhaarige Frau in der schwarzen Sträflingsuniform.
Während Grandpa Culpepper auf Wunsch des Wächters einige Papiere unterzeichnete und ihn gleich darauf um einiges reicher machte, hatte Albert schon die Hand der Frau ergriffen und sie aus den Schatten der Gefängnistore hinausgeführt.
Das Gesicht der Frau war von tiefen Falten durchzogen. Als sie in die Sonne trat, blinzelte sie und Albert sah, dass sie große, schräg stehende Augen hatte, fast Schlitzaugen, grün-schwarze Augen mit goldenen Pünktchen. Er hatte bisher nur einen einzigen Menschen mit solch auffallenden Augen gesehen. Vom plötzlichen Sonnenlicht geblendet, hielt sie sich die Hand an die Stirn. Und da konnte Albert es sehen – gleich hinter dem Handgelenk: einen inzwischen kaum noch erkennbaren, verblassten Schmetterling.
Grandpa trat zu ihnen.
»Mit was für zwei Witzbolden habe ich die Ehre?«, fragte

die Frau misstrauisch und spuckte ein gut durchgekautes Blutbeerenblatt auf den Boden.
»Ehrbare Grüße, Madame«, sagte Albert. »Wir wissen, wer Sie sind. Darf ich uns vorstellen? Ich bin Albert Hush und das ist mein Schwiegervater, Isidor Culpepper. Ihr Volk braucht Sie.«
»Mein Volk? Ich habe kein Volk.«
»Wir wissen, dass Sie Araminta sind, die Königin der Karmiden, eine der größten Karmiden-Führerinnen aller Zeiten und Erbauerin des Großen Portals, das uns vor der Vernichtung bewahrt hat.«
Sie spuckte wieder auf die Erde. »Seit damals ist einiges Wasser den Berg heruntergeflossen, mein Guter. Und ich habe in der Zwischenzeit etliche andere Namen getragen. Wohin bringen Sie mich?«
Grandpa Culpepper hatte ihren Arm genommen und führte sie den Hügel hinunter.
Albert versuchte ihr in aller Kürze die Lage zu erklären. »Jemand hat die feste Absicht, den Zauber, der auf dem Großen Portal liegt, zu brechen«, sagte er. »Vermutlich sucht die betreffende Person schon nach Ihnen, um Sie zu zwingen ihr dabei zu helfen. Die ganze Stadt ist in großer Gefahr.«
Die Alte seufzte. »Seit damals, meiner Zeit als Königin, habe ich vieles erlebt. Ich war in meinem langen Leben schon Ladenbesitzerin, Kellnerin und Schlangenbeschwörerin. Ich habe ein Gasthaus geleitet und Falken abgerichtet . . . Nach mir wurden schon viele andere geboren, die das Mal tragen.«
»Ist Ihnen bekannt, was zurzeit mit uns Karmiden passiert?«

»Nein, mein Guter, Zeitungen gibt es da drinnen keine. Auch sonst nicht viel . . .«
Sie näherten sich dem Boulevard.
Plötzlich fiel krachend ein großes, rostiges Metallteil, das früher vermutlich zu einer Tram gehört hatte, vor ihnen auf den Gehsteig. Zwei Kratervögel kamen ungelenk und verwirrt heruntergeflogen, packten es mit ihren langen Schnäbeln und versuchten flügelschlagend und krächzend, mit ihrer Beute wieder das Weite zu suchen. Mit der Reparatur ihrer Nester waren sie ganzjährig beschäftigt.
Araminta war vor Schreck getorkelt und rückwärts gefallen. Doch noch als sie auf dem Boden lag, begann sie schallend zu lachen. Sie lachte auch noch, als ihre beiden Begleiter ihr wieder auf die Beine und dann über die Straße halfen. Sie lachte so sehr, dass ihr Tränen über das Gesicht liefen.
Albert, dem unter seiner Verkleidung viel zu heiß war, wollte etwas sagen, doch Grandpa Culpepper winkte ab. »Später«, sagte er leise.
Und so gingen die drei seltsamen Gestalten durch das Herz der Stadt und an Scharen von Passanten vorbei. Araminta benahm sich wie ein kleines Kind, zeigte freudig mal hierhin, mal dorthin und hörte nicht mehr auf zu lachen. Doch es war ein verrücktes Gelächter und Albert hätte am liebsten losgebrüllt.
Erst als sie am Theater ankamen und über die Müllberge in der Gasse stiegen, um zum Bühneneingang zu kommen, verebbte ihr Gelächter.
»Ich muss mein kleines Mädchen finden«, sagte sie auf einmal sehr ernst. »Ihr Vater hat mich hereingelegt. Er

wurde nicht damit fertig, als er es herausfand. Doch wie hätte er es auch ertragen können? Dass ich jung bleiben würde, für lange, lange Zeit, während er allmählich ein gebrechlicher, alter Mann werden würde. Als er begriff, über welche Freiheit ich verfügte, weil ich nur zur Hälfte Mensch bin, platzte er fast vor Hass und Neid. Dank meiner magischen Kräfte hätte ich ihn zu einem reichen Mann machen sollen. Doch als er sah, dass seine Rechnung nicht aufging, sorgte er dafür, dass ich ins Gefängnis geworfen wurde. Dort nahm man mir meinen Familiaris weg. Deshalb bin ich nun gealtert. Doch das Einzige, das wirklich zählt, ist mein kleines Mädchen. Nur ihretwegen habe ich all die Jahre durchgehalten, versteht ihr?«

Sie hatten inzwischen das Theater betreten und alle kamen herbeigeeilt, um sie zu begrüßen.

Suchend blickte die alte Frau sich um, ihre Augen wanderten von einem Gesicht zum nächsten und beim Anblick von Mab, dem kleinen Mädchen mit den hellen Haaren, begann sie zu schluchzen. »Er hat mir mein kleines Mädchen weggenommen, meinen einzigen Schatz, mein über alles geliebtes Kind. Versteht ihr? Ihr müsst sie suchen. Ich habe etwas für sie, etwas, das sie dringend braucht. Als sie mich durchsucht haben, habe ich es in meinem Mund versteckt. Meine Kleine weiß nicht, wer sie ist. Findet sie! Das ist für mich wichtiger als alles andere auf der Welt.«

»Ich glaube, wir können Ihnen helfen«, sagte Albert mit ruhiger Stimme.

DAS KONZERT

In der Stadt herrschte den ganzen Tag über das übliche geschäftige Treiben. Viele Bürger, die sich lange auf das alljährliche Mittsommer-Festival und die Parade gefreut hatten und dann enttäuscht wurden, sahen die Plakate mit der Ankündigung eines Konzerts und beschlossen spontan hinzugehen. Es gab an diesem Abend keine andere Veranstaltung.

Unter den Karmiden in den Hütten bei der Arena kursierten die wildesten Gerüchte. Dieses kurzfristig angesetzte Konzert sollte etwas mit dem König zu tun haben, wie einige munkelten. Andere lachten nur abfällig darüber.

Amos und Lydia flogen zu den versteckten Höhlen in den Bergen, wohin sich schon viele Karmiden geflüchtet hatten. Tänzer wurden angeheuert. Jeder, der bereit war, das Wagnis der Reise auf sich zu nehmen, war herzlich eingeladen dem Konzert beizuwohnen.

Cornelius, Alberts Vater hatte viele Jahre lang geleugnet, dass sein Sohn ein König war. Doch seine Frau überzeugte ihn schließlich sie zu begleiten. Bei Einbruch der Abenddämmerung machten sie sich auf den Weg ins Schauspielhaus. Miss Fringe begleitete sie.

Inzwischen war es dunkel geworden. Eine Vielzahl von Bürgern kam aus Richtung des Boulevards und strömte durch die frisch polierte Eingangstür. Karmiden nahmen lieber die Seitentür, den Notausgang, wo Madame Morgan sie begrüßte und ihnen den Weg zur Galerie wies.

Die Ministerin für Modernisierung, der Präsident, ein

fremder, ungewöhnlich gekleideter Mann, ein kleiner Junge, Mr Sechs und Mr Acht wurden von Madame Honeybun zu einer Loge der Ehrengäste geführt.
Beim Anblick von Madame Honeybun hätte Otto fast ihren Namen gerufen. Doch sie legte sich rasch einen Finger an die Lippen.
»Bitte, lassen Sie es uns wissen, wenn Sie einen Wunsch haben«, sagte sie zum Präsidenten. »Wir hoffen, dass Sie unsere Darbietungen genießen werden.«
»Vielen Dank«, sagte Präsident Krumm.
»Gibt es hier einen Mann namens Albert Hush?«, erkundigte sich Elfina. »Ich habe etwas für ihn.«
»Bedauere, aber ich bin nur die Platzanweiserin«, sagte Madame Honeybun mit einem unterwürfigen Knicks.
Otto blieb nichts anderes übrig, als Platz zu nehmen. Er war noch immer ein Gefangener.
Da hörte er jemanden neben sich nach Luft schnappen. Es war Elfina, die wie gebannt auf den Bühnenvorhang starrte.
»Alles in Ordnung, mein Goldschatz?«, fragte der Präsident besorgt.
»Ach, halt den Mund!«, fauchte Elfina und wandte sich an Mr Sleight. »Ein verwahrloster Ort. Tut mir Leid, dass ich Sie hierher gebracht habe. Unser Metropolitan-Theater auf dem Boulevard ist wesentlich prachtvoller.«
Das erwartungsvolle Gemurmel des Publikums wurde leiser. Die Kapelle hatte ihre Instrumente fertig gestimmt.
Hinter sich hörte Otto das laute Atmen von Mr Sechs und Mr Acht, die nicht zum Sitzen aufgefordert worden waren.

Der Vorhang öffnete sich und die beiden Hälften des gestickten Baums teilten sich und glitten zur Seite.
»Ist das ganze Theater umstellt?«, zischte Elfina.
Sechs musste niesen, ehe er antworten konnte: »Jawohl, Frau Ministerin.«
»Habt ihr euch wieder vervielfacht, wie ich es befohlen habe?«
»Jawohl, Frau Ministerin. Deshalb bekommen wir auch gerade eine Erkältung. Wir dürften uns nicht Tag für Tag so hochfahren. Mit der Zeit schwächt uns das zu sehr. Wir bräuchten mal einen Tag Pause.«
»Unsinn, 2 304 Mann ist nicht sehr viel. Also, noch einmal: Sobald das Spektakel hier zu Ende ist, werden alle verhaftet. Die Tänzerinnen und Tänzer, die Musiker, die Platzanweiser – alle! Verstanden?«
Ottos Magen zog sich schmerzhaft zusammen, als er seine Mutter auf die Bühne treten sah. Dolores trug ein prachtvolles Gewand. Es war violett und mit silbernen und goldenen Fäden durchwirkt.
»Sehr verehrter Herr Präsident, verehrte Ministerin, sehr verehrte Damen und Herren«, hallte Dolores' Stimme durch das Theater. »Wir eröffnen die heutige Vorstellung mit einigen Tänzen, die eigens für diesen Anlass kreiert wurden.«
»Was für ein Anlass?«, knurrte Elfina unwillig.
»Der erste Tanz trägt den Titel »Geld ist nicht alles«. Ich bitte nun um Ihre geschätzte Aufmerksamkeit . . .«
Dolores machte eine feierliche Verbeugung, die Lichter erloschen kurz, und als sie wieder angingen, sah man eine Schar von Tänzern auf der Bühne stehen. Jeder hatte eine große Goldmünze in den Händen. Der Dirigent hob seine

langen, dünnen Arme und die Musik setzte ein. Es war eine gespenstisch anmutende, ungewöhnliche Szenerie. Die Tänzer auf der Bühne begannen sich zu drehen.
Da wurde leise die Tür der Loge geöffnet, und als Otto den Kopf drehte, erblickte er Nathaniel Crane. Doch Nathaniel Crane war nicht allein. Er trug die schlafende Zeborah im Arm.
Erschrocken sprang Otto von seinem Sitz auf, aber Sechs drückte ihn mit kraftvoller Hand wieder nieder.
Nathaniel sagte kein Wort. Er stand nur da, hielt Zebbie im Arm und blickte Elfina an. Otto fiel auf, wie krank und mitgenommen er aussah. Er klapperte sogar mit den Zähnen.
»Woher willst du wissen, dass die Kleine fliegen kann?«, fragte Elfina im Flüsterton.
Otto stieß einen entsetzten Schrei aus und erst da wurde er von Nathaniel gesehen, dessen Gesicht sich vor Scham verzog.
»Sie hat dich geschnappt«, flüsterte er. »Ich hab's gesehen, an einem dunklen Ort . . .«
»Woher weißt du, dass das Kind fliegen kann?«, wiederholte Elfina unter den fragenden Blicken des Präsidenten und von Mr Sleight.
In diesem Moment setzte das Orchester zu einem Crescendo an. Die Tänzer hatten die Münzen aufeinander getürmt und bemühten sich nun auf diesen Münzberg zu klettern. Zebbie blinzelte und begann zu zappeln.
Otto streckte instinktiv einen Arm nach ihr aus, doch Sechs packte ihn und drehte ihn auf Ottos Rücken. »Ich konnte dich noch nie leiden«, zischte er ihm schadenfroh ins Ohr.

»Ist eine solch unsanfte Behandlung des Jungen wirklich nötig?«, wandte sich der Präsident an Elfina.
Elfina würdigte ihn keines Blickes.
Zebbie wurde noch unruhiger.
Nathaniel ließ sie los. Vielleicht hoffte er, sie würde im Halbschlaf ein Stück höher schweben und sich dann leichter wieder fassen lassen.
Zebbie schwebte tatsächlich sogleich nach oben, wie Otto es schon häufig bei ihr beobachtet hatte. Doch sie schwebte so hoch, dass sie fast an die Decke der Loge stieß.
»Geben Sie mir meinen Familiaris zurück«, sagte Nathaniel flehentlich zu Elfina.
Mr Sleight fielen vor Überraschung fast die Augen aus dem Kopf.
»Ich will meinen Familiaris!«, wiederholte Nathaniel nun schon wesentlich fordernder.
»Zebbie!«, rief Otto, doch schon hielt Sechs ihm eine verschwitzte Hand vor den Mund.
Elfina zog etwas Kleines aus ihrer Tasche und Otto konnte erkennen, dass es sich um eine kleine Katzenfigur handelte, ähnlich wie jene, die er noch immer unter seinem Hemd verborgen um den Hals hängen hatte. Diese hier war jedoch etwas kleiner und nicht mit Edelsteinen besetzt.
Nathaniel riss die Figur förmlich aus Elfinas Hand, wie ein Dürstender, der ein Glas Wasser sieht. Gierig führte er sie an seine Lippen. Und schon verschwamm er. Der Präsident und Mr Sleight schnappten nach Luft.
Das Orchester setzte zu einem Trommelwirbel an. Einer der Tänzer hatte es bis auf die Spitze des Münzenbergs

geschafft, doch nur um kurz zu schwanken und gleich darauf theatralisch herunterzufallen.

Die Scheinwerfer erloschen für einen kurzen Moment.

Als sie wieder angingen, war Nathaniel verschwunden und Zebbie, die inzwischen aufgewacht war, war zur Loge hinausgeschwebt.

Elfina machte einen Satz und versuchte sie zu schnappen. Doch sie verfehlte sie um Haaresbreite. Und schon stieg Zebbie, vom Publikum unten im Saal ungesehen, höher und höher durch die staubige Luft bis unter die Kuppel des Theaters.

»Du kennst dieses Kind, nicht wahr? Du hast eben einen Namen gesagt. Sag ihn noch einmal! *Sofort!* Ruf es her!«, zischte Elfina Otto zu.

Unterstützend nahm Sechs seine Pranke von Ottos Mund.

Otto biss die Zähne zusammen.

»Ich verlange, dass du dieses verflixte Kind auf der Stelle herbeirufst!«, fauchte Elfina wutentbrannt. »Oder ist es dir lieber, dass ich deinen Vater umbringe, sobald er mir unter die Augen kommt?«

»Hildegard, komm her!«, krächzte Otto, dessen Stimme vor Angst fast überschnappte. Zebbie jedoch schwebte in kleinen Kreisen nur noch höher und höher.

»Hildegard«, wiederholte Otto, natürlich nicht sehr laut.

»Macht nichts!«, zischte Elfina, als die ersten Zuschauer den Kopf hoben, um zu hören, wer hier die Vorführung störte. »Was hochsteigt, kommt irgendwann auch wieder herunter. Sobald dieses Affentheater hier vorbei ist, wird einer der Normies sie einfangen.«

Dolores trat wieder auf die Bühne, um den nächsten Tanz anzukündigen. Er hieß *Die eingefrorene Armee*.
Erneut erloschen die Lichter, ein Trommelwirbel setzte ein. Otto konnte Zebbie nicht mehr sehen. Erst als die Scheinwerfer wieder angingen, sah er sie ganz oben in der Kuppel schweben. Auch einige der Karmiden hatten sie inzwischen erblickt. Aufgeregt begannen sie zu tuscheln und nach oben zu zeigen.
Zwei Tänzer betraten die Bühne. Einer von ihnen hatte in großen Buchstaben *SECHS* auf den Rücken gestickt, der andere *ACHT*. Mit ungelenken, steifen Schritten marschierten sie über die Bühne und aus den Reihen der Galerie ertönte unterdrücktes Kichern.
»Hat dieser Tanz eine besondere Bedeutung?«, fragte Mr Sleight. »Ach, übrigens, ich glaube, ich sollte nach Hause gehen und mir die Einzelheiten unserer geschäftlichen Abmachung noch einmal durch den Kopf gehen lassen. Und zwar jetzt gleich.«
Doch er bekam keine Antwort.
Otto sah Madame Morgan mit Pinfracca auf dem Arm unten durch einen Gang gehen. Granny Culpepper und Honeybun Nicely, die noch ihre Platzanweiserinnen-Uniform trug, kamen durch zwei gegenüberliegende Notausgangstüren in den Zuschauerraum. Shinnabac thronte auf Grannys Schultern. Die Katzauberinnen schienen sich nach einem bestimmten Plan im Raum zu verteilen.
Das Orchester spielte eine schwungvolle Melodie, die beiden ungelenken Tänzer packten sich an den Händen, sprangen in die Luft und bei jedem Sprung kamen zwei neue Tänzer auf die Bühne und stampften herum, bis die Bühne schließlich fast aus den Nähten platzte.

»Achtundvierzig!«, rief eine Stimme aus der Galerie. Die Tänzer gaben sich alle Mühe, möglichst plump und dämlich zu wirken.
»Warum haben alle eine Nummer auf dem Rücken?«, hörte Otto Sechs hinter sich fragen.
Elfina ließ die Fingerknöchel knacken. »Halt die Klappe, du Blödmann!«
»Aber, mein Herzblatt . . .«, sagte der Präsident betroffen. »Ich wollte gerade dieselbe Frage stellen.«
Otto sah, dass Morgan und Pinfracca stehen blieben. Sein Herz begann wie wild zu pochen. Die Katzauberinnen hatten etwas vor, sie alle zusammen.
Die Musik war nun extrem laut und der Dirigent warf einen kurzen Blick über die Schulter, um einen Blick auf die Katzauberinnen zu werfen. »Bumm – krach – bumm!«, dröhnten die Trommeln.
Im Theater wurde es immer wärmer und wärmer. Es war, als sei die Luft plötzlich lebendig geworden. Wie heißer Atem staute sich die Luft über den Reihen der Bürger und fegte dann hinüber zu den Karmiden in der Galerie.
»Was ist jetzt los?«, rief Elfina bestürzt.
Doch noch ehe sie diesen Satz zu Ende gesagt hatte, war plötzlich alles wieder vorbei und nur ihre Stimme hallte durch den Saal. Die Tänzer auf der Bühne verharrten reglos wie Statuen. Das Orchester begann mit einem wehklagenden Lamento. Noch immer rührte sich keiner der Tänzer.
Dann plötzlich rannte ein Mädchen mit langen, wehenden Haaren aus der Seitenkulisse. Otto hatte Mühe, einen Aufschrei zu unterdrücken. Es war Mab. Sie trug ein wunderschönes schwarzes Kleid. Graziös tanzte sie zwi-

schen den reglosen Figuren der Tänzer hin und her, während sie deren unschöne Gebärden und Gesten nachäffte.
Frenetisches Klatschen aus den Reihen der Galerie. Auch einige der Bürger spendeten Applaus.
Dann schloss sich der Vorhang.
»Schluss damit!«, befahl Elfina ihren Normies. »Sechs und Acht, ruft sofort all eure Klone herein und verhaftet diese Bande. *Auf der Stelle!«*
Sechs und Acht zuckten mit keiner Wimper.
Der Präsident und Elfina blickten sie empört an.
»Das ist ein Befehl!«, sagte der Präsident.
Noch immer keine Reaktion.
Vorsichtig warf Otto einen Blick über die Schulter. Aufgeregt wie er war, konnte er sich nicht mehr beherrschen. Er streckte eine Hand aus und stieß Sechs an die Brust. Sechs schwankte leicht hin und her, blickte aber nur starr geradeaus.
»Was zum . . .?«, rief Elfina aus.
»Zebbie!«, rief Otto.
Doch seine kleine Schwester war zu durcheinander. Sie ruderte nur mit ihren Beinchen und flog unter der geschnitzten Kuppel im Kreis herum, wobei sie mit ihrem hellen Kinderstimmchen verwirrt »Mummy! Mummy! Heppie! Heppie!« trällerte.
»Dürfte ich Sie alle bitten auf Ihren Plätzen zu bleiben!«, rief Dolores mit einem besorgten Blick zur Decke. »Wir werden gleich mit unserer Show fortfahren, doch zuerst möchte ich Ihnen jemanden vorstellen, der ein paar Worte sagen möchte.«
Der Dirigent, ein dünner Mann in einem schäbigen An-

zug, stieg die wenigen Stufen zur Bühne hinauf. Mit gequältem Gesicht wandte er sich den Zuschauern zu. Wie sehnsüchtig hatte er gehofft die Vision auf dem alten Pergament würde nicht wahr werden, sondern eine andere, mögliche Zukunft, die in Rätseln beschrieben worden war, würde eintreten. Die, in der Elfina nicht siegen würde. Doch diesen Traum musste er nun ganz offensichtlich begraben. Ihm blieb nur noch die Möglichkeit, alle Anwesenden zu warnen ...

»Mein Name ist Albert, König der Karmiden«, begann er mit trauriger Stimme. Ein beklommenes Schweigen machte sich in den Reihen der Bürger und Karmiden gleichermaßen breit.

Otto winkte Zebbie zu.

Elfina, die eben noch energisch an Acht gerüttelt hatte, packte Ottos Hand, um ihn davon abzuhalten. Otto biss zu. Blitzschnell riss sie den anderen Arm hoch, um auf Otto einzuschlagen, doch Präsident Krumm hielt geistesgegenwärtig ihren Arm fest.

»Ruhig, mein Schatz«, murmelte er besänftigend. »Du bist etwas außer dir.«

»Die Ministerin für Modernisierung hat uns angelogen, was die Straßen und Bergwerke betrifft. Es waren nicht die Magicos, die diese Zwischenfälle verursacht haben.« Albert streckte den Arm zur Seitenkulisse aus und Megrafix betrat die Bühne, mit einer Sonnenbrille, um seine empfindlichen Augen vor den Rampenlichtern zu schützen.

»Das ist Megrafix, eines der Wesen, die wir Karmiden stolz und respektvoll als unsere Ahnherren bezeichnen, da sie schon vor uns hier gelebt haben. Ihnen verdanken wir die Tunnel und Höhlen in den Bergen und vieles andere mehr. Nun, er und seine Brüder wurden gefangen genommen und dazu gezwungen, die Löcher in die Straßen zu reißen und für das Einstürzen der Bergwerke zu sorgen.«

Nur wenige der Karmiden und keiner der Bürger hatte je zuvor einen Höhlenmenschen zu Gesicht bekommen. Megrafix überragte Albert bei weitem, bot ein Ehrfurcht und Angst einflößendes Bild. In einer seiner Krallenhände, über dem Kopf, trug er einen Felsbrocken von der Größe eines Klaviers.

»Woher sollen wir wissen, dass das auch stimmt?«, rief jemand aus dem Publikum, der wie ein Minenarbeiter aussah.

Megrafix ließ den Felsbrocken fallen, der den Bühnenboden durchschlug.

»Dieser Fels stammt aus der Erde unterhalb des Boulevards«, rief Megrafix mit seiner knarrenden Stimme. »Meine Brüder, die draußen vor der Tür stehen, haben noch mehr davon.«

Durchaus möglich, dass der eine oder andere Zuschauer noch leise Zweifel hatte, doch die behielt er vorsichtshalber für sich.

»Und nun möchte ich Ihnen auch noch eine Frau vorstellen, die mehr über diese Stadt, unsere Stadt, weiß als sonst jemand«, sagte Albert und machte eine theatralische Pause. »Darf ich vorstellen – Araminta!«

Die Zuschauer in der Galerie schnappten laut hörbar nach Luft.

Und schon trat Araminta aus dem Seitenflügel.

»Ich bin Araminta, einst Königin der Karmiden«, begann

sie. Ihre Stimme klang staubig und vertrocknet. »Mit tiefer Betroffenheit erfuhr ich, wie die Dinge hier neuerdings stehen. Magicos wurden aus ihrem Heim vertrieben und sollen gezwungen werden in kommerziellen Magie-Shows aufzutreten. Fremde aus der Außenwelt sollen hergelockt werden, um euch die Stadt wegzunehmen. Und ihr, ihr Normalos, ihr Bürger, glaubt alles zu wissen. Dabei wisst ihr rein gar nichts. Unsere Stadt war schon immer und ist bis heute voller Magie.«

Betroffen und ratlos blickte der Präsident zu Elfina.

»Es kümmert mich nicht, ob ihr mir glaubt oder nicht«, fuhr Araminta fort. »Aber ich möchte euch warnen. Damit ihr später nicht sagen könnt, ihr hättet von nichts gewusst. Und da ich schon einmal hier vor euch stehe, möchte ich die Gelegenheit nutzen und euch um eure Hilfe bitten. Ich suche nach jemandem, nach meiner Tochter, die vor beinahe dreißig Jahren auf einem Schleppkahn in Red Moon geboren wurde. Ich wurde ins Gefängnis geworfen und konnte nie mehr nach Hause zurückkehren, um mich von ihr zu verabschieden und ihr alles zu erklären.«

Elfina sprang von ihrem Sitz auf und lehnte sich über die Brüstung der Loge. Ihre Finger krallten sich in den dicken Samtbezug, dessen Stoff wie Papier zerriss.

»Meine Tochter ist längst eine erwachsene Frau«, rief Araminta ins Publikum. »Sie muss irgendwo in dieser Stadt wohnen. Vielleicht ist sie heute Abend sogar hier. Wenn dies der Fall sein sollte, dann möchte ich sie bitten zu mir auf die Bühne zu kommen. Von einem Wiedersehen mit ihr habe ich all die Jahre sehnsüchtig geträumt, jeden Tag und jede Nacht. Sie ist ein Zwieling – genau wie ich.«

Ihre Stimme kam ins Stocken.
Albert wollte stützend nach ihrem Arm greifen, doch Araminta schüttelte ihn ab und ging bis zum Rand der Bühne.
»Sie weiß es nicht. Ich wurde ohne Vorwarnung ins Gefängnis geworfen, als sie erst sechs Jahre alt war. Doch ich habe etwas für sie, etwas, das sie braucht, ihren Familiaris. Mein eigener Familiaris wurde mir im Gefängnis weggenommen, doch ihren habe ich gut versteckt und stets behütet. Er gehört ihr. Er birgt das Geheimnis von uns Zwielingen, er ist der Hort, der ihre andere Energie in sich trägt. Jede Mutter schnitzt ihn eigens für ihr Kind.«
Araminta blickte ins Publikum und hob die Hand hoch. Ein kleiner schwarzer Gegenstand an einer silbernen Kette blitzte im Scheinwerferlicht auf.
»AR-A-MIN-TA!«, begannen einige der Karmiden zu rufen. Sie stampften mit den Füßen.
Dann sah Otto seine Mutter mit einer grauen Katze im Arm zwischen den Vorhängen des Seitenflügels auftauchen. Neben ihr erschien Grandpa Culpepper mit Hepzie auf dem Arm, die unruhig zappelte und zur Decke deutete.
»Lasst es nicht zu, dass unsere geliebte Stadt des Geldes wegen zerstört wird, so wie mein Leben zerstört wurde«, rief Araminta mit lauter Stimme. »Ihr habt getrennt gelebt, doch was ist, wenn der Feind, den wir verachten, in Wahrheit in unserem eigenen Herzen wohnt?«
Zebbie, die noch immer oben an der Kuppel schwebte, rief nach ihrer Schwester.
Otto riss sich die Kette so ungestüm vom Hals, dass er sich ins Fleisch schnitt. Ihm war klar geworden, dass die

schwarze Katze mit den Rubinaugen Aramintas Familiaris war. Er sprang auf, holte aus und schleuderte die Kette samt Katzenfigur auf die Bühne, direkt vor ihre Füße. Sie stieß einen Schrei aus und stürzte sich darauf.

Das Publikum schrie ebenfalls laut auf, als Aramintas Körper zu verschwimmen und sich dann zu verändern begann. Für den Bruchteil einer Sekunde war sie ganz verschwunden, dann nahm sie wieder Form an. Zuerst konnte man sie nur wie durch einen Wasserfall sehen.

Und plötzlich war sie ein Tiger.

»Sehen Sie denn nicht?«, rief Otto aufgeregt und blickte auf Elfina. »Begreifen Sie denn nicht?«

Elfina schüttelte die Hände des Präsidenten und Mr Sleights ab und beugte sich über die Brüstung. Einen Moment lang verharrte sie reglos, dann machte sie einen Satz und sprang hinunter, mitten unter die Zuschauerreihen.

Entsetzte Schreie überfluteten sie. Doch sie landete zwischen den Sitzen, im Gang, mit einer Sicherheit, die nur Katzen eigen ist. Und schon im nächsten Moment war sie wieder auf den Beinen und stürmte auf die Bühne und zu der Tigerin.

Otto sah, dass seine Mutter die graue Katze auf den Boden setzte. Sein Großvater versuchte sie daran zu hindern. Hepzie nutzte die Gunst der Stunde und befreite sich aus seinem Griff. Und schon schwebte sie mit den Beinchen rudernd an die Decke, auf Zeborah zu, während sie freudig ihren Namen rief.

Mit einem eleganten Satz sprang Elfina auf die Bühne und stand dann vor der Tigerin. Ihr Gesicht war vor Schmerz verzerrt. Sie und die Tigerin machten je einen

Schritt aufeinander zu. Dann ein Knistern, wie bei einem Blitzschlag und Elfina stand in einem grünen Flammenmeer.

Das Publikum sprang auf.

Dolores und ihre Katze zitterten vor Energie.

»Du hast mir meinen Sohn genommen!«, schrie Dolores.

Die Flammen tanzten noch kurz und erloschen dann.

Die Schreie verstummten zu einem entsetzten Schweigen. Elfina war zu Stein geworden.

Araminta, die Tigerin, legte den Kopf in den Nacken und stieß einen markerschütternden Schrei aus. Als sie ihre mächtige Pranke hob, fiel etwas aus ihren Klauen. Es war die zweite Katzenfigur, der Familiaris, den sie für ihre Tochter aufbewahrt und all die Jahre versteckt hatte. Die Tigerin schob das Figürchen über die Bühne, bis es den Fuß der versteinerten Elfina berührte.

Der hohe Stein spaltete sich von oben nach unten, die beiden Hälften fielen auseinander.

Keiner der Anwesenden wagte zu atmen.

Im Inneren des Stein befand sich eine weitere Tigerin. Eine wunderschöne silberfarbene Schneetigerin mit schwarzen Streifen.

Vorsichtig machte die Tigerin einen Schritt aus dem Bruchstein und blickte sich verstört um.

Die alte Tigerin machte einen Schritt vorwärts und beschnüffelte das Gesicht der jungen Tigerin.

»Damit aus den beiden, die getrennt waren, wieder eins werden kann«, flüsterte Otto.

Langsam schloss sich der Vorhang.

Ein elektrisiertes Schweigen lag über dem ganzen Theater.

»Schaut! Da oben!«, rief plötzlich eine Stimme.
Die Scheinwerfer wanderten zum Kuppeldach. In ihrem hellen Licht waren Hepzie und Zeborah zu sehen, die einander endlich gefunden hatten. Zebbies Weinen war verstummt.
Hand in Hand schwebten die beiden Mädchen inmitten ihrer schimmernden roten Haarpracht. Sie lachten, sie drehten sich im Kreis. Sie funkelten wie Flammen, strahlten, als bestünden sie selbst aus Licht.
Sie tanzten wie Schmetterlinge.

SCHNEE

Es war der Beginn des Winters in der großen und geheimnisumwitterten *Stadt der Bäume* und Otto und Mab flogen über den Boulevard hinweg.

Unter sich sahen sie Sechs und Acht, die voller Eifer damit beschäftigt waren, Laternenpfähle zu polieren. Nachdem Präsident Krumm alle eingesperrten Magicos freigelassen und sich die Normalo-Polizei von ihrem Erstarrungsbann erholt hatte, – was allerdings einige Zeit in Anspruch genommen hatte –, hatte er die beiden speziell mit dem Ressort Straßenreinigung betraut. Sie durften sich jedoch nicht mehr als bis auf achtundvierzig Mann vervielfachen, hatte er befohlen, weil die Stadt sich sonst ihre Löhne nicht hätte leisten können.

Über den Bergen im Westen begann sich der Himmel rosa zu verfärben. Die Abenddämmerung setzte ein.

»Schau, das dort hinten sind Schneewolken«, rief Mab. »Übrigens, meine Großmutter wird morgen Pfannkuchen backen. Falls du Lust hast, kannst du morgen zu uns zum Essen kommen. Hey, wo fliegst du hin?«

Otto hatte zu einem Steilflug angesetzt und kreiste wenig später um die Spitze des Karmidenturms. Vor langer Zeit – zumindest kam es ihm so vor, als wäre es vor sehr, sehr langer Zeit gewesen – hatte er jemanden sagen hören, dass niemand wisse, was in die Spitze eingeschnitzt war, vermutlich aber Käfer.

»Ha, ich hätte es wissen können«, sagte er grinsend, als er langsam wieder herunter und auf Mab zugeschwebt kam.

»Was hättest du wissen können?«
»Schmetterlinge! Ganz oben am Turm befinden sich zwei Schmetterlinge.«
»Klar. Weiß doch jeder!«
»Sie sehen genauso aus wie die zwei Schmetterlinge von der Vision auf dem Pergament. Die zwei, die wieder vereint wurden.«
»Du denkst an deine zwei Schwestern, Mr Otto, nicht wahr? Schließlich hat sich herausgestellt, dass sie die zwei Schmetterlinge verkörpern.«
»Nenn mich nicht so!«
»Oh, ich dachte, du möchtest, dass ich dich Otto nenne«, rief sie spöttisch.
Otto flog wieder höher, bis die Luft so kalt wurde, dass ihm das Gesicht wehtat. Unter sich sah er die Arena, die inzwischen zu einem Marktplatz umfunktioniert worden war, mit vielen Fähnchen und goldenen Zelten. Otto legte sich in die Kurve in Richtung Steilufer und verlangsamte dann, damit Mab ihn wieder einholen konnte. Da sie einen Baum beförderte, kam sie natürlich nicht so flott voran wie sonst.
»Na, du Angeber«, rief sie, als sie wieder in seiner Nähe war. »Wolltest du eine kleine Show abziehen?«
Er ließ sich nicht provozieren. Eine erste Schneeflocke fiel auf seinen Handrücken.
»Könnten wir nun vielleicht auf direktem Weg zu unserem Zielort fliegen, Otto? Mir ist ganz schön kalt . . .«
Friedlich flogen sie nun Seite an Seite bis zum Stadtrand und von dort aus weiter zu der menschenleeren Einöde, wo der Fluss träge und grau seine Schleifen zog.
»Schau, da sind sie schon . . .«

Zwei Gestalten gingen am Flussufer entlang.
»Fall bloß nicht runter, Otto. Nicht jetzt, vor Zuschauern . . .«
Natürlich fiel Otto nicht vom Teppich. Er landete ein gutes Stück vor Albert und Araminta, während Mab, die eindeutig besser und geschickter fliegen konnte als er, über seinen Kopf hinwegsauste und haargenau an der richtigen Stelle landete. Otto musste ein paar Schritte laufen, ehe er seinen Vater und Araminta begrüßen konnte.
»Ich glaube, dass es irgendwo hier gewesen sein muss«, sagte Albert. »Aber inzwischen sieht alles so anders aus. Damals war es dunkel und der alte Baum ist längst weg. Und natürlich ist alles schon so lange her.«
»Das denkst du nur, dass es lange her ist«, sagte Araminta spröde. »Außerdem es muss nicht haargenau derselbe Ort sein, weißt du. Hauptsache, wir haben einen Baum.«
Mab hielt den Schössling hoch, eine kleine Eiche, den sie mitgebracht hatte. Voller Ehrfurcht berührte Araminta den schlanken Stamm.
»So jung«, flüsterte sie ergriffen. »Und schon so weise.«
»Ah, wunderbar«, sagte Albert. »Da kommt Megrafix.«
Mit schnellen, watschelnden Schritten kam der Höhlenmensch den Weg entlang. Er war in etliche Schichten schwarzer Wollteile eingehüllt, die mit einer Art Wachs überzogen waren.
»Wurde im Bergwerk noch aufgehalten«, sagte er mit zusammengekniffenen Augen. »Die Restaurierungsarbeiten sind fast abgeschlossen. Nächste Woche müsste man die Arbeit wieder aufnehmen können. Meine ehrbaren Grüße dem König.«

»Dir auch ehrbare Grüße«, entgegnete Albert formell. »Und herzlichen Dank für dein Kommen zu dieser Jahreszeit. Wir wissen, dass es ein recht beschwerlicher Weg war.«

»Recht beschwerlich? Von wegen – extrem beschwerlich!«, knurrte Megrafix. »Aber es ist mir eine Ehre, dabei zu sein. Vor wenigen Minuten landete etwas ganz Leichtes, Weißes und schrecklich Kaltes auf meiner Nase. Was war das? Eine gefrorene Motte?«

»Das war Schnee«, erklärte ihm Albert. »So ähnlich wie Regentropfen, nur viel kälter.«

»Grässlich . . .«, sagte Megrafix erschauernd.

»Hier ist ein guter Ort«, rief Araminta in diesem Moment zu ihnen herüber. »Nicht zu nah am Wasser.« Sie war einen kleinen Abhang hinaufgeklettert und die anderen folgten ihr.

Oben angekommen, bückte sich Megrafix und begann mit seinen großen Pranken in der Erde zu wühlen. Obwohl die Erde gefroren und hart war, kam Megrafix gut voran und warf haufenweise Steine, Steinchen und Erde hinter sich.

Die anderen schauten ihm gebannt zu. Sogar Araminta, die solche Zeremonien in ihrem langen Leben schon mehrmals miterlebt hatte.

Megrafix arbeitete stetig und gleichmäßig, als würde ihn das Graben keine Mühe kosten, und bald schon war das Loch, das er aushob, so tief, dass er sich hineinstellen musste, um weitergraben zu können.

»Das reicht!«, rief Albert nach einer Weile.

»Nein, noch ein Stück!«, widersprach Araminta. »Gehen wir lieber auf Nummer sicher.«

Nachdem Megrafix noch ein Stück tiefer gegraben hatte, stieg er schließlich aus dem Erdloch. Er war nicht einmal außer Atem.
Araminta hatte eine Kiste und Albert das alte Pergament mitgebracht, seine Abschrift der Vision. Sie wollten sie wieder unter einem Baum begraben, damit sie in Sicherheit war. Araminta versiegelte die Kiste und ließ sie vorsichtig in das Erdloch gleiten. Megrafix deckte sie mit Erde zu. Dann pflanzten sie das Bäumchen darüber.
»Glaubt ihr, die Wurzeln werden die Kiste bald erreichen?«, fragte Araminta.
»Ganz bestimmt«, versicherte ihr Albert.
Megrafix stampfte die Erde rund um das Bäumchen fest.
»Sei vorsichtig«, sagte Araminta.
Dann standen alle Anwesenden eine Minute lang schweigend da, während der Himmel und die Einöde um sie herum immer grauer, kälter und ruhiger wurde.
Megrafix verabschiedete sich als Erster und stapfte von dannen. Mab und Araminta beschlossen ein Stück zusammen in Richtung der Schlammdörfer zu gehen.
»Ich begleite dich nur ein Stück, ich bin mit jemandem verabredet«, sagte Araminta, als sie mit Mab davonging.
»Wusstest du übrigens schon, dass Tigerhaus nach mir benannt worden ist?«
Otto konnte Mabs Antwort nicht mehr hören, sodass er leider nicht erfahren sollte, ob es vielleicht doch etwas gab, das seine kleine Freundin noch nicht gewusst hatte.
Er und Albert gingen nach Hause.
Das erste Stück des Weges schwiegen sie.
»Du weißt doch, auf dem Pergament mit der Vision war

doch ein zweigeteiltes Herz zu sehen, das schließlich wieder vereint wurde«, sagte Otto nach einer Weile.
»Ja?«
»Wessen Herz damit wohl gemeint war?«
»Oh, es ist so vieles geschehen«, sagte Albert und schien zu überlegen. »Araminta, Elfina, ich weiß nicht . . . vielleicht war auch die Stadt selbst gemeint.«
Sachte schwebten ein paar Schneeflocken vom Himmel.
»Am Montag hat deine Mutter Geburtstag«, fügte Albert plötzlich hinzu. »Hast du daran gedacht?«
»Ja, und ich schenke ihr einen Schal«, sagte Otto voller Eifer. »Madame Morgen kauft mir einen. Hast du schon gewusst, dass Katzauberinnen einen eigenen Laden haben? Dort bekommen sie all diese herrlichen Gewänder.«
»Ich schenke ihr das hier«, sagte Albert und holte den großen Mondstein aus der Tasche, den Megrafix Otto damals im Billardraum anvertraut hatte.
Beide blieben stehen, um den Stein zu betrachten.
»Er sieht aus wie das Mondlicht selbst«, sagte Otto leise.
»Wie ein Stück eingefangenes Licht.«
»Meinst du, er wird ihr gefallen?«
Otto blickte zu dem unbewegten Gesicht seines Vaters hinauf.
»Neulich hat sie zu mir gesagt, ich könne stolz auf dich sein, weil du die Karmiden gerettet hast. Du hast genauso viel für dein Volk getan wie Araminta.«
»*Was?* Das hat deine Mutter gesagt?«
»Ja, Dad«, antwortete Otto schmunzelnd.
Albert blickte auf die in der Ferne schemenhaft hinter einer Nebel- und Schneewand sichtbare Stadt, die von hunderten von Straßenlaternen erleuchtet war.

»Das hat sie gesagt . . .?«, flüsterte er fast lautlos.
»Schau mal, dahinten!« Otto hatte den Kopf gedreht und schaute den Weg zurück, den sie gekommen waren. Ein Tiger, ein rostbrauner Tiger mit schwarzen Streifen, überquerte den Weg. Etwas, das wie ein Schatten aussah, folgte ihm, etwas, das aussah, als sei es ein Teil der gefrorenen Erde und des Schnees. Dieser Schatten überquerte den Weg noch ein zweites Mal, näher diesmal, und kam schließlich auf Otto und seinen Vater zu. Seine Umrisse waren nun deutlicher zu sehen, sogar die weiße Wolke seines Atems.
Die goldenen Augen der Schneetigerin ruhten eine geraume Zeit auf Vater und Sohn. Dann kam das große Tier langsam näher. Und auf einmal war es so nah, dass es nur seinen majestätischen Kopf senken musste, um Alberts Hand zu berühren.
Otto konnte die Hitze des Tierkörpers spüren, als es an ihm vorbeiglitt. Und gleich darauf war die Schneetigerin wieder verschwunden, wurde vom Zwielicht verschluckt.